兒女風雲錄

王安憶

上海最後的拉丁舞
——王安憶《兒女風雲錄》

王德威

舞者，巫也。

王安憶最新小說《兒女風雲錄》寫上海交誼舞廳裡一個舞師的故事。主人翁小瑟原是四〇年代末上海富家子弟，寧波背景，面相深邃俊美，常被誤認為混血兒。小瑟有舞蹈天賦，六〇年代初獲選北上接受正規芭蕾訓練，但之後不了了之。六、七〇年代的中國天翻地覆，小瑟不能身免，但憑藉舞藝也在文工單位得過且過。八〇年代改革開放，西式交際舞在上海捲土重來。小瑟搖身一變，成為舞廳裡教舞伴舞的舞師，人人追捧的拉丁舞王。熱潮褪去後，他移居美國十八年。再度回到上海重操舊業時，小瑟年華已逝，成為「老法師」了。

乍看之下，這是個典型大時代與小人物的故事。小瑟的大半生，從「新中國」到「新時期」、「新時代」，重要歷史事件無役不與，他的幾段情史及家史也道盡人世滄桑。上海是一切悲歡聚散的輻輳點。這些元素大可敷衍成一個「蕩氣迴腸」的敘事，一個新世紀版的《長恨歌》；影視界對這本小說的ＩＰ應該有興趣。但王安憶志不在此。《兒女風雲錄》內容豐富，但全書僅十五萬字，有些章節幾乎是全景式一掃而過（如小瑟的文革或美國經驗），要讓讀者意猶未盡；有些部分卻又深入事物肌理（如上海舞廳文化），綿密濃郁。但一放一收之間，暗藏了她創作的態度。

小瑟少年家道中落，習舞不成又遭逢亂世，兜兜轉轉，最後一事無成。這些經驗於他雖然切身，卻又彷彿不那麼相關。他戀愛結婚，生子成家，之後妻離子散，孑然一身。然而他「意識不到自己的寂寞，其實是金粉世界的局外人」。正如小說結尾所謂，「世界上的人，只有兩類，一類舊，一類新！」小瑟夾處其間，既不新，也不舊，既隨波逐流，也順勢而為。他在台上迴旋起落，在台下依然兀自本能般的舞動，周圍的親人愛侶退場、上場，舞伴一個換了一個，舉手投足，道是有情卻無情。王安憶筆下：「他這一輩子，都是在浮泛中度過。浮泛的幸和不幸，浮泛的情和無情，浮泛的愛欲和禁欲。」

王安憶以工筆描寫一個沒有深度的人物，張力自在其中。做為歷史的「中間物」，小瑟透明無感，卻折射出周遭變幻的光譜。這裡的關鍵詞是「浮・世」：人浮於世的浮，浮游群落的浮。歷史呼嘯來去，什麼是定數，什麼是命數？海上潮起潮落，所有的人都載沉載浮。

這使《兒女風雲錄》與王安憶三十年前的《長恨歌》，以及金宇澄的《繁花》（二〇一二），有了區隔。《長恨歌》裡上海弄堂女兒王琦瑤也許是小瑟的前身，不同的是，儘管資質平平，王琦瑤卻能投身世間的嗔癡怨怒，終以身殉，書名「長恨」，可見一斑。《繁花》以亂針繡筆法寫三個青年的生活及情感歷險，極盡繁複之能事，藉此作者為上海打造一部情感教育史。或悲哀、或頹靡，一座城市成了有情的機體。

《兒女風雲錄》中，王安憶幾乎是以人類學的眼光看待筆下角色。「上海地方，向來有一類人，叫做老法師，他是其中一個。」小瑟也許寂寞，但並不孤單。王安憶興味十足的寫小瑟生命的一切，他非中非西的面貌，陰錯陽差的情愛、無可如何的家庭與事業。她明白唯其有小瑟這類人物的「陪襯」，上海的個性——不論是張揚的還是保守的——才顯得分外鮮明。他從來是個「托」，最後的轉折看似意外卻又在情理之中。

王安憶考證「浮．世」的淵源，儼然重新打造一個唯物，不，格物的世界。她對上海的舞廳文化、小布爾喬亞階級興衰、文革工農兵世代崛起有無限興趣，有用無用的知識，主觀客觀的視角，重三疊四，猶如全息考古。不僅如此，從上海出發，她的小說人物和北美和緬北，蘇聯和羅宋，埃塞俄比亞（台譯「衣索比亞」）和越南，香港沙田馬場，北京舞蹈學院……簡直和全世界都勾連上了。由社會主義世界到資本主義世界，原來上海也是一個「中問物」。

王安憶對「小說格物」有自知之明：「語言這件事很奇怪，在某種程度上幫助我們思考。沒有語言我們的思考是不能推進的。中國人講格物致知，用詞語來格物。」[1] 詞語帶來機鋒，讓王安憶的敘事增添獨特的知識論層面。她以最精緻的寫實主義筆法層層推進，從空心人小瑟看出世態炎涼的底色，從「壓成考古層」的瓦礫堆中「雲母片似的，星星點點，就是它，草根歌舞的間隙裡，稱得上貴冑時光」。

但王安憶格物，要窮什麼「理」？她有意讓小說成為形上學的劇場，演繹世界從無到有，從有到無的過程。這就來到小說第六章。文革後期，小瑟被分配到蘇北一個礦區城市歌舞團，而且有了段婚外情。這章重點在於小瑟遇見了愛慕對象的奶奶。這位老太太出身並不簡單，在國共歷史交錯的當口，她明白「從人從己從天下，常數都抵不了變數」，因此能因勢利導，化險為夷。老太太好談鬼怪玄狐，卻不迷信。她直言上海不過就是「『康白度』的天下」。面對上海來客，她道年輕時：「可沒少去過，吃喝玩樂，知道最好哪一口？魔術，大變活人，分明是個假，卻做成真！」老太太看出小瑟的戀情，直言：「情，是冤的變相！……冤是別人強加，情是自投羅網！」

這一夜，小瑟與老太太的對話猶如醍醐灌頂，甚至讓我們想到《老殘遊記》裡，申子平夜訪桃花山與嶼姑對談天理和人欲的場景。小瑟仰望星空，稠密閃爍，如有天機洩露，不禁失神。但下一刻他「回到原型」，相顧所愛，「還是他和她」。天地蒼蒼茫茫，露水和因緣，泥土與你我……

現在知道，虛空也是物質的，全然不同的一種。他是生活在現實中的人，都市裡全是現實人生，就是老太太說的唯物主義，到了這裡，卻蹈入另一種形式的物質生活，無法命名，但鐵定存在，星空就是證明。晝伏夜出，明暗相濟，說它虛空是因為分不出你我他，所以用「混沌」這個詞。

識者曾提到王安憶作品從唯物走向格物的傾向，從《天香》、《考工記》到《一把刀，千個字》她「格」刺繡，屋宇，烹調，而《匿名》甚至直面人之為人的存在義與虛構義的異同。究其極，她摸索事物表相下那粗糲的，不可測的「原型」，一種她名之為「混沌」的東西，為之著迷、為之困惑，也有了藉書寫一窺「天機」的衝動。

循著王安憶現階段的風格看《兒女風雲錄》，又能「格」出什麼？方法之一是老法師出

1 〈教授王安憶：是敘述令生活變得更有趣〉，https://www.sohu.com/a/450748833_488277，二〇二五年一月二十八日瀏覽。

入其間的舞廳。上海交際舞是舶來品，早在一八四三年，就由洋人引進。二十世紀初禮查飯店首開「交際茶舞」之風。二〇年代後舞廳接踵開張，黑貓舞廳、仙樂斯、百樂門不亦樂乎。一九三三年，上海舞廳已經多達三十九家。新感覺派作家穆時英（一九一二—一九四〇）的〈上海的狐步舞〉、〈夜總會裡的五個人〉等名作即寫於此時。

一九四九年後上海近百家舞廳關閉，十年後交際舞被禁，直到一九七九年方才解禁。共和國的男女授受不親，倒是集體舞取而代之，集合成千上萬老少「蓬嚓嚓」。這正是小說中小瑟的成長和轉型階段。一九八四年營業性舞廳復業，小瑟憑著一身舞藝，應時當令，下海成為舞蹈老師。與此同時，集體舞轉型成為廣場舞，流行至今。

八〇年代末期交際舞在上海成了氣候，精益求精，滋生進階的國標舞，華爾茲，拉丁——探戈，倫巴，騷撒……——紛紛成為各路好手競技對象。當舞林成為綠林，紅男綠女也有了英雄氣象。小瑟來到全盛時期。和他搭檔的舊識阿陸頭原是底層市井兒女，兀自歷劫歸來，兩人聯手，竟然所向無敵。拉丁舞的節奏緊湊中又旖旎，熱情中有疏離，異國情調加解放精神，男女授受可親。藉此，王安憶寫盡一個時代的感覺結構。

到了新世紀，小瑟遠行歸來，重新入舞廳及廣場，成了「老法師」。少年子弟江湖老，終有了時不我與的感覺。但「老法師」一詞別有弦外之音。他的一個亮相就啟動了一個異度空間，一個「獨立的時辰」，神祕有如幽靈。和老法師跳舞，疾驟切換的明暗裡，人脫開形骸，餘下一列光譜。瞬間一剎那，回到形骸裡，再一轉瞬，又沒了，有點詭異呢。然而，倘若掀起一角窗幔，透進亮，一切「回復原型」，他是他，她是她，眾人是眾人。無奈遮蔽得嚴實，那鬼魅劇越演越烈，進到異度空間，彷彿回不來了。正神魂游離，舞曲終止，老法師將舞伴送到原位，石化的旁觀者動起來。

這是王安憶向老法師——還有他舞動的上海——致敬的時刻了。在那一刻，老法師有如起乩，帶著舞動的觀眾一起入魅，神遊物外，「彷彿回不來了。」舞者，巫也。王安憶想像亙古泰初，召喚神人與共的境界。

然而這一切都是「真」的麼？格物主義者王安憶幽幽告訴我們，一曲舞罷，老法師「打回原型」，他只是個失靈的靈媒，是個「中間物」。他的家世和長相，身分和時代，感情和行動，從來就是個錯位、誤認的悲喜劇。但也正是在這些錯位的裂縫裡，王安憶發現著銘刻著人與物，物與物，萬事與萬物，相生相剋的道理，「混沌」的真相——或沒有真相。小說最後的急轉直下，老法師買空賣空，彷彿是從一開始就注定的宿命。

《兒女風雲錄》做為書名，可能要讓部分讀者不解。小說中的「兒女」是千萬人家的曠男怨女，所謂的「風雲」不過是過眼雲煙吧！王安憶或要不以為然。對她而言，一個時代男男女女的虛妄與拚搏，躊躇兩難與孤注一擲，何嘗不埋藏天道世道的祕辛？將相本無種，兒女恁多情，歷史縱是轟轟烈烈，浮世之中原來無物。在這一點上，《兒女風雲錄》呼應了她多年被忽視的中篇《遍地梟雄》（二〇〇五）的意旨。

更何況《兒女風雲錄》可能另有密碼。一九三五年，電影《風雲兒女》問世，演繹九一八事變後一群男女青年歷經考驗，奮起抗日的故事。片尾由田漢作詞，聶耳譜曲的〈義勇軍進行曲〉，傳唱一時，日後成為中華人民共和國的國歌。走了義勇軍，來了拉丁舞，對照「風雲兒女」的英雄往事，九〇年後的「兒女風雲」也許正提醒了我們時代的錯位，因果的顛倒，因之而起的啼笑與因緣，也許正是歷史之為混沌的本質？

王德威，美國哈佛大學東亞系暨比較文學系 Edward C. Henderson 講座教授。

目次

一

上海地方，向來有一類人，叫做老法師，他是其中一個。

仔細考究，大約在上世紀九十年代，舞廳開出日場來了。窗戶用布幔遮嚴，擋住天光，電燈照明，於是有了夜色，還有違禁的氣息——舞會的內心。日場結束至多兩個鐘點，夜場開幕。白天的人氣還沒散盡呢，油汗，菸臭，茶鹼，瓜子殼上的唾液，飲料的香精，胭脂粉，也是香精。窗幔依然閉著，但因為外面的暗，裡頭的燈亮穿透出去，一朵一朵，綻開綻開，然後定住不動了。

這類日夜兼營的舞廳，多是設於人民公園的舊茶室，關停工廠的廢棄車間，空地上臨時搭建的棚屋，菜市樓頂的加層。從地方看，就知道它普羅大眾的性質。日場的客源以本地居民為主，退休或者下崗，因為有閒；晚場就成了外地人的天下，大致由兩部分構成：民工和保母。價格也是親民的，五元一人，男賓買一送一，可攜一名女客，還有更慷慨的，女客一律免票，沒有女伴的也不至落單，初次見面，總要買些飲料和零嘴。無論怎樣的舞廳，都是交際場，場面上人不能顯得慳吝。所以，最後統算，不賠反盈，漸漸的，一生二，二生三，蔓延開來，成為常規。很快，女多男少，性別比例又失衡。那些女賓們，夥著同鄉人小姊妹，自帶吃食，孵著空調，看西洋景，占去大半茶桌。沒有生意做事小，主要是形象，舞廳，即便普羅大眾的舞廳，也要有一點華麗的格調吧，現在好了，一派俗俚。然後，就出現了一種人物，師傅。師傅是跳舞的高手，他們以一帶十，只需交付一點費用，一杯飲料的錢吧，飲料是舞廳的標配，同時，也是可見的利潤，一杯飲料，可與師傅跳一曲。再淳樸的人，舞廳裡坐上一陣子，也會躍躍欲試。音樂所以被古人視作教化，專闢一部「樂經」，此時顯現出實效。師傅的帶領下，村姑們一個個起身離座，邁開了腳步。

老法師就從師傅中脫穎而出。

頂上的轉燈，掃過黑壓壓的桌椅，零星坐了人，也是灰拓拓的。不意間，閃出一張森白的臉，線條深刻，面具似的凸起，就有瞬息的延宕，即湮滅在影地裡，等待下一輪的光。人們知道，老法師來了。

通常是下午四、五點鐘，午眠的人醒來，再度過假寐的時辰，拖拽著白日夢的尾翼，懨懨的。勿管舞場論不論晨昏，生物鐘這樣東西，已經潛移默化成定勢，所以，還是生發影響力。原始的時間裡，午後的一段就最曖昧，它即是凌晨，白晝開始，又像是子夜，走進黑天。更別說舞場裡的人工製造，企圖模擬永恆，結果是混淆，生物鐘弄不好反而添亂。其實是透支，向夜晚借白晝，白晝借夜晚，借了不還或者多還。舞場裡總是亢奮和頹靡兩種情緒並存，此消彼長，就是證明！可是，老法師來了，情形就不一樣。他自帶時間，一個獨立的時辰，誰也不借，誰也不還，氤氳中開闢出小天地，小小的生機和小小的循環。

給師傅的是飲料，老法師的是酒，威士忌，白蘭地，金酒。就算是這樣的舞廳，遠遠望去，像瓦礫堆，牆上紅油漆寫著「拆！拆！拆！」，屋頂和牆縫，流浪貓在野合，一包包垃圾從天而降，可也有威士忌白蘭地金酒。在吧檯裡的架上，勿管真的假的，瓶子上貼著標籤，曲裡拐彎的拉丁字，寫著古老的年份，從未聽說的酒莊，至少一瓶有貨，那就是老法師的特供。有時一人獨資，有時幾人合資，買下來，理所當然，享有貴賓級別，優先作老法師的舞伴，也可以叫做學生。

和老法師跳舞，生手變熟手，熟手呢，變高手。腳底生風，眼看著隨風而去，打幾個旋回到原地，臉對臉，退而進，進而退。場上的人收起舞步，那算什麼舞步啊，讓開去！場下的人，則離座起身，擁上前，裡三層外三層。場子中間的一對，如入無人之境，疾驟切換的明暗裡，人脫開形骸，餘下一列光譜。瞬間一剎那，回到形骸裡，再一轉瞬，又沒了，有點詭異呢？然而，倘若掀起一角窗幔，透進亮，一切「回復原型」，他是他，她是她，眾人是眾人。無奈遮蔽得嚴實，那鬼魅劇越演越烈，進到異度空間，彷彿回不來了。正神魂游離，舞曲終止，老法師將舞伴送到原位，石化的旁觀者動起來。

音響送出慢步舞，人們紛紛上場，舒緩地搖曳。這樣，老法師垂著手，半闔著眼，對面人也是，身體沒有一點觸及，可是心心相印。他幾乎不動，可是全場合著他的韻律。轉燈放緩節奏，不那麼晃眼，這樣，我們就能看他仔細。他呀，至少一百八十五公分，又穿一身黑，目視更要高上三公分，抽出條子，細長細長，頂著一張臉，懸在半空。不僅因為白，還因為立體，就有占位感，拓開燈光的浮塵，兀自活動，打個筋斗，倒置著，再打個筋斗，回到原位，也是駭人。倘若離得近，好比與他舞伴的間距，看得見細部，眼窩、鼻凹、下頜中間的小坑，染了一種幽暗的青紫，刻畫出輪廓。舞伴心怦怦地跳，不是駭怕，是震驚，似乎將要被攫住，攜往不知什麼地方，卻又閃過去，放了她。不知僥倖或者遺憾，也讓人震驚。燈光亮起來，眼前金箭亂射，箭頭上帶著一點魂，夢的餘韻。就像中了魅，到舞場不就是找這個來的？唯有老法師才給得了這個！

舞廳外面，甚囂塵上。撥開厚布簾子，後面是門，雙重的隔離，才有那個譎詭的世界。走下一架鐵梯，原本是高爐的上料斜橋，拆了賣了，輾轉到這裡。透過踏板的空檔，看得見地面，夜市將要開張，排擋的攤主亮了燈，支起煤氣罐瓶，砧板剁得山響，桌椅板凳擺開一片。後面的水泥房子裡是菜場，魚盆裡咕咕地打氧氣；生蔬底下細細噴著水霧，蔫巴的綠葉菜又硬挺起來；豆製品的木格子大半空了，散發出醋酵味；熟食鋪的玻璃窗裡，顏色最鮮豔也是最可疑：蠟黃、醬紅、碧綠、雪紫。好了，沿街的飯館上客了，大鐵鑊的滾水裡，翻騰著整隻的蹄膀、豬腳、腔骨、肋排；小罐湯在灶眼上起泡；一人高的籠屜裡，一層五花肉，一層花椒麵，一層炒米粉；酒甕剪蠟開封……這裡有一種綠林氣，來的都是好漢！

誰想得到，煙熏火燎裡，那一具集裝箱似的鐵皮盒子，盛著的聲色犬馬。白日將盡，霓虹燈還沒亮起來，燈管拗成的漢字：維也納美泉宮、羅馬天使堡、凡爾賽鏡廳，陷在暮色裡，蓄勢待發，等候閃亮時刻。鐵匣子的焊縫，不小心透出一點動靜，轉眼讓汽車喇叭聲攪得更散。遠近工地的打夯機，水泥攪拌，吊塔三百六十度掉頭，也來湊熱鬧，這城市開膛破肚，廢墟建高樓。芯子裡的小朝廷，終究敵不過外面的大世界。舞曲和舞曲，樂句和樂句，休止符、附點、延長音的漸弱，跳音和跳音之間，搶進來熗鍋的油爆；車轂轆碾過路面的坑；銅舀子打在缸沿；嬰兒的啼哭，女人的碎嘴子——細碎卻綿密，見縫就鑽。可是跳舞的人，是做夢人，叫不醒的。看他們迷登登的眼睛，微醺的樣子，甜蜜蜜的飲料，肌膚的若即若離，分泌著荷爾蒙，哪裡經得起老法師的手，輕輕一推，你就滴溜溜轉個不停。

時間速速過去，〈地久天長〉的終場曲裡，全體下海，碰來撞去，你踩我腳，我踩你腳。跳舞讓人們的心情大好，就起不來衝突，是和睦的大家庭。全家福獨缺一人，老法師。

老法師遁走了。街巷的阡陌裡，前院牆上爬著夾竹桃的影，後窗向外吐炊煙，主幹道華燈初上，漫進一些光暈，綽約透出人和物的輪廓，看不清細部。要有明眼人打個照面，湊了哪裡來的亮，就會咯噔一下：外國人！跳舞廳那種場合，本身是個傳奇，這身型和臉相就像長在裡面，稱得協調。日常的生活卻是平庸的，凡涉及一點點異端，便跳脫出來。市井中人叫做「外國人」，除此還能叫什麼？即是直觀的印象，同時呢，還真揭示了實質，那就是非我族類。

嬰兒時候，叫做「洋娃娃」；長大些，「小外國人」；然後，很奇怪的，具體成「法蘭西」；高中和大學，不只國別，還有種族，是「猶太人」！渾號的演變，大致體現本地市民的世界地理常識，是半封建半殖民歷史的遺緒，也不排除賣弄的心理。事實上，他三代定居滬地，祖籍寧波，不過是個名頭，五方雜居的上海，稱得上原住民。沿海地區人口遷徙流動，血緣混交，遺傳紛雜，只是發生在概率裡，落到個體則渺茫得很。他和他的父母確實不頂像，但是他又只能生在這家裡，可能是看慣了，或者這裡那裡，真有一點隱祕的相像。幼年的他，長一張圓鼓鼓的臉，大眼睛，瞳仁黑得發藍，濃密的睫毛，扇子一樣張開，鼻尖上翹，唇形有棱有角。嬰兒肥褪去，骨骼顯出來，成了外國電影中的英俊少年。西區昔日的法租界，僑屬已經融入市民社會，很奇怪的，有一個群體，就是理髮師，被稱作「法國人」，他們所操的揚州家鄉話則是「法國話」，以上海的地方成見，難免含有歧視。很難追究淵源，但多少可以證明，外國人的在地化。他被稱作「法國人」，其中的意味就有些微妙了。隨年齡增長，異族人的凸凹有致，漸漸變得粗闊，臉架子拉長，下顎的肌肉發達，接近通常說的「馬臉」，收緊眼距，更顯得深目高鼻。皮膚依然極白，不是那種半透明的牛奶色，而是象牙的瓷實的白。一頭黑髮，加上眉睫濃重，真是亮眼，周遭的人和物都暗淡下來。「猶太人」就是這時節喊起來的。老上海大多見過虹口一代的猶太難民，擺地攤，賣自家做的白麵包，變戲法，騙走小孩子的零錢，是窮酸的同義詞；文藝青年知道典出莎士比亞的威尼斯商人，猶太人又有了狡詐的名義；沙遜哈同一流是發財夢裡的人物，無異於青紅幫，黃歇浦就是個黑社會——所以，就成了個罵名，聽見有人叫，是要回敬過去的。

他的出生年月是個謎，按履歷表，是一九六六年之前進校的大學生，可是，那一年滯留的在校生總共有五屆，貫穿數個年頭，就沒辦法從這裡推算了；看職業，他下過鄉，還參過軍，這兩段卻又交集在一起，細考下來，原來是軍墾農場，時序又亂了；他的檔案且一直壓在學校人事科的文件櫃裡，落滿灰塵，沒有任何就職紀錄，可謂白茫茫大地，一片蕭然！至於戶籍簿上的婚姻狀況，就是謎中謎。不知道哪一個環節的忽略，單身直接跳到離異，一時上有兒有女，驟然間，又全都沒有，彷彿入了道門，無為有處有還無！看外表，最是糊塗，年輕人也比不上他的挺拔緊緻，然而，有時候，換一種光線角度，你會發現，他的面頰鬆垂下來，形成兩個小小的肉囊，法令線、魚尾紋、眉心一個川字，浮出水面，分明是張老人的臉。體態也是，就像現在，向晚的天光裡，一身黑外面套了短風衣，接袖坍到肩膀底下，身型就有些塌，髖骨大幅度擺動，腳底卻邁著小碎步，嚓嚓嚓的。速度倒不見得慢，很快走進一條短弄。暮靄忽然明亮起來，照出門上的脫漆，脫漆裡的木紋理和裂痕，很有些年頭了。鑰匙插入彈簧鎖，俗稱「司伯靈」的孔眼。這一截三四連排的舊里房子，出於某種緣故，可能是開發商資金鏈問題，抑或地塊所屬區域不同，或者只是個人的維權結果，所謂「釘子戶」，於是劃出動遷範圍。眼見得對面日夜施工，打夯機震得牆體歪斜，樓面開裂，吊塔貼著頭頂移來移去，傾下磚石瓦礫，像要把它埋了。

門在身後關上，阻住一日之內最後的天光。他立定片刻，漸漸看清周圍，壅塞著各色形狀的物體，床板、鐵皮爐、瓦盆、鉛桶、成捲的管線、泥工的桶和鏟、拆解和完整的自行車，彷彿巷戰的工事，壅塞著門廳，留出僅供一人過的狹道。幸虧他路熟，否則就要絆倒，傷了手腳。躋身進去，上去，兩邊也是工事。樓梯蹺蹺板似的，一頭高，一頭低，地板底下是空洞，聽得見腳步的回聲。一氣到二層，稍有了些亮，曬台上漏下來，白晝的殘餘。掏出第二把鑰匙，終於到家了。

推開房門，跳進一幅夜景圖，車流在地面和高架交互盤旋，彷彿破窗而入，撲上身來。手在牆上摸到開關，瞬息寂靜了。蓮花狀的頂燈投下乳白的光暈，平鋪開來。迎面的牆按了一排扶把，東西兩側鑲嵌鏡子，圍成一個小練功房，占去少半面積。餘下大半兼作臥室、起居、客餐二用。床、櫃、桌椅都是歐式洛可可風，邊緣和落地細節堆砌，重重疊疊的花瓣、藤蔓、螺紋、打著小漩渦，加上襇褶累累的布藝，顯得女人味重。但又有一股子清簡氣，除必要的日用，再無贅物。比如掛件、鏡框、擺設、隨手放下的衣服和鞋——進門便收納起來，變戲法似的看不見了。倒不只是潔癖，更像禁欲，說它像僧房吧，卻又不夠樸，而是刻意為之，經歷過風霜劍鋒，就生出肅殺。

撐著扶把，繃直腳背，側臉看鏡子裡的自己，調了調角度，良久，吁出一口長氣，滿意了。正過臉，看見窗玻璃上，逆光裡的輪廓，有點不像，是個陌生人，可千真萬確就是他！也是滿意的。四下無聲，或者是靜聲，超聲波似的，高頻率，傳播不進聽覺。樓宇層巒疊嶂，車在溝壑裡穿行，一串串的星鏈，甩出去，收回來。鐳射掃過夜空，此時天幕是一種蟹藍色，星月洇透墨黑，便亮起來。巡航機穿梭來回，留下軌跡，就又亮了些。要是有一雙慧眼，大約看得見低地的窗格子裡，人形紙片，伸展四肢，模仿一隻大黑鳥，飛，飛，飛！

和這間房子一樣，屬於歷史的殘餘。前者是顯學，他則是祕辛。

倘若能找到弄口的石頭牌坊，上面刻著開工和竣工的年份，再找到建築圖紙，規模就呈現了。東西橫貫，南北直通，占地整個街區。那時候也沒什麼人，清闊得很，早晚進出的動靜還大些，到了午後，只看見院牆上，夾竹桃搖曳，無花果落在地上，噗噗的幾聲，洋辣子也落下來了，那毛刺黏在晾曬的衣服，再黏到皮膚，又癢又痛，所以叫做「洋辣子」。後來，人漸漸多起來，變得雜沓，娘姨奶媽們互相串著門，和車夫調情，曾經幾何，這裡有不少私家車呢。小孩子伏在水門汀地上打彈子，拍香菸牌子，摔紙殼，這些博彩性質的遊戲，最早流行於碼頭一帶，據說杜月笙就是從它起家，不知順著什麼潮流，蔓延到尋常人家。另一邊呢，小姑娘們首尾銜接繞圈唱著「馬鈴鐺，馬鈴鐺，大家一起馬鈴鐺」，源起倫敦大橋和窈窕淑女的歌謠，兩者有什麼關係，只有問英國人，這就又回到半封建半殖民地去了。時間過到八十、九十年代改革開放，歷史的腳步驟然加快。眼睛一眨，市政改造，左切一條，右切一條，一條一條劃出去；眼睛一眨，商業用地，穿膛破肚，抽筋扒皮，一塊肉一塊肉挖走；眼睛再一眨，私人產權自由買賣，邊角零頭，一片瓦，一片瓦拆空，最後剩下這半排房子，前後不搭幾個門牌號。

有兩條橫弄原是他家，祖父母家每月來一個奶奶收房租，他也跟著去過。弄堂裡傳說，奶奶是祖母的陪房丫頭，後來被祖父收房，所以叫「奶奶」，祖母是叫親媽的。有人家就在後門口交割，有的則請進去，坐在廚房裡，倒一杯茶，還給他吃點心。其中一個年輕的女人，長長的燙髮，一身鮮亮的旗袍，塗著紅嘴唇，臉上卻帶著戚容，剛剛哭過的樣子。前一回還和奶奶說很久的話，下一回卻只開一條門縫，送出幾張鈔票，迅速把他們打發走了。這段記憶很短促，彷彿一閃即逝，獨獨留下女人的形象。那些房子忽就和他們沒了關係，女人也不見了，再忽然間，變出一座小學校，不是整一幢房子，而是跳著的，這裡一間，那裡一間，小孩子就是在這時候多出來的。這裡人家的孩子通常不出來，窗戶裡的鋼琴，彈著練習曲，高一級的，小奏鳴曲，就是他們，現在換成拖腔拖調的讀書聲。

隔著直弄，人稱大弄堂，和出租房屋相對的一邊，有他家自住的一幢。也許這邊曾也是兩條同等的房產，因兩條橫弄口，專拉起鐵柵欄，開一扇鐵門進出。家裡人的記事，常是以叔祖父搬走的年份，大伯伯搬走的年份，舅公舅婆搬走，姑婆姑爹離開——聽起來，原先這裡有一個大家族。為什麼要拆散，總是有不得已的理由，人口多了，難免發生齟齬；同時呢，各自創業，各有置產；更可能是出於保全的策略。朝奉出身的祖父，手裡經過典當無數，在他眼裡不只是物件，還是天時運數，漲落起伏，就不能把雞蛋放進一個籃子。先聚沙成塔，再化整為零，這又有一些農人的慳吝。朝上數，這新世界裡的新人類，誰不是一身土兩腳泥，剛剛爬上田埂頭。於是，一門門親緣出去，一戶戶陌路進來，大浪淘沙，餘下他們一房老底子。事情並沒有完，又有多少輪的更替斷接，一幢樓漸漸壓縮成一間，一家人變成他一個，且是後話了。近現代動蕩社會的市民，向有世事變遷的抵抗力。

晚飯的時間到了，他取一個荸薺籃，裝了肉菜，下樓到灶間起炊。這也是過去生活的遺緒，廚事都在底層，可見出昔日中產家庭的居住模式，弄堂房子結構的初衷。樓梯還是一片黑，方才說的，他已經慣了，閉著眼，一溜煙下去。燈泡蒙了油垢，水龍頭的橡皮圈鬆了，擰不緊，有點漏水，一會兒一滴，一會兒一滴，後天井的落水管子則是轟隆隆直貫到底，連坐似地一排房子都在震動。租戶們都是勤作的生計，早出晚歸，也好，錯著時間，可以永遠不照面。黃油在平底鍋滋滋響，將牛排展平，翻面，小氣泡珠子托著它；開水鍋汆進幾朵西蘭花，漏勺裡碧綠的一叢；再加一碗味增湯，一頓飯就成了。他基本斷絕碳水化合物，為了延緩皮膚老化和身體變形，誰能耗得過時間呢？只不過盡人事聽天命。身後的門響，底樓的

「跑街先生」回來了。三十出頭的年紀，西裝領帶，皮鞋擦得鋥亮，手裡的皮包也是鋥亮，胯下一部電動車，突突地走，突突地回，不叫「跑街先生」叫什麼呢？腳下加了速度，三級並兩級，快步上樓，免去點頭和寒暄。

玻璃台板上鋪一張餐墊，餐墊上是韋奇伍德盤碗，套著銀環的餐巾和銀刀叉，銀架子上的調料罐。牛排移到盤子，湯盛到蓋碗，葡萄酒斟進車料玻璃杯，餐巾抽出來，掖在領子裡，領釦是一顆藍寶石。這些老貨，本都是成套，打散了，又佚失，一件件離開視線，蹤跡全無，忽又從瀏河口路的地攤上露頭。不知道從哪裡出處，只覺得眼熟似的，彷彿舊相識，就買下了。底下灶間裡「嘩」一聲爆響，火辣辣的油煙躥上來，挾裹著蔥蒜薑十三香醬醋酒酸菜汁，興許還有罌粟殼，跑街先生的口味，麻辣燙！他怕的就是這個，擋也擋不住的攻勢。草草吃完盤中物，衛生間裡洗淨碗盞。衛生間是由內套的儲藏室改造，糞管水管，排風排氣，動了大工程，幸好面向天井。天井是管道的集散地，構成房屋的消化系統。衛生間則好比私處，凡不可示人的需要都在此處理，自成一體一統，就是螺螄殼裡做道場。

古話說：「小隱隱於野，中隱隱於市，大隱隱於朝。」他算得上中隱。密匝匝的人和物，這裡那裡都有眼睛盯著，東西的磕碰，簡直穿膛而過，就是個玻璃人，透明心，摀得多麼深才藏得住，所以才叫做「祕辛」。誰保得住是個空殼子，沒有一點點沉底的雜碎，靜夜裡險些兒露出端倪，所謂市聲，其實是耳語、竊笑、飲泣、還有夢囈。光天化日之下，又回去玻璃人，透明心。

餐具洗淨，歸置完畢，特特取出一片麂皮，擦拭銀器，刀叉湯匙、餐巾套環、調料架子，另有一具燭台，平素裡用不著它，也是淘來的舊貨。總覺得是從他家流出，迷途的羔羊似的，等著認領。即便不是，那麼就是錯領了別人家，從總量計，都歸了群。桌面上銀光熠熠，顯得華麗，又凋零。電視機裡播放著電視劇，說明黃金時段到了，白晝到了尾端。手裡的活計也完了，收拾起來，各就各位。起身換了衣服，底下牛仔褲，上身是細格子休閒式西裝外套，搭一條棉麻圍巾，淺藍的顏色。疏齒的梳子扒拉下幾絲額髮，噴些髮膠固定，有序的散亂，襤褸風的符號，不要多，多了就真「襤褸」了。誰讓他是老法師，經過多少輪次的時代精神，終得真諦。

底下又有一戶開灶。只聽一聲轟響，大肉塊掛著漿，閃電般投下滾油，火一下子躥上來，「鍋包肉」就成了。他快步過去，不等掌勺的東北人回頭，已經跨到門外。四周圍的高層公寓亮起燈，東一面窗，西一面窗，俄羅斯方塊似的。商務樓的玻璃幕牆也亮起來，彷彿無數電視頻同時打開播放，紅的紅，綠的綠，紫的紫。再往背景裡去，摩天大廈的塔頂，綴著明珠，彷彿天街，又是海龍宮。晶瑩剔透的點、線、面，立方體和立方體的罅漏，黑漆漆的，深不見底，活動著不入流，上不了史冊的動靜，眼看著要閉合，抹上陰影的灰泥，砌得個結結實實，到底經不起風化，日曬雨淋，天長地久，又露出馬腳。

假如有機會，不相干的人交集八卦，或就知道，老法師走出家門的下一刻，將在什麼地方現身。八卦最能揭示謎底，因為不按常理，走的邊鋒，怪力亂神的路數，骨子裡又是寫實主義。兩者之間怎麼打通？說話。說話這件事，即無中生有，空穴來風，結果卻歪打正著，弄假成真。就是用料多，大量大量的流言蜚語，碎嘴子，話搭頭，嚼舌根，車轂轆，藏頭詩，你拍一我拍一，一個小孩乘飛機……都沒邊了，提煉一星點真相，留下成千上萬廢渣。八卦本來是廢渣，耗得起。

話再說回老法師，按常理，他的形體樣貌是有特殊性的，一眼就可辨認。可是這城市裡，第一人多，第二特殊性多，不免埋沒了。街燈繁華處，光束聚集，他停下腳步，看櫥窗玻璃上的自己，交疊著模特的投影，還有身後絡繹的行人，紅男綠女。裡面外面，前面後面都是光和光裡的人形，他趕緊移開眼睛，生怕被穿透，破洞，吸乾，最後只剩下一個殼，落在花磚地面，風吹來，撲、撲、撲地跳，一傢伙掃進磚縫裡，不見蹤影。想起一句話：掃進歷史垃圾箱，不禁笑一笑，窗玻璃上的笑靨，從餘光裡掠過，又回到自己。腳底下的光，鋪得很薄，而且均勻，一池靜水，沒有漣漪。他邁開腳，滑行過去，引來一二人的目光，瞬息間收起，繼續走路，奔他的目的地。隔條馬路，街心花園傳來薩克管吹奏，他轉個圈，又轉個圈，乘著慣性，轉、轉，掀起旋風，又想起一句話：神的靈運行在水面上，一個吸腿轉，停下。現在，連僅存的一二人的注意也沒了。這地方，特別擅長吸納特殊性，不消幾分鐘，便化神奇為腐朽，見怪不怪。就這樣，老法師又一度隱匿。現代城市有一種功能，將整體的人切割瓦解，分成拼圖那樣，一粒一粒的小塊塊，等著八卦來組合，難免有錯接，嵌不進去不要緊，用力拍一下，平了，就成了稗史。雖是雜拌兒，可是有細節呀！不像正史，宏大敘事蓋棺定論，閒人插不進嘴去，這可是漁樵，熱鬧的人世間。

老法師下一個現身的地方，不定在哪裡，沒人想得到，八卦也搆不著了，甚至他自己，此一時彼一時，好比時間的魔術。事實上，魔術的神奇性，源自於讓人看見什麼和不看見什麼，效果就來了。可是，誰又不在魔術師的手裡？一會兒有一會兒無，所謂戲法人人會變，變法各有不同。老法師的特異性又一次同質化，消解了。

不夜城是以明暗劃分階層，光影的拖曳都是偏見。平均分布的路燈的中等亮度，是普羅大眾，最典型的代表是廣場舞，可說是變身。幾乎一色女性，青熟人生的騎線階段，坊間叫做「四零五零」，這稱呼不完全表示自然年齡，更意味經濟體制轉型中，交換出來的人群。之後沿用幾十年，原初的背景早已經消失，留下歷史的諷意，成為專屬用詞。無論從哪一方面，說是「普羅大眾」沒錯的。然而，還有一個特徵，包含微妙的細分，那就是，廣場舞者清一色本城居民，沒有外鄉人，比如保母——此時都在舞廳的夜場，不僅有師傅教授舞蹈，還有異性的身體，青壯的年齡，孤身在外，無疑是寂寞和苦悶，不定有機會脫出窠臼，誰知道呢？因此，「普羅大眾」內部又區劃出小布爾喬亞和無產階級，前者是中流砥柱，後者失去的只有鎖鏈。再說廣場舞，攜帶式音箱的播送，叫它「時代曲」很恰當，民國金曲、革命紅歌、民間小調、港台流行、新老電影配樂，囊括現當代文化演變，風氣潮流，不拘一格。凡節奏規整，音韻明快，都可用來做舞曲。那領頭的，大約類似舞場裡的「師傅」，不只擔任教學，還兼職編導。社交舞是經典，因循守成即可，廣場舞卻是開放的體系，必須時時創新。這城市的廣場舞已經走出草莽時期，社會化程度日趨成熟，按地區路段劃分和組織，互相交流學習，舉辦表演和賽事，納入到基層行政工作項目。領舞和領舞暗中都攢著一股勁，力圖比出高下，拔得頭籌，所以殫精竭慮，獨闢蹊徑。千萬不要小看廣場舞，不定什麼時候躋身藝術殿堂，莎士比亞就是從菜市場大篷車起家，中國的南北曲不也勃興瓦肆勾欄，鬧哄哄的坊間？

九到十時之間，廣場舞到高潮階段，新教的段落踩著點了，音樂激越，月亮從樓宇背後探頭，尤其收尾的一節，腳底都踩出花來。路人受感染，停了腳步，站住看，這就更加激勵，表演欲上來，每個人都在施展，難免有點亂勁，可是擋不住激情，只看見衣袂翻騰，快要飛上天了。領舞人很懂得見好就收，留個想頭，便做了收勢，漸漸消停下來。眾人喘息未定，汗淋淋向四處走，轉眼間走淨。掀起的塵埃紛紛落定，空地顯得格外光亮，鏡面一樣，映出獨一個人影。收拾起音響，裝上自行車後座，又抖出一件尼龍帽衫，迎風張開，鼓起一面帆，甩出扇形。月亮踱到下一個樓的豁口，路燈投過來，雙重的影，套過來套過去，動畫似的。樹葉子搖動，沙啦啦的，攪亂了影，碎了一地，再又和起來，回到原來。

樹叢裡走出人，繞到跟前，面對面站住，兩邊同時「嘿」一聲。來人脫下外衣，就手一拋，原地的那個也是一丟手，扇面收攏起來，不等落地，兩人已經動作起來。沒有音樂，路人也走了，沒有人語聲。兀自走著舞步，一迎一送，一進一退，就在一臂之內，打著提溜。就像太極高手，一張桌面的方圓，完成整套程式。夜行人走過，車馬稀疏，但還有一二個遲歸，好奇地回頭看，以為打架，可打得太出奇，人也是奇怪，妖精似的。樓頂升上半個月亮，半笑不笑，詭異的表情。星星，這城市哪有什麼星星，遠到不能再遠，忽隱忽現。兩人忽一個立定，停下，收住，結了。彎腰拾起各自衣物，一點頭，依稀有笑影浮出，參禪似的。然後踢開自行車的支腳，開步走。

不用問，這就是老法師，那一位呢，怎麼說，就算他的女學生。這時候，他坐在女學生的客廳裡，說是客廳，更接近過道。那種老式的多層的舊公房，南北間聯通的部位，開一扇窗，吊一盆綠植，底下一桌二椅，罩了鏤空蕾絲的布套。三尺距離的對面，排列水斗煤氣灶和料理台。上下的櫥櫃漆成粉色，牆紙也是粉色，吊燈的罩子是花瓣形，茶盤和玻璃杯，抽紙盒，繪的是蔓草葉。女學生進去衛生間，淋浴的花灑響一陣，出來換了裝，花布的家常服。小小的女人的世界，再是簡樸，也多少盛一點物質心，吃穿用度的剩餘，小裝飾和小點綴，鋼筋水泥的蜂窩裡，就此嵌進人世間。這麼侷促的地方，老法師照理轉不開身子，可是卻很自如，滴漏兩杯咖啡，餅乾筒裡抓一把曲奇，裝上茶碟，這才坐下，架起腿，抽菸。女人取了自己的，借他的火。湊得很近的臉，因廣角的緣故，有些變形。坐回去，復又還原。女人抬手推開綠植後面的窗，讓煙散出去。同時，窗下天井裡傳上來唧噥聲，嬰語似的。菸吸到半支，摁滅在荷葉形菸缸底，兩人靜靜坐著，只有知己，才能不怕沒話說。女人伸手拉上窗扇，就聽得見時針走秒，滴答滴答。咖啡杯也見了底，他們倒不嫌悶，仰在椅背上，懶洋洋的。先是他的手指尖，篤篤敲擊玻璃檯面，漸漸有了節奏，跳起舞來。跳到對面，女人的手指尖也上來了，繞著咖啡杯和菸灰缸，盤桓往互，方要觸及，又閃開，退遠。忽然，笑出聲，多少日子的老把戲了。他放平掌心，一拍桌，站起身說：阿陸頭，走了！她應道：再來哦！看他走去門前，開門，關門，黑咕隆咚的樓道裡，脆生生的皮底鞋，一溜煙地響到底，隨即銷聲匿跡。這才起身，進了南向的臥室。時間越過子夜，就到了次日的凌晨，白晝即將開幕。

二

顧名思義，「阿陸頭」從排行來，是乳名，她不愛聽，常常因為這叫名著惱。但年長輩的，倚老賣老，想怎麼就怎麼，還有一種沒羞沒臊的人，有意尋事，連帶著小孩子也跟著，也就拿他沒辦法。所以，到底還是叫開了，把她大名倒忘了。

看這排行，家中至少有兄弟姊妹六個，實際上是七個，底下還有個阿柒頭。父親母親，加上祖母，正好十口，住臨街的汽車間，就知道是看弄堂的出身。掃地，打驅蚊水，看管電閘，疏通下水道，守更巡夜——搖鈴喊「小心火燭，門窗關好」。阿陸頭五六歲大小，牽了父親的手，專職搖鈴。黃銅的一口小鐘，芯子裡一個舌頭，木頭柄暗紅顏色，磨得錚亮，看不出紋理，握在掌心溫潤如玉。對面走來小孩子，哀聲求道：阿陸頭，讓我搖一下吧！掌鈴人眼睛逼過來，只得退到牆根，氣不過，就在背後唱：阿陸頭，大蒜頭！

那時候的阿陸頭，梳一根獨辮子，撇在腦後，露出細嫩的頸子。身上是姊姊們傳下來的短衫褲，花色都洗模糊了，布質薄得透亮，大概從鄉下一徑穿到上海。這家人是上世紀三十年代蘇北水災難民，轉移過幾個地方幾種營生，先落腳閘北，經同鄉牽線搭橋，在鐵工廠做小工；後又接手南市一個皮匠攤；再到虹口，棚戶裡擠出半間披屋，後面住人，前面搪個爐子做燒餅；這就到了國共內戰，有家業的人紛紛外逃，其中一戶帶走看弄堂的，也是同鄉人，將飯碗讓給他，這就到了西區，從此扎下根來。這一對貧賤夫妻，苦作苦吃，似乎不太相稱的，長了一副好相貌，都是五官齊整，骨肉勻亭。孩子們自然也是一個比一個標緻，輪到阿陸頭，因是在上海落地，家道安寧，不像上面幾個受罪，就更出挑些。阿柒是男孩，又小，顯不出好看，所以，公認她最登樣。他從二樓窗戶，看著底下父女倆走過，目送到轉角處，消失在鐵皮罩子燈影裡，鈴聲久久不息。後來，搖鈴的換了阿柒頭，再後來，巡夜的古老行業式微，終至於絕跡。一方面後繼無人，另方面大約也無法納入任何社會分工，事實上，阿陸頭的父親早多年入職房管所衛生站，事情還是那些，掃弄堂，通陰溝，冬天給水管縛草繩保暖，夏天在樹身塗白藥膏防蟲，卻是公家的人了。搖鈴呢，不過因循舊例，盡義務而已。

阿陸頭再度走入視線，已過去五六年時間。有一日進弄堂，見孩子們玩耍。騎車過去，忽聽身後一眾人齊聲喊：讓開！龍頭歪兩下，車身偏了，趕緊站定，一條身影箭似地射來，從眼前擦過去，越過前方躬身而立的男孩，穩穩著地，腳後跟併攏，引臂向上，挺一挺腰。短辮落到無袖方領衫的後背，衣服顯小了，吊在褲腰，藍色的兩側鑲有白槓的運動褲卻又過於肥大，褲口挽到膝部，打著赤腳，腳趾頭挨個兒翹起又放平。他認出來了，罩子燈暖色的光裡，蟬蛻般透亮的小身子，呱唧呱唧的腳步，閃過去，留下鈴聲，越來越遠，終於沉寂。不期然間，再閃出來，已經是個少女。重新上車，慢慢離開，身後傳來陣陣呼嘯。他不回頭，眼睛裡也是那個「阿陸頭」，人們都在叫呢！阿陸頭奔跑，起跳，雙手撐在小伙伴的背脊，躥到半空中，開腿，劈叉，就在這一躍中，時間倏忽過去，帶著呼呼的風聲。

後來，又在弄堂裡遇見她，騎一架三輪拖車，人稱黃魚車，載了蜂窩煤餅。座位有點高，伸直腿，勉強搆著踏板，於是，身子一上一下，幅度很大，但用了巧勁，就不顯得吃力，好像跳一種勞動的舞蹈。阿柒頭在地上推車，小腳急急地交替，有一半是掛在車上，姊弟倆一溜煙地過去。再一回是她自己，拎著一個木頭提手的布袋，往往是成年婦女出門的配戴，放在未成年人身上，顯得很莊嚴，彷彿負著什麼重大的使命，目無旁視地走自己的路。第三回，水泥地上滑石粉劃的格子裡，幾個女孩伏身查看一串鈕釦，屬界內還是界外，這時候，就又長回去，還是那個搖鈴的小姑娘。這樣微妙，或者說曖昧的年齡，過去一點大人，過來一點孩子。眼見得要開出花來，再一眼，半途已經凋敝。彷彿走在刀刃，搖搖晃晃，險得很，經歷多少回合，最後才能「成型」。

終於有一天，他叫住她：阿陸頭！她驚訝他怎麼知道自己的名字。在阿陸頭，他無疑是上一代人了，不只年齡，還有身分，於是，恭恭敬敬叫了聲「爺叔」。他不由笑一笑，有些窘，這稱謂把他叫老了，也叫俗了，可是，還能叫什麼呢？那孩子的眼睛看在他臉上，等待發話。弄堂裡的人不都是這樣叫住父親，讓做這個，讓做那個，儘管已經是房管所員工，但長年習慣，還是當雜役使喚，父親呢，有求必應。他倒發慌了，不知道說什麼好，鎮定一下，問道：阿陸頭練過功嗎？只這略微的遲疑，她已經不怕了，小孩子有種機靈，超過大人想像。張開手臂，半個旋轉，指向對面，從容回答：在少體校體操班練的！沿直街過去，走個半站路，不就是區級業餘少年體校？他誇張地「哦」一聲，半認真半戲謔。她當他不信，急切說：練了一年半，躥個頭了，就換到籃球班！他注意到她的身高，目測大約在一百六十以上，按年齡還會長，練體操確實不合適，但是，籃球又不夠了。她看出他的懷疑，小人充大人地一笑：爺叔你就不懂了，籃球場上最矮的，往往是球隊的靈魂！他說：那麼阿陸頭就是那個靈魂了？她雙手扶在腦後，左右搖擺身體，彷彿廣播體操的轉身運動：沒打到位置，體校就關門了。為什麼？他問。她反詰：學校不都關門了？他「哦」一聲，這一「哦」就是謙虛的了。他上車離開，曉得背上有雙眼睛，跟到很遠。現在，他開始怕她了，下回遇見，裝不看見，她大聲叫「爺叔」，有些存心，他裝不聽見，她就咯咯地笑。

這天下午，經過弄口汽車間，朝門裡望一眼。汽車間的門總是敞開著，因為一多半的日常起居是在室外進行。擇菜、淘米、洗衣、午歇、乘涼，夏日的傍晚，地上澆一盆水，安下飯桌，一家人團團圍坐。大海碗裡的肉菜，盛得堆尖，幾個男孩虎一樣，女孩總是嫻靜的，但眼明心亮，筷子落點準，就也不輸。總之，風捲殘雲。人們愛看這一家吃飯，開胃。

這時間下午二三點鐘，盛夏的季節，懨懨的，阿陸頭坐在門裡的小板凳，手裡捧碩大一個番茄，皮剝淨了，嫩紅的瓤，送到嘴邊，「忽」地咬下去。看見他，站起身，倚著門框。汽車間低下路面兩級台階，他又跨坐自行車車座，居高臨下。卻不見她半點瑟縮，身後是暗的，臉上借了光，一閃一閃地亮。從容吃完番茄，嘴邊染了一圈淡紅，好像戲曲裡小女鬼的妝。他說：阿陸頭，想不想跳舞？想啊！她說，手背抹一下臉，那圈紅洇開到腮上，變成俊扮的鬼。他移過眼睛，稍停一下，說：跟我來！她登登上了台階，走出室內的影地，來到太陽裡，一下子被照透，成個絹做的人。

腳一點地，上了車。這是一輛跑車，手把很低，伏著身子，白襯衣束在皮帶裡，後背鼓起篷來，半剎半騎，緩緩地滾動。她徒步走，反比他快，走兩步停一步。就這樣，到了他家後弄。前弄的院子裡伸出夾竹桃，花事興隆，枝葉沉甸甸壓在牆頭。他摸出鑰匙開鎖，直接騎進花磚鑲拼的門廊，這才下車，鑰匙鏈掄著圈，走過緊閉的房門，上了樓梯。四下裡一片悄然，光線很暗，和汽車間裡的暗不同，那是摻了雜質，粗糲的灰黑，這裡卻是栗色的，閃著幽光，映出倒影。他推開二樓的房門，眼睛不由瞇縫起來，陽光濾過窗簾挑針的鏤空，撒在打了薄蠟的柚木地板。慢慢恢復視力，靜靜環顧周圍。一隻手遞來玻璃杯，杯壁上起著小泡泡，發出哧哧的響。接過來，掌心一陣冰涼，沁透全身。一口子喝下，最後在舌頭上停留幾秒，這貪饞的動作不禁讓他笑了。

她不肯還回空杯子，雙手交替捂著，又舉到耳畔，冰臉頰和額頭。他的笑鼓勵了她，多少有些放縱，在房間裡走動起來。沙發布面上的花卉圖案，床架立柱托著的小球，衣櫥頂蓋邊緣的螺旋雕飾，都是未曾見過的。猝不及防，看到鏡子裡的自己，嚇一跳，後退幾步，站住了。很快鎮定下來，就移不開眼睛了，左右輾轉，上下打量。這姿態讓她長了歲數，像個成年女人，若不是天真，就會變得可厭。很奇怪的，他生出惋惜的心情，想到，女人知道自己好看就不那麼好看了。可是，終究瞞不過去，於是，又釋然一些。

他走近鏡子，她停下動作，看他拉開一條皮尺，量她的肩寬，臂長，頸項，然後胸、腰、胯三圍。看得出，盡力避免觸及她身體，難免稍不提防，手指尖點一點，迅速離開了。阿陸頭，你不要動！他說。我沒有動，她說。你看，你又動了！他說。她笑起來，被咯吱似的。他就等她，重新站直，這時候，開始量腿。先從腰起，放到腳踝，再從臀下，隔著短褲衫的花布，感覺得到肉體緊緻的彈性，裡面的人，並不像表面的顢頇。汽車間裡的小兒女，過著一種裸著的生活。哥哥們被單上的遺精；夜間醒來，父母床板的響動；弄堂男人的切口，女人的笑罵，還有，她甚至看著母親娩下阿柒頭，從學齡前就開始的人體教育，相比之下，許多成年人倒是蒙昧的。

阿陸頭，你又動！他說。阿陸頭就笑，還是那句話，要不是天真，就輕薄了。有什麼好笑的？他佯怒道。阿陸頭止住笑，說：考少體校的時候，教練也是橫量豎量，我們都喊他老裁縫！果然有點好玩，他也笑了。體操班的人不能游泳，她接著說，游泳肌肉放鬆，體操要收緊，獨有我可以一星期游一次，因為我太緊了！他知道她的緊。好了，他說。她向著鏡子展開手臂，要飛的樣子。你很好，標準。她卻搖頭：姆媽帶我去買棉毛褲，店裡人說沒有我的尺寸，褲長正好，腰身大了，腰身正好，褲腿又短了，旁邊有個老伯伯，插嘴說，到體育用品商店，買男式的運動褲，前面不開門襟，男人比女人腿長，胯窄……她變得絮叨，喳喳喳說個不停。身後的爺叔並不在聽，低頭看皮尺上的記碼，額髮落下幾綹，烏黑烏黑，襯得瓷白的皮膚越發白，在家具和地板的蠟光中發亮，外國人！她想，弄堂裡人都這麼稱他。白襯衫寬鬆地籠到胯部，突然收束進褲腰，兩條筆筒似的細長腿，那老伯伯說得對，男人腿長胯窄。外國人！她又一次想，老伯伯沒有說，外國男人更加——更加男人。事實上，這城市並不少見外國人，馬路西側公寓大樓裡就有一個少年人，恰恰是個小胖子，沙黃的頭髮，臉也是沙黃，眼睛倒是藍的，常和幾個中國男孩站在街邊閒話。倘若正好走過去，就聽見他說一口上海話。大樓裡時不時出來一個老太婆，牽著一條大狗在人行道上走，步履蹣跚，比她太外婆還要老，太外婆的壽數在鄉下視作「人瑞」。這樣老的人已經分不出種氣，只有一件事情表明身分，那就是狗，這時節，只有這些特殊居民才允許在城市裡養狗。所以，地道的外國人常是讓人掃興，倒不如假外國人，比如現在，鏡子裡的這個。

鏡子裡人抬起眼睛，她的絮叨和漫想煞住，有那麼一瞬間，眼睛對上，停了停，讓開了。他又說了聲：好了！手指頭戳一下她的背，動作有些粗暴。順著這股力轉過身子，走出房間。幾乎被押著下樓，穿過走廊，路經廚房，門開著，窗外忽然亮起夕照，投在花磚地上，轉眼間，她已經站在後弄裡。惘然中，見半扇玻璃窗輕輕搖動，將日光折來折去，刺著眼睛，證明方才所見所聞不是白日夢。

之後再遇見，阿陸頭矜持地背轉身子，等他招呼。可是沒有動靜，回頭看，跑車已經出弄堂，不見了。難免是失落的，很快又驕傲起來，總有一天，他並不住會叫她，阿陸頭短，阿陸頭長。不過沒有多久，便淡忘了。有多少事要她忙的，從小孩子往大人裡長，兒童遊戲沒做完，女紅卻要上手。這時節，坊間興起織襪子的風潮，每人每年配額一張線票，可買四團棉線，正夠一雙襪子。到處可見四根鋼針在小姑娘手裡打架，丁零作響，眨眼的工夫，半個襪筒出來了。線票頓時成了緊俏，就有用棉線換襪子，其實是不平等交易，剝削勞動的性質。可不是喜歡做織女嗎？好，投我木桃，報之瓊瑤。阿陸頭是織襪先鋒，家裡人口多，線票就富裕，住在弄口，都認識她，婆婆媽媽的，幾乎壟斷了周邊鄰里的線襪訂貨。板凳旁的小籃子裡，滿滿盛著五顏六色的線，手裡的活計呢，時刻翻新，反針、跳針、絞絲、辮子……學校課業中途換成社會實踐，三五人結夥上街看大字報，找革命黨，遍地揭竿，就是不知道誰是誰。滿視野彷彿過節似的，不是說革命是盛大的節日，正對得上：鑼鼓隊，宣傳車，拉條板凳站上去，對著喇叭哇哇哇一陣講，講什麼聽不懂，只覺得激情飛揚。天空飛起一群白鴿，飄飄搖搖降到頭頂，原來是傳單，人堆炸鍋似地飛濺開去，追趕搶奪，簡直不要命，汽車喇叭銳叫，輪胎擦出火花，一馬路的膠皮味。她手快腳快，到底籃球場上練過，躥起來撈到一把，看也不看，再撒出去。街頭空地搭起台子，演出造反的歌舞，台下則演的風月雜劇。看官，不乏有潑皮的行事，階級分析歸之「流氓無產者」，擠攘中，蹭了多少便宜，上海市井叫做「吃豆腐」。如她這樣半大不小，最招人了，往往成風暴眼。她自恃很懂，撩起巴掌耳刮子過去，其實是她不懂了，那些人等的就是這個。她彎起手肘，左右開弓往外擠，擠不動，便破口大罵，都是弄堂裡的粗話，不曉得言語裡的陷阱。一句去，一句來，吃了多少啞巴虧卻不自知。

這樣的粗鄙的生活，改變了她的形貌和談吐，變成了小婦人。手上織著襪子，飛快地進針退針，嘴裡數落阿柒頭：小棺材，爹娘失教的！也不過腦子，他的爹娘就是自己的爹娘！倘若邊上有人，無論大小，低下聲竊語，眼睛看在別處，有什麼天大的機密似的。她發育良好，皮膚鍍了一層光，眼睛裡也是光，頭髮豐盛，黑油油的編成辮子，盤在頭頂，鋼絲卡沿髮際線從前額一路別過去，辮梢的紅頭繩恰正好落在耳畔，好比戴一朵花。彷彿做為代價，多少失去先前的纖巧，變得笨拙，顯出鄉俚的根底。她越來越接近原生家庭，甚至，和家裡的女人一樣，也有痛經的宿疾。逢到日子，臉色萎黃，浮腫，兩腮和下頷起了一片片丘疹，說話聲音嘶啞。也是荷爾蒙分泌不協調的關係，她容易嘔氣，那就更醜了，丘疹蔓延到四肢和前胸，豬肝樣的紅，眼淚汪汪的，按理是讓人生憐的，可她滿臉慍色，兇相畢露，就只能躲著她了。她倒要追著你了，明明不是弄堂嬉耍的年齡，偏偏混跡小孩子淘里。所謂「小孩子」，年齡未必小，但還在孩子的形狀，個頭矮一截，手腳蘆桿似的，離得老遠，三步並五步，一伸手，雞雛薅進老鷹爪子。

他的眼睛再沒有落到她身上，視而不見地騎車過去，有幾次差點撞上她，結果，連「對不起」一聲都沒有。她不由氣惱起來，過去的情景又翻回來，添枝加葉的，一遍遍重演。事實上，他正經歷另一種變故。北京來的紅衛兵，當街攔住，逼下自行車，勒令脫下皮鞋，內地人哪裡見過這樣的作派，兩只錚亮的尖削的船鞋在空中拋來拋去。他扛起自行車溜出人群，襪子裡的赤腳，讓瀝青馬路烙得滾燙，也顧不得了。跑到寂靜無人處，放下車跨上去，飛一般騎走。弄堂裡人都出去看熱鬧，沒有人，驕陽底下，只他一條身影，真彷彿白日夢。

左鄰右舍，幾戶中產以上人家，查抄是免不了的，嚴重的驅走，趕到不知什麼角落裡。幸運些的，壓縮居住，上繳政府。原則上歸房管部門統一調配，但亂世裡哪有什麼「原則」，不過是弱肉強食，看誰下手快，氣勢洶湧。有工友勸阿陸頭的父親，因在房管所下屬單位做事，趁著近水樓台，也去占一間兩間。第一代進上海的鄉下人，守著本分，首先是拉不下臉面。弄堂在他就是「村」，幾乎是族親的淵源。再是認一條公理，該你的跑不了，不該你的，總有要還的日子，繼續住汽車間。他家屬於幸運的那類，房子收走一和三層，比較從前自然侷促了，但人口清簡，割除去的只是贅疣，底層的客餐廳，三樓本就是閒置。看看周邊前後，即可稱得上寬裕，生活基本保持原樣。克服最初的惶遽，他到底年輕，修復能力強，就又回到從前，騎著跑車，腳上換了雙運動式繫帶麂皮鞋，弄堂裡進出。身後跟著調皮孩子，人稱「野蠻小鬼」，高聲叫罵：阿飛，阿飛，阿飛！有時候煩了，回罵一聲：癟三！一掉頭，忽然認出她來。

阿陸頭來不及收口，吐出一聲：阿飛！他卻怔住了，驚訝女孩子的變化，簡直不可思議，就像換一個人，分明又是她！不等車上人回過神，她呼喚道：捉牢伊！小鬼們撒開腿，呼嘯而上。驚慌中，踩空腳蹬，車後座被攀住，猴上身來，雜技似的，壘起一座人山。他埋下身子，左右搖晃，再發力猛踏。到底人力抵不過機械，紛紛落馬，眼看他絕塵飛去，一個急轉，不見了。從此，阿陸頭就回進視野，身後簇擁一班跟丁，稱她「女大王」。可見出她的威勢，但多少有點譏誚，譏誚她脫了姑娘行狀，落草為寇。中午，弄口沒人，她獨自倚牆站著，雙手背在身後，眼神巴巴的，等待隊伍聚集，可是，連阿柒頭都在午睡。陽光直射下來，將人照得透亮，明晃晃的，他垂下眼睛，看見地面上蟬蛻似的倩影，呱唧呱唧踩著木屐，隨著車輪，走啊走！

這是一個相當混亂的時期，外部世界的失序，沒有規範約束，往好處說是自由，不好則是虛無。好在阿陸頭家向來量入為出，無論經濟還是精神少有盈餘，所謂自由或者虛無，都是過奢，於是，就不至於太豁邊。等到中學復課，延宕一年半的小學畢業生終於晉升入校，生活重新規範，風險就算暫告段落。

她不是愛讀書的人，學校正在青年運動的尾脈，新舊交替的過渡期，課本都沒有出爐，也談不上教和學。但每天上學下學，本身就有意味，賦予了社會性身分。所以，她不反對去學校。完成一輪改制的就讀政策是取消差別，教育公平，所有應屆生按居住地塊分配，很幸運的，她們街區劃進一所重點中學。學校的前身屬法國教會，後來收歸新政府，為男女合校。校舍分成兩部，一部依然做學校，另一部入駐黨政機構。學校的一部保存了原先的設施和用途，甚至還有幾名外籍老師，在以後的日子裡絡繹消失。機關的一部，建築、甬道、花圃，環境大致不變，但氣氛卻沉寂下來。主樓背面的校工宿舍，因人員遣散，迅速頹圮，義務勞動日裡索性平掉，草籽飛來，長成茅草地，間了幾株無名的樹苗。周邊的小孩子，被大人驅使，從學校那部的大門進來，鑽過分界線上的籬笆牆，來到這邊挖馬蘭頭。倘若讓機關的警衛發現，就是一場逃和追，最終一個一個捉住，押解出去。那就是另一扇大門，開在另一條弄堂的弄底。懵懵的，不知今昔何年，走著走著，漸漸醒過來，不就是自家住的那條街？所以就不怕了。

向晚的時間，落日貼到地皮，白花花一片，原來草尖上開了小花，小蟲子嗡嗡地畫著圈。小孩子忘記使命，丟下草籃和剪子，奔跑追逐，冷不防抬頭看，暮靄裡的樓體，左右兩部銜接處，正中的位置，立著一座石頭亭子，圓拱形的蓋頂，裡面有一高一矮的人形，聖母和聖子。夕照的襯托下，顯得特別清晰，幾乎看得清眉眼，換到哪個角度，母子都看著他們。落日沉下地平線，天幕變了顏色，白草地成黑草地，誰高聲叫喊：來人了！驚聲四起，撒開腿就跑，一眨眼，蹤跡全無。

阿陸頭沒想到自己會進到這所中學，弄堂裡的好人家——父母這麼說，好人家的子弟想進都未必進得。雖然校園荒蕪了，全無向讀的跡象，應了物質不滅的定理，卻萌發另一種生機。她遇到體操班的同伴，高她一個年級，別小看這一年時間，足夠跨時代的了。這位同伴是中考進學校，算得上舊制度的親歷者，且又趕上革命造反大串聯，躋身新世界。邂逅的當口，正是高年級畢業分配方案下達，去工廠或者農村，區市著名的學校文藝宣傳隊，面臨人才流失，組織解體，餘下的隊員也渙散了軍心，急需增兵補馬，重整旗鼓。於是，兩人一見面，來不及敘舊，一個就讓另一個帶走了。

宣傳隊以歌舞兩項為主業，她們在體操班的訓練，派上了用場。此時，革命走出敵我鬥爭的階段，硝煙散去，四方平靖，宣傳隊也開始向藝術性精進。一些專業創作的節目在各地傳播，以樣板團的芭蕾為最高端。世上無難事，只怕有心人，你信不信，小姑娘用家常納底的布鞋也能立起足尖，拿下整場《白毛女》和《紅色娘子軍》。

學校和機關共用的禮堂，先是兩邊的紅衛兵爭搶使用，大批判、大辯論、誓師、動員、演出全武行，隨著運動退潮，逐漸冷清，終於無人問津，徹底被遺棄。為避免短路引發火災，電閘關閉。大門卸走了，不知去向，天光流入，中途淹沒在灰暗中。兩側窗戶釘上木板，顯然經歷過攻守的戰役，縫隙裡漏進光，倒是銳利得很，針尖似的，交叉成小小的十字，散布在微茫的空間中。一直向裡走，走上舞台，天幕扯成一縷縷的，露出後窗，沒有封閉，玻璃卻砸碎了，可供采光。下午三四時許，日頭翻過樓頂，從南面到北面，前廳和後院穿透，頓時通明。有無數絮狀的晶體翻捲，是地板縫、舊幕布、天花板蓬出的塵埃。空地上的小白花吐蕊了，茅草尖的碎屑，鳥嘴銜來種籽，雜樹枝子一條金一條銀，那石亭子裡的母子像倒映在灌木叢，身型變得巨大，剎那間收起，回去高遠處，立到天幕前。

阿陸頭進宣傳隊的一年，全市紅衛兵聯合演出大型歌舞，排場極其壯闊，參演人數以萬計。幾所藝術院校為主，其他則是大龍套。如此盛事，能擠進一隻腳也是榮幸，所以各宣傳隊都踴躍報名，哪怕只在背景上操作綵球，翻出圖案和字樣。因是這樣的大規模協同合作，組織紀律的要求很高，不能請假，不能遲到早退，阿陸頭們又沒有別的事做，賠得起工夫，她們總是排練開始之前一二小時，就進場地。演出在文化廣場，偌大的空間，足夠有數十上百學校禮堂加起來，人在裡面，豆粒似的，說話起著回聲。巡查人員過來，問幹什麼的，看了通行證不再說什麼，走開去了。這一點小小的特權也是讓人得意的。排練通常從午後開始，總要持續到晚上七八點甚至八九點，龍套比主要演員更吃時間，廣場歌舞就是群眾性的，所以幾乎自始至終不能離開。中間會發一次夜點心，原地就餐：綠楊村的菜饅頭，老大昌的夾心麵包，有一次四個人合一隻燒雞，她沒吃，帶回去給阿柒頭。現在，家裡人對她持謹慎的態度，好像眷養的女兒出道了，可以給自己掙一口吃的，就很器重。母親還給她做了新衣服，場面上不比屋裡頭，有身分的講究，她可向來是接著姊姊們穿剩的。

演出的消息傳遍大街小巷，這城市洋溢起一種歡樂氣氛。狂飆突起的驚懼日子，距今不過年餘，卻彷彿很遙遠了，記憶都有些淡薄。運動中的時間概念，與安平世道不同，所謂「一萬年太久，只爭朝夕」，大概就是這個意思。這近代開埠的居民，生性帶有苟活的本能，節骨眼上用得著。剛有幾天正常，就要找樂子。文化廣場周圍聚起閒雜人，來回溜達，交流聽聞，謠言就是這樣飛上天。無奈所有的入口都關著，鐵桶似地箍得緊緊的，沒有任何關於出票的跡象，可市面上就是有票呢！然後，交易產生了，各種票證，糧油菸酒，還有實物，軍帽、皮帶、膠鞋……演出那一天，從下午開始，那環形建築就圍了幾層，糾察隊在入口拉起人牆，可是並沒有逼退人流，反而更加洶湧。持票的生怕進不去，要擠；不持票的，更要擠；又有一類專門起鬨的，擠得最兇，逐漸匯成一股騷動，帶有暴力的性質。晚上六點鐘，離開演一小時，不知怎麼起頭，忽然喊起號子，呼呀嗨喲，人潮有節奏的律動，一浪高過一浪，人牆很快變形，對講機就向指揮部求援。於是，增補隊伍跑步趕來，頭戴安全帽，手握紅纓槍，呼著口號，形勢緩和下來。

如此規模的文藝演出，在文化廣場大約是第一次，原有的化妝間只夠供主演使用，其餘由各宣傳隊自行組織安排。阿陸頭她們在學校集合，準備就緒列隊出發。這一行人，端著一臉油彩，穿一色無領章帽徽的軍服，招來許多目光。有認識的人就會駐足招呼，也有不正經的戲謔，他們只作不聽見，目無旁視，隨隊長的口令一徑往前，餘光則四下裡撒網，什麼都沒漏掉：商店的職員隔了櫥窗張望，小孩子跟著跑，陽台上的收衣服的女人往下看，電車鐺鐺走在鐵軌上，買票的大蓋帽很危險的探出半個身子，乘客從後窗看他們，老虎灶的夥計挑一擔熱水，木桶蓋下吐出蒸汽，水管工拖拽長竹爿，嘩啦啦劃過路面……日常生活在眼前歷歷展開，他們原也是情景中人，脫身出來，方才覺得慨氣。此時，太陽還老高呢，場子已經關閉，燈光照明，就有了夜色。各個宣傳隊在梯級觀眾席待命，互相拉歌。阿陸頭他們安排在最高兩排，俯瞰全場，真是沸騰，滾水一般，血都衝到脖子根上了。時間飛快地過去，總指揮宣布解散休息。走下台階，出了場子，前廳裡漫了一片少年人，三五結夥，都在商量到哪裡吃飯。當日的晚餐是發現金，每人兩角錢，在這樣的年齡，可視作鉅款。女孩子們大多不肯用做果腹，而要解饞。這一天的門禁比往常森嚴幾倍，除之前的通行證外，臨時又發演員證，出示二證才放行。她們並不因此消停，反是格外頻繁往復，多少有點炫耀，也因為這麼多錢，一次怎麼花得完！天已經擦黑，聽得見集合的哨聲，揣了給同伴的捎帶，搶進檢票的隊伍，忽聽身後有人叫「阿陸頭」，回頭看見人縫裡的一張臉，急轉身想退，路卻堵死了。彎腰從人牆的縫裡一擠一鑽，站到跟前，氣吁吁叫一聲「爺叔」。

有段時間沒看見，她又正在長勢裡，一天一個變，且濃妝重彩，穿著戲裝似的戎裝，還是沒逃過眼睛。在他的年齡，大體上已經定型，所以就好認得很。爺叔來看演出？她問。是的，他說，老同學，留了兩張票。這時，她看見爺叔的臂彎裡，攙著一隻手，肩膀後面露出一個側臉，細長的單瞼底下，眸子亮亮的對了她，就曉得是女朋友。她踮起腳朝裡看，要等的人來了沒有。爺叔說，沒想到門口這樣亂，只怕錯過了也不定。她就問，老同學叫什麼名字，我進去找找看！他報出一個名字，她說了聲：你等我！轉身低頭，又鑽進人牆，不見了。

爺叔說的名字有點駭人的，是戲劇學院的青年教師，之前拍過電影，擔任串場詞的領誦，平日裡只有編導主演才接觸得到。她們這樣的龍套，唯有遠望。此時此刻，阿陸頭領了聖旨，游魚似地穿行在人浪裡。為抄近路，她從觀眾席直接登上台口，撥開大幕，進去了。幕布合攏，眼前漆黑一團，天橋上方有一些人聲，聽不清說什麼，只是嗡嗡的響。正不辨方向，原地打轉，忽然從天而降一束光，將她罩在中間。收住腳步再不敢動了，這光並沒有照亮周圍，反而更襯出昏暗，她就像在光的井底，一個勁地往下沉。光陡地收起，人回到地面，卻邁不開步子，中了定身術。耳朵裡打鼓般的，怦怦響，是自己的心跳，仿彿有許多時間過去，她想，演出要開始了！隱隱地，幕側透過一線亮，又滅了，她飛跑起來，錯了方向，被幕條裹住，雙手撲打著，這是遇到鬼打牆了！左右輾轉，驟然間人聲大作，白織燈射眼，景物都在移動，好一會方才停住。穩穩神，她想起爺叔的票子，就去找「同學」。化妝間的門一律緊鎖，主演們閉關似的，都不露面。向周圍人打聽，回說「不知道」。想到爺叔等在外面，十分焦慮，不禁懊悔自己撐強，應承下這件事，如今一籌莫展。萬般無奈中，只得硬了頭皮，跑去找她們宣傳隊的隊長。借戲劇學院的名頭，不是「同學」嗎？那爺叔必也是行內人士，說實在，她都不知道爺叔做的哪一行。從隊長手裡接過兩張票，返身往來處跑。門口警衛已經認得她，揶揄說：小姑娘忙得很！她回嘴：沒有你忙！衝出檢票口，卻不見等她的人，也不敢走遠了，只是原地轉圈，四下裡亂看。人群外面，離開十來米的路燈底下，閒站著兩個人，手裡拿著雪糕，臉對臉說話，不是他又是誰！她大喊幾聲「喂」，燈下的人方才抬頭，緩緩看過來，彷彿在說，急什麼嘛。把票交出去，來不及說明來歷，又是一陣疾跑，推開查證的警衛，前方劇場通體發光，夜明珠一般，像趨光的蛾子，一頭撲過去。

歌舞落幕，之後的日子就顯得沉寂了。滯留的高年級生陸續離校，去工廠農場，做了社會上的人。再過年餘，輪到低屆學生。出來新政，「知識青年到農村去」，坊間叫做「一片紅」，直接放到鄉下，取消城市戶籍，做真正的農人。阿陸頭家兒女出世密集，都落在這時節，有工有農，還有一個姊姊先天性心臟病，暫緩分配，歸入街道等待就業，政策的剛柔悉數占全。所以，她提前就報名插隊落戶，表示無條件服從安排，也有保全奶末頭弟弟阿柒的用心，具體去向則是模糊的。父母建議到蘇北老家，一樣做農民，不如回到根上。即刻遭到否決，在上海西區生長，即便住弄口汽車間，也溽染了成見。不是嗎，他們的孩子，連鄉音都聽不得的，大人自己呢，多年不回原籍，與舊親斷了音信往來，不知道人家認不認呢！內心裡又有對政府的倚靠，從命公家，公家自會負責到底。就也不強求，隨她自行決定。一個小孩子家，叫名十六，其實不過十五歲出頭，能有何等大決策！只知道不要什麼，卻不知道要什麼。因為少計量，就也不愁煩，還照樣過她的日子。帶阿柒頭，燒飯洗衣，改織襪為織衣——幾十雙勞動手套拆成棉紗線，夠織一件成人衣褲。隔三差五去學校打探消息，零打碎敲的，再加上臆想、揣測和學舌，沒有一件靠實。上海的市民，見識有限，以為滬地以外都是鄉野，差別在吃米吃麵，延伸開去，吃米的地方要下水田，不下水田呢，就只能吃麵。還有路途遠近的差別，城中心的人，頭上一爿天，對遠近沒概念，所以，又都在形而上。學校已經沒他們的教室，讓下一級的學生占了，就在操場上，這裡，那裡，男生一堆，女生一堆，彼此沒有交集，彷彿陌路，眼睛裡有人呢！是一個社交場。阿陸頭望著滿操場的人，奇怪為什麼沒有宣傳隊的熟識，有幾次，她看著像是，走過去，拍一下肩膀，轉過來，卻是陌生的臉。那些如火如荼的人和事，似乎隱退到茫茫人世，湮滅了行蹤。受這心情的驅使，當她不期而遇宣傳隊長，告訴說正組織隊伍去內蒙草原，她不曾分秒鐘猶豫，立刻跟他走了。

宣傳隊長就是那晚給她票的人。爺叔沒有問起票的來歷，也沒再提「老同學」，她後來懷疑過，「老同學」真的給留了票，甚至是不是真有「老同學」，可看爺叔那麼篤定，還把女朋友領來，又不像是假。急切中，向隊長開口，也是急中生智。豆蔻年華，異性之間最為敏感，覺得出隊長待她有點特殊。做為學校的新生，能得高年級生的青睞，怎麼都稱得上光榮，出於本分，她從來不濫用，坊間有一句話，不能把客氣當福氣。那一刻，實在形勢逼人，只能貿然，竟沒有遭拒，心中有萬千感激。隊長召喚，哪有不跟上的道理！

除她以外，又糾集幾名隊員，由宣傳隊長為首，實際上與文藝生活沒一點干係。直到幾十年過去，經歷多事的青年中年，人生向晚時節，不知道從哪裡興起，迅速蔓延，全國大小城市的空地上，跳起廣場舞。從參與者年齡看，多是在上世紀五十至六十年代，再看舞姿，凡過來人都有依稀記憶，敢說，至少領舞和編舞，有著宣傳小分隊的出身。這才連接上前史，亦可視作革命的餘音。

三

爺叔在這一行裡，稱得上童子功。小時候，在白俄舞蹈學校受訓。上世紀三、四十年代傳統，中上等人家都要學幾手西洋的功夫。母親喜歡芭蕾，有個好朋友是中國第一個白天鵝，如果他是女孩，大概會送去學足尖舞。但聽好朋友說，芭蕾裡的男角幾等於活動扶把，倒是摩登舞有風情，交際場上哄哄小姑娘也用得上。說到這裡，母親和她的朋友便樂不可支。家裡學英國人，下午要開茶會。其時已進到五十年代，新政府的教育改造還未涉及太太客廳，這裡依然如故。他大約五至六歲，長了一張娃娃的小俏臉，睫毛向上捲，下巴上有一個小小的凹堂。吊帶扣住西裝短褲，花格子的雞心領羊毛衫，翻出襯衫領子，長筒的網球襪，小漆皮鞋。母親讓他倚在膝邊，就像歐洲古典油畫上的母與子。女友們說話也不避他，甚至有意說給他聽，半懂不懂的小孩子，頂好玩了。

經「白天鵝」介紹，到一家白俄舞校練習。所謂舞校，其實就是公寓大樓裡底層的一套，客餐廳一體，沿牆裝一周扶把，幾面大鏡子。進門處挨著廚房的小間，一般用作配菜，這時就作學員們的更衣室。頂頭的毛玻璃落地窗，看上去像是通花園或者露台，實際是校長的臥室。校長就是老師，校長夫人任鋼琴伴奏，兼操作投影機，播放各種舞會實況。要單獨看，校長還是個年輕人，夫婦倆一起，就顯出歲數了。因夫人是個老女人，把男人帶老了。額上的橫肌，眼角的魚尾紋，鬆垂的頸項，但身體保持著舞者的線條，瘦筋筋的，隔著黑色緊身衣，鼓起三角肌和腹肌。老師不會說中文，上課用的英文，受訓的人大多來自西洋教育的家庭，能應答自如，至少也聽得懂意思，專用術語外加手裡的一桿尺子，敲打腿，腿就要拉直，敲打肚子，就要收腹，敲打自己的手掌心，則是節奏。他是學生裡年齡最小的一個，手下他一是「白天鵝」的疏通，二也是從收入計。學生越來越少，還會繼續少下去。上半堂基本功，也是熱身，他排在隊末，小尾巴似的；下半堂進入正題，開舞步了，搭檔就成了問題。女孩子早發，高出一截，哪裡經得起三四、五六歲的差異，真拿他不好辦。校長夫人停下鋼琴，留聲機放唱片，親自上場帶他。老太太一旦踩上拍點，精神頭即刻上來，換了個人！她不穿練功服，身上披披掛掛，長的短的，旋轉起來乍開蓬，像一頭大鳥。罩在不知是紗還是綢的襉縐裡，濃烈的香水味幾乎讓他窒息，分不清東西南北。奇怪的是，遮天蔽日之下，頭腦卻是清醒的，節奏和動作都不拉下。一曲終了，頭髮亂成一團，上衣從褲腰裡抽出，鞋帶散開，幾乎絆了自己的腳，就像經歷一場暴風。夫人不由笑起來，笑聲很豪放，但很快收住，又回到先前的模樣。

每個學生都取一個外國名字，他叫「熱尼亞」，夫人的意思。有時候，校長和夫人說俄國話，語速迅疾，捕捉到這個名字，不像指的他，是另一個「熱尼亞」。又有時候，夫人喊他，應聲到跟前，夫人卻走開去，知道是那一個「熱尼亞」。下課以後，夫人還會彈一會琴，讓他坐上琴凳，替她翻譜。他不識譜，看夫人的表情，微微頷首，或者一揚眉，換了別人未必覺察，他就能！是個解人意的孩子。學生們都走了，接他回家的女傭人等在廚房裡，和廚子閒聊，廚子是中國人，從海參崴帶過來的，口很緊，只說些沒打緊的，所以很快就沒話了，只是呆坐。校長在臥室裡洗澡換衣，門上的毛玻璃人影晃動，隔了空寂的練功廳，顯得很遠，在隧道的底部。夫人彈完琴，他便合上譜子，有幾張散頁，排好剁齊，放在譜架，下了琴凳。夫人從磁缸拈出一塊黃方糖，他張開嘴接住。糖塊很粗糙，在舌面上散成沙粒，齁甜齁甜。

七八歲的孩子有一個長勢，他躥了五六公分，後來居上的樣子，就分配到舞伴。小姑娘年長一歲，同齡人相比，屬中等身高，所以和他差不多齊平，可是姿態的緣故，抬著下巴，眼睛從對方頭頂上看過去，又成俯仰之間。但他並不感到屈抑，因為曾經和夫人做搭檔，不僅舞技，還有成熟女性，帶有情慾氣息的身體和動感，這些小女伴，雞雛似的胸脯，手也像雞爪，關節呢，好像脫了臼！他在心裡笑著，偶爾地，一上一下，視線碰在一起，舞伴的眼睛裡閃過瑟縮的表情。此時此刻，他又躥高一截，越過對方的髮髻，小母雞的冠，望得更遠。手指一動，打著旋出去，再一動，又回來。小舞伴的外國名叫「季麗婭」，住在同一條街上，轉角處的公寓大樓。她不在公立小學就讀，請家庭教師獨門授業。語文算數自然地理，多半是英國的普教課程，所謂語文就是英文，中文是當外語學的，英國人重視藝術教育，必修鋼琴和繪畫，摩登舞則是副科，所以就沒有同學。摩登舞原是社交舞，但沒有與人相處的經驗，還是獨自一人，都當她驕傲，其實是無所適從。兩家女傭倒是熟識，徵得各自東家允許，便輪流代職，一日這家，下一日那家。女傭人一手牽一個，開始不理睬，彷彿路人。漸漸開始話來話去，再後來，熱尼亞和季麗婭走在前面，女傭人尾隨，押解似的。季麗婭不大會說中文，她家從外洋回來，在英國殼牌石油公司做上海專賣，將來也要回去的。大人小孩都說英語，連女傭人也會說幾句。兩人是用一種特殊的語言，中英文參雜上海話，坊間叫做洋涇浜。人類學角度就有另一種解釋，小孩子是史前動物，尚未進化到語言階段，憑著音韻交流，《詩經》就有記錄，「嚶嚶草蟲」、「呦呦鹿鳴」、「交交黃鳥」……《詩經》裡有著大量的象聲詞，大約最初來自發音，字形作古了，只能到嬰語裡找痕跡。

僅僅一年多時間，熱尼亞的長相有大變樣，嬰兒肥褪去，圓臉成長臉，膚色白亮，簡直熠熠發光，頭髮漆黑，又帶些鬈，就在額前聳起一堆雲。是不是真有西洋的血統，寧波鎮海的人難說得很，他就比大部分男孩早熟，所以就追上了季麗婭。校長經常讓他們做示範，還帶去僑民的沙龍表演，這時候，就是母親們出動了。兩個母親正當風華，東方人又顯後生，妝容和衣品則在上流，老的少的都來獻殷勤。沙龍的主人，一個俄國猶太家庭，遠東罐頭公司老闆，革命前就在東南亞置業，美國紐約也有資產，太平洋戰爭以來，上海的生意縮水得厲害，也不排除向外轉移，總之已經在收勢，但還保留西區自住一幢洋房。到這一天，馬路上停滿汽車，花園裡開了彩燈，噴池的水柱變幻顏色，樹叢裡隱著雕塑，有鹿群，大力神像，小胖娃娃，還有一具中國的仙女。此地的外國人多沒什麼根基，就是錢多，又捨得花，於是東一點，西一點，雜得很。他和母親搭季麗婭家的汽車，汽車夫染了西洋的派頭，戴格子呢鴨舌帽，抽雪茄，一口浦東鄉音卻改不了。少小當差，是年輕的「老僕」，依陳規稱季麗婭母親「少奶」，季麗婭則是「密斯」。她母親說現在新社會，不興這麼叫了，他嘴裡應就是不改，還很賣弄地叫熱尼亞母親「瑪達姆」，熱尼亞呢，就是「瑟」，前面加個小，「小瑟」。一車人被他逗得只是笑，到花園大鐵門前方才安靜，肅穆起來。一九五〇頭三四年，這殖民史上的舊景甚至比中興時期更為靡麗，雖然免不了鄉氣，人和事都到尾聲，恍惚一場醉夢。

校長和夫人來到沙龍，就像換了個人。校長穿燕尾服，繫領結，頭髮向後梳齊，露出額頭，也露出脫髮的跡象，同時呢，更像真正的校長。夫人還是原先披披掛掛的一身，但化了濃妝，也做了髮型，打了無數的捲，攏到頭頂，繫一個碩大的蝴蝶結，這少女型的裝束使她更顯老，像一個老了的洋娃娃。兩人臉上都掛了笑容，所有人都在笑，大聲說話，大力擁抱，撞著酒杯，酒濺出杯沿，潑撒到身上，溼了衣襟。「密斯」和「瑟」們不喝酒，吃糖，吃夠了，滾到桌底下，大人的腿之間爬來爬去，拾糖紙，學著親嘴。俄國種的小孩很早就會這一套，因父母不避他們。接著是蘋果核大戰，啃了一半沾了唾沫的蘋果芯子投擲過來，再還回去，也是有榜樣的，父母高興和不高興，拾起什麼扔什麼。白俄說是「貴族」，其實大部是暴發戶，流亡的生活，又折損了體面。平時還撐持著，喝了酒，又都是自己人，便放縱了。

如火如荼的時候，夫人卻哭了。一個人坐在茶桌邊上，往嘴裡扔著乾酪，無聲地流淚。臉上的妝花了，彷彿小丑的面具。他爬出垂地的桌幔，挨過去，搭著夫人的背，尖削的肩胛骨硌在手心裡，真是瘦啊！不由也悲傷起來。他們的母親在告辭，幾個醉鬼纏得很兇，追到門口還不放過，最後是季麗婭家的汽車夫出馬，他粗暴地推著醉鬼胸脯，厲聲道：Back，Back！那些人果然Back了。母親們坐進車，發誓再也不來了，羅宋人忒荒唐！一些日子過去，母親中的一個忽然說：羅宋人的沙龍好久不開了！大家都笑了。平靜的日子裡，偶爾會想念那狂熱的驚恐的異國情調。

罐頭大王走了，座上賓隨之星散。許多國度，幾乎全世界，都有他的花園，落地即開出新沙龍。舞蹈學校是反過來，先學生走，比如季麗婭，移居殼牌本部倫敦，接著，陸陸續續，終於輪到熱尼亞，卻走的另一種路數。他們這一家，生活在祖父的蔭蔽裡。老先生是個明白人，公私合營時候，將工廠上繳國有，任個閒職。幾個兒子都學的工科，是為繼承企業而計。按古訓說，萬貫家財不抵一技在身；以現代看，無論帝制共和，政黨輪替，有一樁事情卻不會倒轉，那就是科學進步。英國工業革命，越過大洋降臨新開埠的上海，這草創的世界。從最初的朝奉，海內外輾轉，進到紡織廠做機修工，然後發跡，難免要走旁路，生意場上，誰沒有拜過老頭子，國民政府和在野黨兩頭變通，股市上做空頭，可無論如何也繞不過技術這道坎！果然，世道變遷，資產隨了別人家的姓，老闆變夥計，學來的本事卻沒白費，都安排進關鍵部門。父子們的保留工資，加上定息，足夠提供生活開銷。因不必考慮投資和成本，擴大生產，反比從前更要寬裕一些。兒女成婚，各有住宅、汽車和傭人，女眷不必出去謀職，只相夫教子。熱尼亞的父親排末，生長正值家業興隆，沒吃過上頭幾個的苦。大哥留洋勤工儉學，為省盤纏，從去到回沒有探親；大姊二姊下學，脫了校服就去幫廚，替加班的工人燒飯；小哥的學費幾乎自己掙的，在車間做小工，學畫銑件的圖樣，他呢，睜眼就是花園洋房，錦衣玉食。盛世裡的孩子最受寵愛，一是境遇好，二也是，大人會倒過來想，當是旺財的命星，只怕自己福淺，留他不住，還折壽。所以，很謙卑地，不叫他稱爹爹姆媽，而是叫叔嬸。尤其是女人，本來就疼小的，有這許多淵源墊底，更就放縱了。他要打籃球，能把養熟的草皮揭去，夯實了鋪水泥膠，按上籃球架。玩過癮，改成網球，再種草，拉上網。幸虧老父親頭腦比較清醒，及時踩了剎車，任由一味胡鬧下去，就要挖泳池了。事實上，後來的遭際有多半這時候造下的禍根。厚養的孩子，通常好性情，與人寬和，心底良善，以為全天下都是親的，自然行事就輕率了。

公私合營以後，生活似乎沒大改變，做小開上班，做員工也上班，相比，老闆比領導更嚴苛，自家的廠，自家的兒子，性命攸關。如今，人和廠都是公家負責，樂得不管。這年，父親三十二歲，有家有室，玩性還沒過去，牽黃擎蒼，呼朋喚友，年輕人總是狂妄，海闊天空，指點江山，難免有枉議之言。要說有什麼見識和野心，實在是高抬了他，只不過嘴頭痛快，語不驚人死不休。工農新政，本來見不得這號舊人，視作殘渣餘孽，言論無疑就是自我招供。時逢肅反，成了個活教材，定下「反革命」罪名。他父親，一個精明的浙江人，自從踏進上海灘，閱歷可謂腥風血雨，全憑審時度勢，捱到今天。赤條條一身什麼都不懼，走私，越貨，綁過人，也被綁過。漸漸的，有了資產，拖家帶口，膽氣就收斂了，變得瞻前顧後。稍有風聲，立馬聲明，解除父子關係，原也不過代職父母，左鄰右舍都知道，自小叫的叔叔嬸嬸，養他成年，從此，路歸路，橋歸橋，這是原話，帶江湖氣。以統戰的政策論，則是朋友搞得多多的，敵人搞得少少的，不連坐，不受掛落。就這樣，丟卒保車，度過險關。

父親的處置是勞改三年，相對罪名，可算輕判，老頭子的表態，其實也幫了他，至少不能算做階級報復。刑期不算長，地方卻不好，在青海農場。聽起來，好比海天之隔。幸好老太太已經過身，否則又要搭上一條命。臨動身，讓家屬會面，其時，家屬只剩他和母親，母親不去，他未成年，也只得不去。外家在上海算得好身世，上輩子做過官，後人在王家碼頭開豆米行，南市九畝地上一座大宅院，門額據說是皇上賜的字，坊間叫做「有錢有勢」。母親哪裡經過這般劫難，出事起，就帶他住回去，熱尼亞的舞蹈生涯就中斷了。最後，是大姊給弟弟送了行。大姊讀的協和醫學院，畢業留院做醫生，給一些高級幹部做保健，這也是親屬們得以保全的原因吧！未婚，沒有家累，也是敢出頭的底氣。打聽到車次、路線，走了關係，見上一面。送往青海的勞改犯乘坐的是罐籠車，停靠北京豐台火車站。半路風塵，又穿了囚衣，氣焰已經矮下去，讓人心酸。姊弟倆排行一頭一尾，大的離家早，異地生活久了，樣貌都不很像，感情難免生分，倒好排解些。旁邊有人看著，就只說些套路。哨子吹響，人上車，轉眼不見了。

三年刑滿，又留場察看，那日子就看不到頭了。中間沒有回來，這裡去過，去的誰，說出來叫人不相信！季麗婭家的汽車夫，叫母親「瑪達姆」，叫他「小瑟」，拍著羅宋人的胸脯說「Back，Back」的先生，人們隨主家都叫「阿郭」。季麗婭一家走了，留他看房子，房子收歸國有，到房管所名下，他就跟進做了職工。有時候馬路上遇到，停下腳步說幾句話，漸漸熟絡起來。世道變遷，曾經的相識都可算故舊，不論及主僕尊卑。叔伯們早已不來往，娘家人也怕牽扯，有個弟弟正爭取入黨，接受組織上考驗，他們母子就像失了怙恃。反而外人沒有羈絆，行動自由些，有事叫得應。

熱尼亞十二三歲，要在平常人家，大可充個人用，母親呢，正逢當年，哪個不是上廳堂下廚房。偏偏這兩個都是長不大的那一類，漸漸的，阿郭成了主心骨。阿郭二十七八，不到三十，浦東鄉下人農戶，同族人介紹，少年出來當差。從雜役做到汽車夫，外國董事到老閭買辦，現在到了房管所，算得政府部門，又是一重江湖。左右逢源，逼仄處都轉得開舵。瑪達姆和小瑟，孤家寡人，一個壯年男子頻繁出入門戶，坊間難免有議論，然而，阿郭是有家主婆的，還有一雙兒女，人們就又不好說什麼了。

阿郭去青海農場，正是三年困難時期，全國都在飢饉中，上海畢竟上海，不說底子厚薄，單看外表，依然燈光流溢，紅男綠女，想不出荒漠曠野的絕境，帶去的吃食多是話梅、鴨肫、核桃仁的零嘴，是解油膩的奢物，餓人看了只是泛酸水。阿郭自帶兩只鹹鴨蛋，被那人吃得乾乾淨淨，連殼都嚼碎嚥下去。回來以後，並沒有說，說了也未必聽得懂。再講了，人各有命，誰也替不了誰，何必去掃興致！日子已經很難了。

北京成立舞蹈學校，過來上海招生。熱尼亞十三歲，超出規定的年齡。因為「白天鵝」舉薦，還因為他的形象，其時的他，活脫一個王子。纖細挺拔的身體，一張深目隆鼻的臉，白亮的膚色，奪目得很。一年半的摩登舞，雖然還在初級，到底練就一種風度，一般人不能比。尤其是芭蕾的專用名詞，法語無可挑剔，考官們簡直驚豔。經幾輪篩選，最終破格錄取。

北京讓他生畏，上海人對外埠懷有成見，聽大孃孃說，那時候他們還沒斷來往，大孃孃說那裡的馬路上走著駱駝，就想起邊塞詩。但是，學校生活不是他喜歡的，相形之下，課外的白俄學校，校長和夫人早已經離開，大樓門上的名牌摘下來，公寓搬進新住戶，還有僑民沙龍，季麗婭……人和事都顯出乏味。老師們一本正經，無風趣可言，怎麼能和阿郭比！北京舞蹈學校，或許另有一番風景，不也是舞蹈嗎？所以，倒放下地域的偏見，樂意前往，嘗試新的環境。

母親這方面呢，生來小姐脾氣，身為人母也改不掉一點，兒女心淡薄，對離別並不看重，甚至於，隱隱的釋然。舞蹈學校免學費不說，吃住全包，家裡就少開銷。其實不至於多他一人，雖然沒有掙工資的人，但定息中劃給他們母子的那一份，從不曾脫班，準時由阿郭送去。但撒漫慣了，這時節，還要開茶會。女傭辭了，但不是有阿郭嗎？這就是福氣。走的那天，母親送他到後門口，說了聲：阿囡，從此要靠自己了！他已經長到母親一般高，「阿囡」的暱稱讓雙方都紅了臉。看母親眼睛裡有些淚光，好像一去不復返。趕緊轉身走，不是難過，而是窘得慌。不到一年，他就回來了。

到北京沒有看見駱駝，他把駱駝這檔事忘了。從北京站直接上汽車，開進一處院落，自此，就日夜在裡面活動。後來聽開水房的鍋爐工說，原本是某個王爺的府邸，在他看來，則是廟一樣的平房。大孃孃來過一次，帶他去家裡，乘的是轎車，就知道這位長輩是有身分的人物。車行一路，沒有看進去多少景色，只覺得天地的大，把人襯得很小。玩具似的公共汽車，商店也像玩具，一種陳舊的玩具，在馬路一側，趴到地平線底下。大孃孃住的房子不小，大套小好幾進，但牆面和地坪都裸著，露著石灰水泥的慘白。中午吃手擀麵，拌了黃瓜絲雞蛋皮醬油醋和黃醬。作廚的裹腳女人和主人以「同志」相稱，吃飯也上桌。他完全不記得見沒見過大孃孃，除了感情上的疏離，還因為和家裡其他親屬不一樣。大孃孃穿一件卡其布翻領排鈕制服，通常叫做列寧裝，短髮別在耳後，男人樣的托著手肘抽菸，翹起纖長的手指，隱約見出族人們的遺傳。看起來她對這個侄子沒太大的興趣，顯然是受命於父母招待他，就像那年在火車站見那個弟弟，大概言語措辭也差不多，好好學習，提高思想，跟上時代，諸如此類。他也像當時的父親，唯唯應著，不敢抬頭。大孃孃有一種威儀，很快，在老師身上也有同樣的發現。

他們的老師姓竇，她讓大家稱豆豆老師，不是姓竇的「竇」，是豌豆的「豆」，老師說。這是在課下，到了課上，就不那麼有趣了。

剛開始，她是喜歡他的，委任他班長。不僅因為年齡，班上也有與他一般大的學生，但誰都不像他，受過舞蹈的訓練，而且得自於俄僑，與她留蘇的經歷就有某些重合。那時候，他多麼招人啊！別的男孩都沒有長開，他呢，立在那裡，一株小白楊樹，新綠的抽條。黑漆漆的眉眼，亮亮的眸子，看著你，不期然間，微微一闔，再張開，眸子退遠，深不見底，面前的少年倏忽變作成年男子。豆豆老師不由一驚，想這是什麼人啊！定下神來，男子又回來少年。這種微妙的變身後來還捕捉到幾回，漸漸成為常態，豆豆老師困頓住了。她無法描繪心裡的反應，似乎是不悅，卻又不忍，因為這「不悅」是對成人而起，放在孩子身上就不公平了。問題在於，她究竟當他誰，是孩子還是不是。

豆豆老師原籍上海，皖南事變後，隨父母去到蘇北根據地，進了新安旅行團。大軍渡江後，隨政治部任職的丈夫進京，然後公派蘇聯深造。芭蕾源出法國宮廷，是貴族藝術，但豆豆老師秉性十分質樸，行營中長大，工農政權又提倡生活從簡，好處是作風軒朗正直，缺陷則是簡單，世故人情比上海男孩「熱尼亞」都要低幾個量級。她看不懂他，他卻看懂她，將她歸屬到，歸屬到哪裡，大孃孃那裡！她們是一類人。北京就是這類人多，簡直是個總部，他給出名字，叫做「官派」。普通話——南方人聽來，北京話就是普通話，是「官話」；列寧裝是「官服」；大孃孃住這麼大房子，小轎車進出，因為吃「官飯」；女人都有點像男人，照理豆豆老師不應該，因為她很漂亮，即便歸在「官派」，也不得不承認，這是個好看人！烏黑的頭髮盤在腦後，露出頎長的頸項，練功服的V字領一直開到後腰，沿著肩胛骨纖巧的弧度，髖骨提得很高，連帶起窄腰長腿，後臀上翹……可就是有男人氣呢；他總結出來，這男人氣就是官氣。

後來，豆豆老師替熱尼亞做了評價，習氣。「習氣」兩個字又對又不對，對的是它的概括性，不對也在此，概括性難免損失細節，大而化之。他敏感到豆豆老師的冷淡，早點名或者列隊解散時候，老師從隊頭掃視到隊尾，總是「嗖」地越過去，彷彿沒有這個人。他格外地凝聚起目光，睫毛扎翅似地張開，然後收起，雲遮霧罩，眼神越發迷離。畢竟還是個孩子，不曉得過猶不及的道理，豆豆老師真正被惹惱了。情急中，腦子裡脫跳上來兩個字，「媚眼」！對了，就是它，她終於得門而入。事實上，未必暗藏什麼用心，而是小人學大人。周圍都是榜樣，母親茶會上的太太們，校長和夫人，剪輯的電影片段，比如《脖子上的安娜》，舞步裡的風月，罐頭大王的沙龍，香檳潑灑的胭脂粉，腿腳在桌布下打架……他不能辨別正邪，好壞通吃。大家又都喜歡他，尤其是女性，電車上不認識的路人，都會塞給「洋囡囡」一個橘子，到了北京，卻吃不開了。

豆豆老師的態度是個起頭，接下來蘇聯外教也對他失望了。就是上海招生用俄語法語對答，也是至今一直用洋名稱呼他的人，可是，當時得到鍾愛的長處，現在變成了短處。外教，和校長相反，是個粗矮的喬治亞壯漢，黑頭髮，黑眼睛，濃黑的胸毛，手指頭點在熱尼亞的肋骨上，用漢語說：不動！他辯解：沒動！否定詞在方塊字裡的差異，對外國人簡直是玄機，還以為學舌，這就有點不敬的意思，喬治亞人手指一使勁，他打了個趔趄。知道外教嫌他身上的小動作太多，可自己一點不覺得，不知道從何改起，心中十分苦悶。聽老師們議論，是拉丁舞訓練的遺習，「習氣」，豆豆老師說。他想應該是「習慣」，被說成「習氣」，問題就變得嚴重了。接著，他從班長的職務下到副班長，「副班長」的設置顯然是安慰獎。替代他的女生，北京人，比他小一歲，已經提前加入共青團。他有時想起季麗娅，練功服底下的女生彼此相像，好比一個模子脫出來的，但換上日常衣服，好比天鵝降臨人間，就形態各異。班長的白襯衫前襟別了團徽，頸項繫紅領巾，他彷彿看到她未來的樣子，又一個豆豆老師。

芭蕾的程式比摩登舞嚴格，訓練相應也枯燥了。他想起「白天鵝」的調侃，男舞是移動的扶把，六七歲的他，竟然記得這些。不由暗自一笑，想，女舞亦不過是扶把上的發條娃娃。那些沒長成，因為高強度運動和節食，導致發育遲緩，箍在緊身衣裡的小骨頭架子，消失了性別，足尖鞋裡的變形的腳，外八字的步態，讓人看了可憐。他才不屑呢！是過於敏感，抑或事實如此，人人都知道他失寵，於是，齊打夥孤立他。休息的時候，三個五個一堆說話打鬧，他獨自坐在玻璃窗投下的太陽格子裡。沙塵的天氣，投下的就是一方陰霾。抱著腿，下巴抵在膝蓋上，要是有人注意，會生惻隱之心，可集體生活是一種粗糙的生活，細膩的情感往往都過濾掉了。學校曾經組織春遊，到頤和園划船，每五人一組，恰恰連班主任在內三十一人，餘下的那個就是他，並且，從頭至尾，沒有人發現這個疏漏。小船依次下水，他躲在樹叢裡，裝作看不見，也不讓人看見。還有一次，去機場迎接外賓，沿舷梯下的紅毯排成一列，揮舞紙花環。禮賓司的一個女幹部，反覆來回整理隊伍，最後一次巡視，幾乎聽得見飛機的引擎聲，急切中她當胸一推，推他出隊伍，說：你個字高，看得見！不知道是他看得見外賓，還是外賓看得見他。女幹部的粗暴驚著他了，退到隊伍後面，面前是歡呼的海洋，手裡拿著花環，扔也不好，舉也不好，真是窘啊！

他開始盼望大孃孃來看他，想著小轎車開進院子，老師們甚至領導趨前接應，裡面人走下車，一個個握手，另一手裡夾著香菸，同學們都趴在窗檯往外看。他成了小勢利眼，這官派的地方專會培養勢利眼。本心裡並不喜歡大孃孃，還很怕她，可是，唯有這個人能服眾，鎮得住場面。大孃孃再沒有來，直到他離開北京。

退學是臨時起意。阿郭出差北京，替房管所轄下地段的舊產諮詢意見。主人多在一九四九年前後離滬，有聲明放棄，亦有主張擁有權，國家政策比較含糊，統戰和住宅建設各有立場，莫衷一是，讓人吃不準方向，就嘗試變通，比如，走民俗公約的路徑。所長是通州人，據稱老家街坊已有先例，不妨取經學習，順便探望一趟親故，屬人情之常，也算不得徇私。阿郭是路路通，當年老東家曾在北京置地買房，後續歸宿也可借鑒，所以就帶上他！熱尼亞的母親託他看看兒子，其實她不託他，也會去找「小瑟」的。在這人事生僻的處境看到熟識，他可是從來沒出過遠門的，眼淚下來了。阿郭戴著他那頂格子呢鴨舌帽，中山裝領子裡是磚紅色絲巾，身上散發出古龍水和雪茄的氣味。還有，母親交給的一包話梅！就像當年給父親的捎帶，上海的女人的閒嘴，舌尖上的甘草和蔓越莓，午後斜陽裡，外牆上的拉毛，黃燦燦的，叮噹駛過的電車，在街角轉彎。

來北京一年多，大部時間在練功房度過，倒是最後的幾天，跟著阿郭看了北京。故宮，雍和宮，香山，八大處，全聚德烤鴨，莫斯科餐廳——吃的不怎麼樣，但高大的穹頂，寬廣的餐廳，好像又要看見地平線了。跟著阿郭還吃了街邊攤，紅泥爐子上坐鐵鑊子，中間豆腐魚，蓋一層紅綠辣椒，青蔥白蒜，周邊一圈玉米餅，餅底烤得焦脆，咬一口，燙嘴，吃一口燉魚，彷彿吞下一團火，燒得涕淚滂渤，過癮！阿郭就是這樣的人，到哪座山，唱哪支曲。不起眼的物事，到他那裡，就變成新鮮。帶小瑟辦理退學，以家長的身分簽字，走出辦公室，經過走廊，忽站住腳，指了角落一面穿衣鏡，鄭重道：老貨！摩挲紫檀木的鏡框，擦拭鏡面，往裡看去，越發驚喜，因發現鏡座齊膝，可是無論走近退遠，都照得進全身。阿郭感嘆：到底皇都，遍地是寶！

回來上海，正是暑假，同年級的學生都完成中考，等候通知初升高。他不願留級，和低一年的孩子做同班，申請補考，出示北京舞校的教程證明，除專業外有文化課成績，經教育局批准，讓他免試升本校高中。這樣，他又回到原先學校的高中部。後來，汽車間的阿陸頭按地段劃進去的，就是這一所。從法國教會沿襲下來演劇的傳統，學校話劇團在全市著名，電影廠的攝製組經常來挑選演員。破例錄取他，程序變通生效，正有賴於舞校的履歷，說不定用得著呢。不多久，預見便應驗了。

話劇團策畫排演蘇聯多幕劇《第四十一個》，幾乎就奔他來的。外國人的臉相，雖不全是，但有了大致的輪廓，化妝補一點，就差不離了。練過舞蹈，動靜舉止免不了誇張，中國人看出去的洋人，不都是這樣？北地方言裡生活一段日子，少年人是極易受影響的，普通話已經聽不出口音。稍加學習表演，活脫成了白軍「中尉」。對手戲紅軍女兵「瑪柳特卡」，高他兩個年級，父母山東南下幹部，遺傳的緣故，她體魄健碩，明眸皓齒。山東人向不入本地人眼，常是諧謔的對象，滑稽戲裡不外乎巡捕打手一類，出言好笑，行事荒唐。女同學卻讓他一掃偏見，刮目相看。上海女子多為碧玉和摩登兩種，難見得這樣開闊軒昂的美，他真有點迷倒了。女同學看他也很新鮮，過分的雕琢，卻又活生生的。彼此都是陌生的人類，又都朗月清風，一對麗人。於是，入戲得很，到著名的最後一幕，瑪柳特卡一槍擊中愛人，擁進懷裡，狠狠一吻，半真半假，兩人都動了情。

這部戲起了個頭，接下來的劇碼中，他和她，總是擔任正反兩極的人物。他落後，她進步，他代表歷史殘餘，她則是時代青年的典型。就此見出，學校教育日趨意識形態，階級和鬥爭居核心位置。戀人是一種奇異的關係，它往往從對恃出發，現在好了，戲劇促成並且演化了情節，比現實裡的更加強烈。他本來沒掌握多少表演技巧，需尋找內心根據，正符合斯坦尼斯夫斯基體驗派的理論，即是創造，又是本色。她呢，生性裡就有一種戲劇因素，熱情奔放，追求理想人生。台上是這樣，台下呢，他們接觸頻頻，往來密切。

女同學邀他去家裡玩，吃驚地發現，就在白俄舞校同一幢樓裡。舞校的名牌拆除了，門上的貓眼還在，那時的自己，跳著腳才能搆著，往裡瞧一眼。女同學家的公寓在樓頂，電梯轟隆隆穿心而上，透過鐵柵欄看下去，白俄舞校越來越遠，停在底層，卻聞得見氣味，粉香、汗臭、還有奶酪，刺激著鼻黏膜。走出電梯，到女同學家，推開門，一時間好像回到北京，蒸汽瀰漫的大食堂，那是由蔥蒜醬，麵的發酵合成。房間很多，裡套外，外套裡，忽走出一個裹腳的老媽媽，念叨著：別走了，吃飯吧！又聽到叫「二寶」，就知道是女同學的乳名，還有三寶，四寶，五寶……一群男女孩子呼嘯跑來，差點撞倒他，回頭看見其中一個扮著鬼臉，手指頭在臉上劃拉，笑他們不害羞的意思。二寶推上房門，又頂了幾下，聽呼嘯聲離去，安靜下來。

這是二寶的臥室，朝北的窗戶，看出去，一片瓦頂，就知道，是在臨高處。有限的幾件桌椅床，橫檔釘了編號的鐵牌，表明公家的權屬。臥具和窗簾都是素色，竹子書架上有一座地球儀，看不出任何性別特徵，可他就是在這間閨房裡開蒙。女同學脫下外衣，解開襯衫，白布胸罩裡，挺挺的胸脯。他微微起著冷戰，目不轉睛，看出去卻都是模糊，只有鎖骨上一顆痣格外清晰。小孩子的聲音在公寓裡迴蕩，很有點人來瘋。他聽見她說：你見過女生的胸罩嗎？分兩個尺碼，胸圍和杯罩，她捉住他的手指，順了下沿的邊緣劃過去：你的手好涼！他強笑道：沒有啊！她繼續說：我的尺寸是B罩80。身上的戰慄漸漸平息。母親的內衣褲是避人的，小心翼翼地搭在角落裡晾曬，上面蓋一條喬其紗巾，隱約透出形狀，反而更誘人了。他忍不住要揭開絲巾偷看一眼，小孩子總是要嘗試違禁的事情，光滑的緞面，鑲著蕾絲，散發出隱密的情色。在這裡，卻是樸素、坦蕩的性感。事情中途而止，因不知道怎麼進行，女同學只是大膽好奇，其實也不怎麼懂的，就是這未完成最讓人欲罷不能。

她也去過他家，二樓和三樓之間，樓梯拐角的亭子間，雙層窗幔，鐵線蓮壁紙，蝸狀的床腳，地板和家具的幽暗蠟光，本來更適合年輕人的探祕遊戲，無奈的是，女傭人時不時敲門，從母親處領旨，一會兒送茶，一會兒送點心，再一會兒邀請見客。兩人臉紅心跳下到二樓大房間，所謂客人多半是阿郭，至多再加阿郭的朋友，母親自己的茶友漸漸不來了，都是過來人，有誰看不懂的。坐下來就走不了，直到天色向晚，卻也不留飯，茶會嘛，就是喝茶！幸而女同學是大方人，有主張卻不失禮，適時告辭，到底脫身出來，免不了發窘。所以，還是她的家自由。人跡雜沓，三寶四寶五寶又要騷擾，但就是不開門，也沒辦法，是喧鬧裡的清淨。後來走熟了，他還真留下吃飯。

女同學家的飯桌擠擠挨挨，總有十來口人，隨時有家鄉的老親過宿，小孩子也帶人來，就像他這樣的，拖個凳子坐進去，再摸一雙筷子，不把自己當外人，做父母的有時都能認錯兒女。這種民主的空氣讓他輕鬆，也覺得有點亂了。小房間裡的情慾退去神祕性，多少有不潔的感覺。他開始生膩，而她也淡下來，雙方都有了倦意。具體的原因是應試高考迫近，女同學的志願是高能物理專業，據說是為核工業人才培養準備。事實上，無論現實還是心理，都只是表面，底下是能量釋放之後的滿足。他們太年輕了，還有很長的人生，將會發生許多事情，好和不那麼好的，同樣激發想像力。拿到錄取通知書那天，女同學來報告好消息，騎一輛男款的自行車，停在他家後門，喊他的名字，像小學生相邀上學似的。他從樓梯轉彎的窗口往下看，她仰起的臉在晨光裡，熠熠生輝，明朗極了。

兩年以後，輪到他畢業，考入戲劇學院表演系。上世紀五、六十年代，是這一類藝術學校的草創時期，得蘇聯專家援助。他總是落在俄國人的窠臼裡，也是時代所賜。入學的一九六四年，中蘇已經交惡，但教學依然沿襲斯坦尼的一路。政府專為第一批生源組建的院團，繼續擴大發展，吸納歷屆畢業生。他就是奔著這個來的。離開上海被這城市人視作不幸，他是去過外埠的，有切身的感受，不像別人只在概念上。除了留在本市，他並沒有別的想法。斷續的求讀，心思又不在學業，構不成某一科目的特殊興趣，不像女同學二寶有志向。考的戲劇學院，對戲劇也味道缺缺。即便自己在台上，說著那些台詞，心裡卻發噱。他視作「官話」的普通話，書面語的行詞造句，演繹的情節，都覺得很假，唯有和女同學的激情是真實的。索性像滑稽戲，明面上的荒唐，倒讓他有幾分服帖。有一回，看方言話劇《啼笑因緣》，如今，滑稽戲叫做「方言話劇」，大有「小熱昏」上廳堂，黃魚翻身的意思。他陪母親去看，張恨水是她們那輩人，尤其女性的偶像。看著看著看進去了，最後竟有點想要落淚。滑稽戲看出傷感來，真是發噱的。

進校第一年，半多時間政治學習，其餘專業課，也像政治學習，不過換種形式。漸漸的，兩者重合，你中有我，我中有你。第二年，學生走出課堂，參加社會主義教育運動。院校年級打散了，編進工作組，他去楊樹浦的紡織廠，不必像郊縣工作組的同學打鋪蓋搬場，一月回一次上海，而是每天早起晚歸。因為路遠，天不亮就要出門，趕頭班車，輾轉換乘，臨近廠區，上班的汽笛已經迴蕩在頭頂。仰頭望去，就想起北京的天空，無邊無際，只在底下靠邊的地方，有一角樓宇，忽地飛出野燕子，又忽地遠去，直向目力窮盡，是元人水墨畫的構圖。鄉愁遮蔽著的情景，跳脫出來，回到眼前。在現代城市的物質生活中進化文明，此刻領略到歷史的高古的魅力。

四

舞廳裡的師傅，如果有特別的需要，就會另約時間地點，獨門開班，稱作「私教」。交際舞通常是男帶女，師傅大多男性，學生呢，就是女性。當然，也有教男舞的，到底少一些。「私教」兩個字，難免有些曖昧，不方便明說。但是，一個師傅，如果沒有私教，只在「大鍋飯」裡混，「大鍋飯」也是業內的行話，也是沒面子，好像水準不夠，不單指舞技，還暗含風月。這事情變得比較微妙，師傅開私教即不便廣而告之，無人知曉也是可惜的。學生也是，得不到私教好比師出無名，武林裡沒有身家的野路子，要是有呢，也不大好明示，因為情色之嫌疑。總之，只能心領，不可明言，逐漸形成一個隱匿的江湖。江湖的社會，其實是多元化的，大同之內，門派如林，自然會生齟齬芥蒂。但道有道規，大家都是成年以上的人，再講了，並不涉及身家性命，消遣而已，犯不著劍拔弩張，刀槍見紅的。不過言語上來去，這一趟吃虧，下一趟補回。也有背地裡詆毀、撬客，漏出風來，就讓人不齒了。唯老法師特立獨行，人們還都服，有上進心的師傅，不惜放低身段，前來請求私教。他不說「私教」，只說點撥。看起來是自謙，實際的意思是，我和你們，稱得上什麼教和學！

他開「私教」，勿管認不認，外界總是這樣以為，通常由學生提供地方。或者街道活動室，教培中心，群藝館多功能廳，甚至某會所，占一個角。這些學生各有路數，有些是身分，有些是社會關係，也有些很簡單，就是錢。出於對舞蹈的熱愛，公益事業的興趣，還有，結交異性。於是，應運而生中老年國標舞比賽。工會，婦聯，離退休辦公室，甚至有電視台和舞協出面主辦。勝出者無一分錢獎金，相反，還要貼上行頭道具，可不就是爭的一口氣嗎？人到這年紀都像兒童，撐強得很，一點輸不起，除了熟練和標準，贏面在掌握幾樣祕密武器。高難度是做不到了，弄不好會出危險，需要另闢蹊徑，奇巧上下功夫。這就看老法師的了！芭蕾、現代舞移過來幾手，抑或只是摩登舞內部互借，還有，自創的動作。不知來路哪裡，可能民族舞，中國可是多民族的國家，有些看著挺眼熟，像是廣場舞，比如「小蘋果」。只要不出大格，都嵌得進去。老法師有貨！據說家裡有放映機，積起的影片，比公家資料庫還多，拿來一點點，足夠出奇制勝。不只是編舞的能力，老法師還上路，嚴格專有權，絕不重複使用，一鴨多吃，這就是職業倫理了。所以，之前互相不摸底，等著台上見！

這是一路「私教」，另有一路，設在學生家裡。這類學生家庭普遍富裕，客廳很大，直接可拿來上課，這不算，還有專門的健身房，裝了扶把和鏡子，配了鋼琴，就是現成的練功間。有一名學生，是居士，本來有一間香堂，後來兼用於學舞。這有些奇怪，佛不是在世外，國標舞卻是俗念。那女學生念謁作答：「菩提本無樹，明鏡亦非台，本來無一物，何處惹塵埃。」應該說他稱得上有見識，依然被驚到。銷聲滅跡的有產世界又回來了。不是在原址，原址已成廢墟，而是乾坤初開，這才叫海上繁華夢！女學生派私家車接他，司機黑西裝，白手套，語言謹慎，完全不是阿郭的汪洋恣肆。門前迎候著一位女性，公司白領的模樣，是管家，這些家庭都有管家。廳裡一周雪白皮沙發，他自然坐下了，即被管家請起來，移位到一具褐色皮的，從此，他再也不去了。另有一家，課畢正當中午，便留飯，他也沒推。卻是與保母司機一桌，管家笑盈盈道：我陪老師！紆尊降貴的意思。倘若上主桌共餐，那就更讓人發窘。學生和學生的先生分坐兩端，隔了燭台鮮花，遙遙相對，並不吃什麼，只喝酒。獨他一人坐在中腰，埋頭盤碗。後來，再要有留飯，他一律堅辭不受。

和阿郭說起他的遭遇，阿郭比他長半輩人，已過八十，身體頭腦健碩得很，一擊桌面：娘勒冬菜！這叫什麼？暴發戶，搬著手指頭數數，一九七九三中全會；一九九二鄧小平南巡；直到加入WTO世界貿易組織的二〇〇三，就算搭上每一班船，二十年算一代，頭尾撐足一代掛零，成為貴族要幾代？伸出一個手掌，推到眼跟前，再收攏握成拳——剛剛掙出草莽，原始積累，佯裝什麼腔調，不要怕他們，小瑟！當年的戲稱，小瑟，聽起來不由生出無限感慨。不過，阿郭接著說，小瑟啊，你的這本事，不能叫本事，也不能不叫本事，多少挨著風月，老話有一句，常在河邊走，哪能不溼鞋！他說：阿郭的話我不大懂！幾十年的時間，他一直「阿郭阿郭」的不改口，彷彿主僕之間，事實上很有些多年父子成兄弟。十歲時候，父親去西北，二十年後回來，兒子正是父親走時的歲數，彼此生分，彷彿陌路上人。倒是阿郭，如影隨形的。阿郭笑了幾聲，伸手點著對方：小瑟——本地口音裡，「小瑟」很像「小賊」，小瑟，你裝得很像！薑是老的辣，什麼也逃不出眼睛。曉得藏不住，面露羞赧：我會當心的。阿郭真好像看見當年的小瑟，那雙眼睛啊，若是長在女人的臉上，就是狐媚，在男人算什麼呢？浪費，還招惹是非，想到此，不由嘆氣，心又軟下來。對面的小瑟最能看山水，要不怎麼是「小賊」，活潑起來：有阿郭的金剛罩，什麼都不怕！阿郭經不得這奉承，「金剛罩」是小瑟母親的話，她故去多久了？只怕已經投胎去了。

在阿郭的年紀和處境，經歷著許多告別。時代更替，日月交換，走的走，故的故，漸漸的，就生出一種心情，四周圍的人，都像是馬路上的邂逅，稍不留意，一去不返。不僅是人，還有物，今天這樣，明天那樣，要命的是，你再想不起昨天是怎樣的。尤其近些年，聚離的週期越發急促，赤腳都趕不上，形勢相當惶遽。流徙的人世裡，有那麼一二樁不變，成為時間的座標，小瑟母子可算一樁。人們，包括家主婆，甚至於小瑟，都問過他，是不是對母親有意思，他正色回答：你父親還在呢！也正因為有他父親，阿郭才坦然不避諱，走進走出。內心裡，不能說沒有繾綣之意，她，不只是她，還是季麗娅的母親，父親，所以，又不是完全的男女之間——賓客如雲，汽車夫們聚在專門的休息室裡，他就是半個主人，吩咐送咖啡點心，雪茄盛在小籃子裡，隨便取，沒有人會多拿，英國人的教養，正宗的貴族。小瑟母親的茶會不可同日而語，無論規模，格局，排場，都要小幾號。但小有小的情調，所謂小女子，為一副大衣鈕釦，說得出一籮筐的見解。還有琉璃瓶裡的插花，桌布的流蘇，高跟鞋弓的曲度，都是一籮筐一籮筐的話。每回送女主人去，季麗婭的母親也是茶會的座上客，要是沒有其他事，就坐等結束。小瑟家沒有大的規矩，房子也是弄堂房子，汽車夫差不多是自家人，當然，阿郭不是普通的汽車夫。這樣，他就成了座上唯一的先生，小瑟還是孩子呢！逢到避忌的話題，女人們頭碰頭，簇擁一堆，用耳語交談。心裡好笑：哪個要聽呢！阿郭還是個小伙子，沒有成家，下人在一處，放縱得很，汽車夫又多沾染登徒子的習氣，阿郭都被帶去過長三堂子。姑娘看他年紀小，只讓喝茶吃果子，沒下手，保全了童男的身子，心竅卻是開了的。男女大防之事，在女人和男人不同，不那麼露骨，只在眼角嘴角，雖然聽不見什麼，單看表情就是有趣。再則，還有一個小瑟，也是茶會的美麗的風景。看著他一點點長起來，尤其那年去北京，不過年餘時間不見，忽就成美男子，俊朗得不像真人，簡直驚豔。領他走在街上，北京的街，就是車馬大道，灰拓拓的風沙裡，他就是一束光，路過都會站住腳定定神。有人以為他們是父子，那大的明顯生不下那小的，年齡不對，生相也不對，可雙方都不解釋，彷彿喜歡這樣的誤會。所以，小瑟母親在他，意味多了去了。他對家主婆說：你不懂！家主婆是俗話說的「浦東大娘子」，其實只長他三個月，家裡大人定的媒聘。祖上出過狀元，有一座大宅院，相較之下，他家就貧寒了。但時代變遷，狀元的牌坊倒了，田地分了，宅子頹圮得不成樣子，修又修不起，索性交給生產隊，不要了。所以這一輩，都要做吃。反過來，他倒掙出頭，成了公家的人，兩家才算扯平。家主婆高中畢業，在浦西紡織廠做質檢員，長得還能看，生一兒一女。阿郭曾經想過，把女兒說給小瑟，但本人是嘗過高攀的味道，日後翻身也抵不過當時的屈抑，再講了，小瑟長得太漂亮，怕是會生禍。阿郭自己喜歡出奇的人生，對兒女卻平安是福，就擱下了。

家主婆生性單純，說糊塗福，也可說通達，曉得天下事不能全懂。阿郭是聰明，什麼都要追究到底，結果呢，還是有一件不能懂，那就是自己。以他的世故，看得出小瑟母親對他不像他對她。誰能做個半僕半主的人？唯獨阿郭。誰又能半親半疏？唯獨阿郭！細想想會委屈，阿郭也是人，再想想，滄海桑田，唯這兩人從始至終，不定是三生石上的結緣，就釋然些了。一路過來，每逢劫數都有他伴隨，男人流放，他去探望；小孩讀書，也是他的事；三年困難，黑市裡買油買米買魚肉；文化大革命，連夜通風報信，一袋子細軟帶走，末班輪渡過到浦東，藏在老家牆角底下；緊接搶占住房，他搶先帶人貼上封條，趁職務之便，挑溫良恭儉讓之輩搬進，汽車間阿陸頭家就是被他動員，無奈死活不依，只得放棄；之後落實政策，又是他一戶一戶安置出去，清空歸還……

其時，小瑟成了沒事人。家裡的財政從來不過手，反正少不了他吃喝用度，房子交出去也不要緊，本來就嫌人少冷清，父親不在家，僕傭早已經遣走，阿郭保住的整二層，一大一小兩間，盡夠住了。大學停課，政治學習也停了，因為不知道學什麼。追求進步的同學都在革命，從一門拆成兩派，「造反」和「保皇」，他站中間，不知幫哪邊，也有個名號，叫做「逍遙」。本是有譴責的，他卻很得意，「逍遙」是個好辭，莊子不是有《逍遙遊》！文化廣場門口，遇見阿陸頭，正是這時候。他說的「老同學」不會是生造，只不過未必有所稱的交情，但他相信，即便等不到老同學，還會有別的際遇，不是嗎？來了阿陸頭。

同行的女朋友，躲在身後頭，露出一隻修長眼睛，審視地看著阿陸頭，姓柯，地段醫院打針間的護士。這一段，母親發皮症，診斷免疫系統的病因，吃了許多藥不見好。阿郭介紹老軍醫，據說當年國民黨修滇緬公路的隨隊郎中，瘴癘之地熱溼毒重，是有祕傳的。抗戰勝利後解甲歸田，過著避世的生活，雖不掛牌，也沒處方權，但一傳十，十傳百，求診的人不斷，地段醫院就收進來坐堂，配一個實習生，專門抄方子。事實上，老軍醫配的藥很簡單，一角錢一盒的綠藥膏，另外就是，每天打一針維生素B12。小瑟陪老太太去！阿郭吩咐。沿襲舊稱，加一個「老」字，這年母親四十三歲，形容還很年輕，本地人的習慣，以長為尊，往年高裡叫就沒錯。他反正閒著，每天領了母親打針，一來二去，認識了柯護士。醫院裡人都叫「柯柯」，兩年制中專護校畢業，所以，比小瑟晚生一年，卻已經工作，那人還是學生。

柯柯打針的手勢很好，母親只認她，遇到輪休，寧可空一日。他問柯柯如何會有這般「妙手」，學戲劇的人都會說話，「妙手」兩字從「回春」來，即射醫術，又射男女，她雖不很懂，也覺得風趣，不由一笑：練兵呀！這兩個字很天真，鬥爭的年月，什麼都染兵氣，造反的學生叫「紅衛兵」，加班叫「會戰」，船廠作業叫「戰船台」，紗廠女工練接頭也叫「練兵」。這回輪到他笑了。後來，休息那天，她就上門服務，帶一個鐵皮飯盒，裝了針頭針管酒精棉球。打針事畢，不會立刻離開，總要坐一時，喝茶，留飯。漸漸的，柯柯就上了灶頭。看他母親實在不是做事的人，顯然被伺候慣了，錯過時辰，怎麼學也學不會。是命好，還是不開竅，精緻的長相底下，生著一顆顢頇的心。這些沒有逃過柯柯的眼睛，細長的單瞼裡，一雙眸子有點像貓，平常時間閉起來，一旦有情況就變得滾圓，中間黑漆漆的芯子，映出對面的人和事。

柯柯的樣子，屬中國畫的美人。淡得要化，但現代上海加了粉墨，於是芙蓉出水，就有些奪目了。透亮的皮膚，隱約顯出淺藍的筋脈，絲滑的柔順的頭髮，梳到耳後，扎兩個刷把。十二支細紗府綢襯衫，束進四開片半身裙腰，鏤空搭襻皮涼鞋裡，鑲蕾絲的尼龍襪。城市西區梧桐蔽日的馬路上，興的都是這類女學生的風尚，即合乎樸素的時代潮流，又暗中響應上世紀三十年代好萊塢女星衣著，《羅馬假日》奧黛麗．赫本；《蝴蝶夢》費雯麗；《愛德華大夫》英格麗．褒曼……素面底下的摩登世界。

柯柯進出家中，自然會遇到阿郭，這兩人按理說是初見面，不曾有任何交集，可是卻都懷有成見，彼此牴觸。阿郭稱她「柯小姐」，她又不姓柯，這就帶了些戲謔。柯柯呢，沒什麼幽默感，就覺得受冒犯，不好翻臉，只能做小瑟的規矩：「阿郭」是你叫的嗎？母親跟著說：沒大沒小！他只「嘿」一笑。阿郭回應：自己人，不講究！這就把柯柯排除在外了。那邊沒作聲，轉手給阿郭奉上茶，客套裡的意思，到底誰是內誰是外？接茶時候，互相對視一眼。阿郭閱人無數，心裡有一張譜，女人是感性的動物，直覺第一，柯柯就也不輸他了。

林蔭大道，人稱亞洲的香榭麗舍，東西貫通。櫥窗陳設華麗，間隔著軒敞的弄堂，或者公寓樓的大理石台階，南北向的小馬路，橫切開的口子，裡面是另一個世界，行道樹的科目都不同了。木結構的二三層樓，瓦簷下伸出的晾衣竿子，萬國旗一般。臨街店鋪多是家常日雜，醬園的夥計用銅銚子計量；小孩子的零嘴拆成兩分錢三分錢的價格，黃裱紙裹成三角包；酒館門口還插著幌子，你信不信？小黑板上寫著賒帳的紀錄，有一種明清時候的市井氣氛。柯柯就住在這裡。

家裡三代女人，外婆，母親，她。父親早年去了香港，記事中，有一二次出現，以為來帶她們走，結果，還是一人走，三人留。再後來，那一個人也不再來了。鄰里傳說，做母親的本不是正房，連二房三房都算不上，也不能說外室，因就是家裡女眷的梳頭娘姨。戰事吃緊時候，合家舉遷，僕傭們除幾個貼身又走得開的，其餘都打發了。大人說話不避小孩，看形勢猜也猜得出幾分，就曉得自己是被遺棄的，「柯柯」的名字其實是「苦苦」，滬語裡「柯」發「苦」的音。然而，不遭遺棄的命運未必好到哪裡去。前後左右那些人口多的戶頭，吃穿急巴巴的，做父親的，打賊似地打小孩。她從來沒挨過父親的苛責，定時倒有香港寄來的包裹。她的衣著最時新和整齊，眼睛會開閉的洋娃娃，磁石搭扣的鉛筆盒，「嗒」一聲吸上了，三年困難時期也沒餓著，鐵罐的豬油，袋裝大米，白糖香腸……所以，遺棄並不見得是一樁慘事。背後的閒話不好聽，那就不聽。她進來出去不和人招呼，或抬著眼睛或壓著下巴。這是學她母親。外婆和她們相反，持一種熱絡的態度，有些祕辛多半是她漏的風，也有好處，鄰里關係不至太冷淡。家裡沒個男人，終究不方便，保險絲燒斷，水龍頭的橡皮墊圈老化，窗戶外的樹梢掛了馬蜂窩，甚至於，罐頭瓶擰不開蓋，說是雞毛蒜皮，可也會誤大事。從這些跡象，柯柯得出結論，父親不必要有，男人還是應當有。除了實用的心理，也有一點點好奇。家裡清一色女人，初開鴻蒙，讀的衛校，又是清一色，不免讓人生厭。所以，異性在她，不只意味兒女之情，還是不同的人類。年輕女孩，即便身處俗世，甚囂塵上，總還是天真。

後來，小瑟去她家。弄堂前排的街面二樓，底下是個小菸紙店，他站在馬路上一聲聲喊她名字，老闆娘不看他，埋頭生意，其實渾身上下都是眼睛，對面馬路也是眼睛。叫了一陣沒反應，再要叫人卻在了身邊，倒把他一驚。跟了她繞到後弄，一路又引來許多眼睛，他不免瑟縮，她卻坦然，甚至是軒昂的。腳步輕盈，進門，上樓梯，天藍色的海綿拖鞋在他臉面前翻花，粉紅的腳跟時隱時現。她穿了花布睡褲，上身是穿舊的嫌小的白布衫，羊角辮交叉束起，用鐵卡別在腦後，頸項上散落些碎髮。白色護士服裡是一個人，端肅嚴謹的出門裝扮又是一個，此時這一個最讓人想不到，卻又最稔熟，彷彿朝夕相處。他不是沒見過女人身體，相反，已經見多不怪。練功房簡直就是個大浴堂，赤裸的胳膊腿摩肩接踵，散發著汗氣，人都麻木了。他還接受過女同學的性教育，似乎過於坦蕩，少些回味。相反，更早期的阿陸頭又太神祕，好比鏡中花水中月。這裡則是家居式的，常態化的私隱。走過黑漆漆的樓道，陡然一亮，向南的客堂，上午十點鐘的太陽，從窗欞格子裡照進來，連地板縫都是明晃晃。

柯柯的母親、外婆都是長相後生的女人，蘇州籍。他在心裡比較，三代人中，母親最標緻，外婆善交際，這兩項柯柯都落分，可是，她年輕呀！剝出殼的雞蛋似的。頂牆放一大一小兩張床，他很肯定，那張單人的是柯柯睡，上面覆的藍紅白條紋泡泡紗床罩，雙人的則米白鑲流蘇，垂到地面，蓋了並排兩雙拖鞋，繡花和黑色緞，是老成的。

房間裡站進他，頓時顯得簇擁，外婆仰頭望去，手從額頭比劃到對面胸口，再回到自己額頭，說：小人國！他笑起來。柯柯母親倒有點窘，推老太到灶間去。所謂灶間，就是出房門拐彎處，樓梯下的一具煤氣灶。柯柯裡外穿梭，傳遞東西，他一個人並不覺得冷清，因前後都是忙碌的人。試著轉動落地窗的把手，豁地打開，站在陽台上了。陽台只一步深淺，順外牆延伸，與房間同寬。平時經過無數次的小街，原來只是走在外殼，此時進了芯子。隔壁陽台的小女孩子，摘盆裡的鳳仙花染指甲；對馬路弄口，剃頭挑子的板凳上，小男孩腦袋摁在胸口，殺豬般地哭嚎，旁邊一個男人，大約是他爸爸，還打他；一個刀條臉女人提一鉛桶山芋在走，覺得面熟，等她轉過街角不見了，方才想起是他們弄堂口綢布店裡的女店員，每天早上廣播體操由她領操——大馬路上的許多人，原來就住在這裡：公寓大樓開電梯的駝背老伯，說一口洋涇浜英語，摻著零散的法語單詞「綳如呵」、「瑪達姆」；郵局送信的，本已經過了外勤的年紀，照顧他家經濟困難，每年免費供給兩套制服，一單一棉，還有自行車做交通，聽阿郭說的，阿郭像是包打聽；甚至看見一個滑稽演員，不是愛看滑稽戲嗎？叫不出名字，卻認得那雙八字眉，其實本人挺端正，而且嚴肅，西服革履的，就這點看得出是演員，演的是洋行裡的見習生，正在興頭上，房間裡喊吃飯了。

飯桌上七八個碗碟，家常菜，但在時令上，又精細。綠豆芽掐兩頭，茄子刨皮，番茄也去皮，冬瓜湯是用糟貨燉的，最見功夫的是烤麩，沒有一點水泡氣，酥而不爛，甜而不膩。他們家的品味是由娘姨決定，揚州的以紅燒主打，浙系的則是一個鹹字，母親自己不會做，就不敢提要求，倒是阿郭看見了要說，那就變成浦東本地風格，鄉土的氣息。如今自己對付一日三餐，更談不上什麼風格，做熟即可。他幾乎忘記放筷子，等上了飯後的糕團，終於飯畢，他又忘了告辭。看主人收拾飯桌，一遍遍給茶杯添水，其實有些逐客的意思了。老太太吃得少，但獨要加一杯黃酒，打一個雞蛋，攪勻了喝下去。此時盹著了，又驚醒，看看他，表情迷茫，想不通為什麼有這人在，不知道什麼時候，又是什麼地方。柯柯換了衣服，說要到醫藥公司買一種藥品，是單位交代下的事情，問他去不去，這才站起身，意識到坐久了。

他們開始交往。這時候，他家的住房壓縮到二樓一層，一南一北，一大一小兩間，衛生獨用，廚房占一角煤氣灶的位置，燒飯燒水就要跑上跑下。底樓統歸一戶，父親母親帶兩個孩子一個老人；三樓兩戶，大間三口之家，小間一對新婚夫婦。經阿郭調配，他和母親基本保持原來的起居模式。新鄰居當然屬於歷史清白的平民，但不是那種激進的革命派，母親曾經試圖熱絡感情，碰了軟釘子，便放棄了。雙方淡然處之，倒相安無事。上下兩層的孩子年齡差不多，轉進同一所小學校讀書，很快走動起來，經過二樓時候放輕腳步，有些敬畏似的，不見得對他們，而是這幢房子自有一股肅穆的氣氛。現在，柯柯成了常客，廚房的活動又多，調羹做湯，消毒針頭，都要用到煤氣。鄰居們當成二樓住家的人，水電拆帳，收費繳費，都與她交割。連帶著，居委會分發蟑螂藥，通知大掃除，過去找阿郭的，現在也換作她。那兩個大半是看不見，看見了也聽不懂話。居委會女幹部出言魯直，青紅不辨，稱她「媳婦」，她不應聲，那人倒有點窘了。阿郭遇到過幾次，心裡說，是個角色！

阿郭的足跡疏闊了，許多庶務讓柯柯接手，人情便遠了。那母親原是有忌諱，無奈凡事必求人，這邊廂有了柯柯，那邊廂倚賴少了，變得客套起來，客套就是生分。阿郭什麼人？心裡一潭清水。小瑟依舊，還是和他親，見面不曉得有多少話講，硬是不讓走，吵著留飯，要柯柯展示手藝。柯柯笑著說：對不起，我上夜班，下回燒給爺叔吃！那母子都是不領世故的人，沒有眼色，聽不出話裡有話，只覺掃興。阿郭很會解嘲，也笑著：心領心領！柯柯站起身，停一步，想說什麼，又沒說，反手帶上房門，下樓去了。門裡很奇怪的，活躍起來。

阿郭摸出菸盒送過去，母親拈起一支，火柴正好擦著，欠過身子——瞬時間，光陰逆轉，有默契生出來，彷彿是，終究未了，還是他們三個人。母親讓小瑟取來父親的信，給阿郭看。父親已經正式成農場職工，有一份薪水，雖然不能和過去比，但西北地方，好比沙漠，有錢沒處花，所以盡夠，還有結餘寄回上海家裡。他做了幾項技術革新，倉庫裡的排風，節煤鍋爐，什麼裝置上的活塞還是機杼，母親說：他從小喜歡做這些，我婆婆叫他「拆家」！小瑟對父親沒有太深的印象，但幼時的玩具，就是一堆拆散了的機械零件：音樂盒的機芯，發條舞女的立座，蒸汽動力艇的大小馬達，小火車頭和一節一節軌道……他沒有父親工科的天賦，完全不清楚哪裡是哪裡，攪混了擺來擺去，很快就厭倦了，便棄下走人。下一次再攤出來，再攪渾，再棄下。循環往復，倒也消磨了一些時間。阿郭在父親落魄的日子認識他，脖頸上的法蘭絨圍巾破成絲絲縷縷，鹹鴨蛋的殼嚼碎嚥下去，母子倆說的，彷彿另個人，寫信的則是第三個。無論如何，這邊和那邊已經習慣了分離的生活，都不提歸期的話題。

菸抽到頭，摁滅在玻璃缸裡，餘下薄霧繚繞，暮色卻上來了。氤氳浮動，人臉忽明忽暗，有點像假的。說的事呢，也像假的，八輩子都過去了。他們甚至說到季麗婭，帶過去的一個廚子偶爾傳來消息，季麗婭，主家姓尹，就是尹小姐，在劍橋讀大學，嫁了洋人，自小在洋人堆裡長大，中國話都說不順溜，早變了種。上海有英租界，小孩子做的遊戲都是英國式的，具體想來，又是哪個爪哇國的地方？更像是假的。俄國舞校的校長和夫人呢？小瑟問，那就不知道了。更衣室小孩子的汗臭，跳舞鞋的底沾的蠟和滑石粉，幾乎都嗅得到。他是最小的一個，被大孩子，尤其女孩子，擠來擠去，推進角落，又扯出來，多少是存心。有個大男孩，曲起手指尖，猛一放開，正好彈在他肋骨上，緊身衣底下的雞肋骨。後來，他躥了個頭，小肚子底下鼓起一小坨，孩子們就收斂了，他卻開始想念那些欺負。

上世紀六十年代末尾，一方面是停滯的時間，學校停課，電影院關門，街道上的流行也收起進度，國家機器甚至退回蠻荒世界，弱肉強食，名為「文攻武衛」；另方面，流速又是湍急的，許多事情同時發生，就拿小瑟家來說，私宅裡搬進陌生人，弄堂變得嘈雜，祖父母相繼去世，草草收殮，他們就蒙在鼓裡，事後還是阿郭告訴的。認識柯柯在這當口，看阿陸頭他們演出也是，緊接著，學校下鄉勞動了。

學校疊加擠壓的畢業生，下來安置方案，很難說是回歸正常社會秩序，更可能出於收伏的意圖。大批青年人流散社會，又都接受過街頭革命的洗禮，荷爾蒙加理想主義，能量是蠻嚇人的。中學生還好些，聽風就是雨的，多是跟屁蟲，大學就有主見了。越讀書多，越教條，其實是教育的結果，要用另一種教育替代，已經來不及了。形勢稍事平靖，政府終於想起他們。小瑟的學校派往錢塘江邊的農墾部隊，地理地貌在上海人的認識，常以名勝為概念，聽到錢塘江，想到必定是「觀潮」，興奮得很。他是去過外地的，在北京一年有餘，苦悶遮蔽了心情，只有和阿郭的幾日，領略到新奇，但急著回上海，又減去一些樂趣，對外面世界還是懼怕，阿郭又不能陪著他。然而，他到底長成大人，膽子也壯了，就想著出去看看，所以也有期待。母親是個獨福的人，當年他小小年紀獨闖遠鄉，都沒什麼眷戀，這一回最關注在兒子有了進帳。自從定息停發，公婆那邊按人頭領生活費，沒他們母子的份額，公婆去世，連自己都沒有了。過去的結餘有限，父親寄來的錢更有限，阿郭有心接濟，又怕冒犯，所以從未提起過。實在看不下去了，到街道工廠爭來織毛線的活，計件付酬，多少貼補一些。兒子一旦落定，母親立即劃分了上繳和自留的比份。小瑟的財政意識很淡薄，因向來沒有可支配額度，你信不信，這麼大的人，口袋裡沒有零用錢，可是，似乎也不拮据。小時候用不著錢；在北京好像自由了，可是吃住包幹，真正的社會主義，也沒有錢；到中學裡，女同學零花錢很富裕，也不能叫零花錢，應該算生活費。她家的經濟也是社會主義式的，以食堂為基礎，父母發餉那日，由大寶去買一疊飯菜票，發放下去，個人自行管理，可直接用於一日三餐，亦可兌換現金，交易市場就在家庭內部，幾個「寶」之間。柯柯則是掙工資的人，出去消遣歸她開銷。他受恩惠慣了，坦然得很，但領到頭一筆薪水，立即請柯柯吃西餐，心裡是記她好的。

儘管有這許多激勵，離別還是讓人傷感，臨走的那一日，兩人的關係向前邁了一步，就在柯柯的小床上。蘇州有老親過世，母親和外婆去奔喪，留下一個空房間，做成二人世界。完事之後，天色已經全黑，路燈亮起來，映在窗簾，一格一格的窗櫺。手搖鈴由遠及近，由近及遠，伴隨不疾不徐的聲音：「當心火燭，門窗關好。」彷彿來自古舊的日子裡，已經走到看不見，不料想，一轉彎，又回來了。這城市的紀年，不以時間，而以空間，一個街角，一個街角劃分。阿陸頭蟬蛻般透明的小身影，就在窗下，隨鈴聲遠去。他這個沒心思的人，忽然感慨到光陰流逝，人世恍然。這也和性事之後的倦怠有關，激情退潮，降回水平線，甚至水平線之下。他和柯柯之間，本來應該更近，結果卻遠了，似乎是，該發生的都發生了，再沒有可瞻望的了。

他消沉地入睡了，也許只一小會兒工夫，醒來時，房間裡開了燈，光沿著玻璃罩子的荷葉傾下，靜靜地照了桌上的碗盞，碗盞裡的飯菜。柯柯裡外進出，換了衣褲，頭髮梳齊，緊緊束起一把，只有耳垂上的嫩紅，透露出一點跡象，暗示方才發生什麼。他們坐定吃飯，對面人家倘若看見，會以為是一對陳年夫婦。他沒有體驗過真正的父母兒女的生活，單親的日子總是缺角的，攏不住家，所以也就沒有多少嚮往，此時只覺得沉悶。但口舌間的快意很快喚起食欲，多少驅散平淡，起來另一種興奮。要等他去了農場，嘗到勞作的勤苦，大量消耗體能而不得補充，成飢饉的動物，懷念起這餐飯食，以及之前的床笫之歡，幾乎就是一場帝王盛宴。由此生出感激，感激柯柯願意跟了一無所有的他。對柯柯的思念變成一種飢渴，壓榨乾了的身體，夜裡卻還遺精。中午背了人，在河邊搓洗床單，太陽曬得發昏，天地都在搖晃。他是個感官至上的人，身體的苦楚最終都轉移到精神，真是苦悶啊！少年時在北京，熬不下去，由著性子中途放棄，而如今，連放棄的自由都沒有了。

半年後，回上海休假，無數的夜晚裡想像，和柯柯的纏綿，一次也沒有重演。她的母親和外婆一直在家，騰不空房間。他家呢，雖然有單獨的臥室，即便白天，他和柯柯在亭子間稍做留連，上面就要喊了。也沒有什麼要緊事，不過泡個茶，買個點心，或者阿郭來了，見見人說說話。阿郭說「不搭界，不搭界」，卻是最「搭界」！他有一雙穿牆破壁的眼睛和一對順風耳。如此，他家絕然不可能有什麼動作。這是客觀的妨礙，還有主觀上的，不知分離所致，還是過於敏感了，他們變得生分。尤其柯柯，新添一種矜持，過去不曾發現的。事先說好去她家，她總是穿上見客的衣服，態度端莊，連私底下的親熱都沒了。有一次，晚飯後散步，直走到外灘。防波堤上，一溜排開情侶，還沒走近，柯柯便急切轉身，向後退去，像是拒絕誘惑，避免被玷辱，還有就是，生怕他趁機不端。假期很快結束，又要回農場。這一次走的心情，和前一次相比，同樣看不到前景，當下卻也是未明。

他一改往日的懶筆頭，頻繁寫信，回音似乎慢了。因郵政不暢的關係，更因為人們已經習慣他的離開。焦慮中等到，母親的信基本是一份帳單，收入多少，支出多少，中間的差額多少，倘若寄他一個包裹，就是貨物清單和價目表。柯柯的文字向來是節制的，性格使然，事實上，她天生缺乏風趣。倒是阿郭比較有意思，他會告訴街上的流行，「革命的摩登」，他這麼說，順便帶出一些舊聞。說是曾經有個階段，長三堂子的「先生」，那時候，青樓女子稱「先生」，斯文吧？風尚是戴眼鏡，學生裝扮……阿郭筆下生動的上海，和他身處的環境更疏離了。

但藝術院校的學生總是活潑的，自己找樂子。應場部要求，排演文藝晚會，居然湊起一台樣板戲。先是《白毛女》第一幕，楊白勞死；喜兒沒有被黃世仁劫去，而是與大春成功脫身；為防追兵，分兩路走，一路找八路軍，一個避往深山；山中路遇洪常青——他演洪常青，因腳碼太大，找不到合適的舞鞋，索性光足，得雅號「赤腳大仙」——喜兒得銀毫子和指引，一路奔波，竟到了沙家浜，開出茶館，隱名「阿慶嫂」；話起話落，刁得一進村，實是來自楊各莊，本名黃世仁，於是有了「智鬥」一場；結果胡傳魁出局，遭遇八路軍，逃躥威虎山，化身小爐匠，邂逅楊子榮；這邊周旋，那邊少劍波得情報，帶小常寶上山。小常寶就是參軍的喜兒，楊子榮即大春，親人相聚，共同迎接解放！整台演出，有歌有舞有說，極為熱鬧。興起之時，又派生若干情節，有離間計，有三角戀，眼看就要豁邊，領導趕緊叫停。革命的狂歡在此多少帶有頹廢，不良情緒加上青春期，一旦釋放相當危險。農場幹部基本來自退役軍人，場員的構成很複雜，勞改犯、刑滿留用、城市疏散人口，都是馴服的。上海大學生可說異類，個個都是刺頭，不好惹得很，經常發起衝突，多以安撫化解。排演晚會已經到懷柔的上限，再退讓就不可能了。彼此都耗盡耐心，臨界崩潰時候，謝天謝地，院校召回學生，分配工作。

回上海，柯柯持歡迎態度，原本來寒了心，冷卻下來，又回暖了。甚至有一次，在亭子間裡，他們又有過一回親密。難免惴惴的，箭在弦上，他是由不得自己了，柯柯也是堅決的。幸運的是，母親沒有喊他，所以就沒有打斷，一氣呵成。鄰居們都不在家，樓裡悄無聲息，完事之後，兩人躡著手腳下樓，出門，一溜煙走了，彷彿逃逸的犯人。晚上回來，母親自己吃過飯，坐在燈下編織絨線活，臉色平靜，他心裡起疑，會不會是個默許？

關於大學生分配的傳言，早在坊間流傳。說法各異，解釋也很活絡，雜蕪得很。有一項是獨子不去外地，如果家中已經走了一個，餘下的算不算獨子？還有一項，婚姻中人留本市，同時傳說核物理專業的學生，先讓結婚生子，再派往西北基地，就是個反證。偶爾遇到女同學，她沒有結婚，但分在上海的科研所，又是個反證。所以，莫衷一是，無所適從。他和母親都是樂觀主義者，挑好的相信。他符合「獨子」的條件，婚姻呢，也有機會，現成的人選，就是柯柯。如此，就是雙保險。擇一個星期日，請柯柯全家，所謂全家不過就是三代母女，上綠楊村見面吃飯。母親除茶會上的女客，沒有見過其他人，不會寒暄也罷，態度還倨傲，倒給他添負擔，顧慮場面尷尬，他可從來沒經歷過的。兩邊都沒有父親，阿郭成了主事的人。柯柯家再回請一頓，飯菜就取得好感，阿郭也放下成見。非常時期，又是這樣的家庭，婚宴免去了，直接到派出所登記領證，柯柯住進小瑟家，做成一對新人。

正可謂盡人事聽天命，兩項規定都滿足了，他還是分到外地，湖北話劇院。

五

即便在計畫經濟的時代，依然存在隱匿的生計，分工細化的社會裡，應需求而起，管湧一樣，擠出堅固的體制層級。上世紀七十年代，一方面，國家統籌嚴密治理，另一方面，又是無政府，自古有百密一疏的說法，指的就是這個。否則，這許多無業的青年，誰給他們吃飯？逢到災年，歉收的農人向城市覓食，又是誰供他們？生產停滯，交易受限，珍寶島打仗，還要支援世界革命，多少大事情，誰顧得上草芥小民？還要靠自己！具體到個體處境，卻是茫然不知所措。

拿到入職通知，湖北的人已經住進學校招待所，等著面談，他也去了，沒有進門，返身離開了。他是嘗過外埠的滋味，湖北那地方，最著名是熱，他最怕熱，還不知道方便不方便洗澡。據說又吃辣，他又最怕辣，胃不好，也不是真不好，是出於防微杜漸。只這兩點，也不適宜居住。而且，柯柯恰巧懷孕了，更不能去外地。他騎車回家路上，羅列一項一項理由，心裡安定下來。唯有一點顧慮，就是收入要斷了。可他不向來沒有收入？農場的那份工資，完全是偶然，天上掉餡餅。所以，這是他最不愁的。他自己的問題迎刃而解，餘下的是母親和柯柯，不由發怵了。似乎是，他可以不服從國家，卻不能違抗母親。結婚了，又多了一個管他的人，就是柯柯。她們要是逼他去湖北怎麼辦？這樣的想法，說起來挺荒唐，可女人就是荒唐的物種！自行車忽拐個彎，掉過頭，朝另一個方向駛去。北京的時候，阿郭帶他回上海，現在，留在上海，還是要請出阿郭！

起初的日子，在屈抑中度過。他包下所有的庶務，人家都有工作呀！老婆上班，母親編織，已經退回去的活又討回來。口袋裡沒有一角零用錢，菜金日雜天天報帳，帳要軋平才放過關，因採買都是他的事，說話行事還看她們臉色。其實也是自己太過拘束，那兩個女人內心未必多他一雙筷子，只是爭面子上的威風。柯柯甚至還高興他在身邊，新婚又在孕期，母親其實也是，婆媳單獨相處總是有忌憚。阿郭早說過，柯柯是個角色，她媽是個角色，外婆則是——阿郭豎起大拇指：「一只鼎」，人裡的龍鳳，母親本不是對手，哪裡扛得住一對三的布陣。現在，兩人倒聯合統一戰線，為了拿住他，就都不露，而是一味的逞強。一時間，他就成她們的奴僕。做女人的奴僕自有一種樂趣，亭子間夜晚裡的繾綣，雖然三個月後就停了性事，但偎依總是被允許的。手按在隆起的肚腹，捕捉胎心跳動。柯柯給他補上男女交媾的生理課程，別忘了，她可是護士學校出來的，在此即帶有意淫的效果。萬萬想不到，女人安靜的外表底下，原來藏著蕩婦的本性，真是折服。母親的牽攀是以疾病的形式，吃飯到一半，睡眠也到一半，或者三個人圍桌打牌，漸漸身子軟下來，躺平，額上沁出冷汗，熱毛巾，熱水袋，熱湯麵，又漸漸坐起，摸索著牌，繼續打下去。這樣一過性的發作，很難診斷癥結，每一次就醫都無果，索性放棄了。有幾次，無意中與他對上眼，速速避開，很像逃學孩子的佯裝。坐在病榻一側，恍惚回到幼年的下午茶會，倚在母親膝前，聽女賓們的誇獎。其時，那個腮圓圓，鼻翹翹的小男孩，換做長臉，長身，頎長四肢的俊美男子，母親則變成小女孩。強弱反轉，他才是掌控局面的人，她們在向他爭寵呢！得意的心情稍縱即逝，到底她們是掙錢的人！

同在錢塘江農場勞動鍛練的，隔鄰連隊是音樂學院，聲樂系，民族唱法專業有一名調幹生，來自山西地方戲曲團，得了一個外號，小二黑。樣板戲串演中，飾演大春，正好與他的洪常青前後銜接，就有了交割。這小二黑比同屆學生年長一些，人長得魁偉。山西那邊，與北方少數民族多有混血，這一個也是深目隆鼻，和他站一起，一個瓷白，一個銅紫，彷彿同宗不同族的兄弟。農場派人去杭州修手風琴，兩個連各出一個人工，正好他和他。場部宣傳科主任說：亞非拉兄弟齊上陣！這主任打過抗美援朝，前身是解放戰士，嘴頭很油，和學藝術的男女投緣，卻容易惹禍端。兩人在杭州住一晚，與一對新婚旅遊的小夫妻合租遊船玩西湖，奎元館吃蝦爆鱔麵，全是小二黑做莊。因他帶薪讀書，還因為生性慷慨。他呢，並不像傳說中的上海人那般刁鑽，凡事都好說話，樣樣聽他的，澡堂裡泡大池子，爬上來，霧氣濛濛中，錯拿小二黑的褲衩擦臉，也不覺有什麼。彼此產生好感，事後還互訪過幾次，說好回去再約了一起玩。兩個學校離開不遠，馬路上都可能撞個對面，可是人海茫茫，又在前途的歧路，之間便淡下來。卻不料，兩人又遇上了。

本以為小二黑回山西原單位，調幹生往往是委培，哪裡來哪裡去，但民族化政策興起，小二黑竟然留校了。在上海沒有家，學校一時也給不出住房，就在琴房搭張鋪，暫且安下身來。重逢之際，小二黑正談戀愛，女朋友是下鄉知青，來滬探親就不走了，滯留上海學習聲樂，同時尋找機會報考專業團體，所以，她還是小二黑的學生。這才知道，大一統的行政格局之下，潛在有一個小社會，由回流的知識青年和外地招募人才的單位構成。樣板戲大力普及，部隊和地方都在配置大型京劇和舞劇的編製，上下求索，大城市資源最集中，尤其近代開埠的摩登上海，弄堂深處都聽得到鋼琴的聲音。樣板戲的革命趨向追根究柢就是西洋化，國劇都要交響樂伴奏，宮廷舞蹈則用來做階級解放敘事。當他應邀去到小二黑棲身的琴房，單人床沿上擠了一排男女少年人，等候問診似的，依次起身，站到鋼琴前試唱。小二黑高坐琴凳，君臨天下的姿態，指點江山，揮手即去，招手即來。多去幾回，他發現，小二黑的琴房除了教學，更是個信息聚散地。什麼省市或者軍區的歌舞劇院來招生，哪些項目，入駐哪個賓館，又借用哪裡面試，等等。有的時候，來人直接走進校門，穿過荒蕪的院子，從樂器車間、開水爐灶、食堂的後廚，曲里拐彎地，來到小二黑的琴房，夾在男女孩子中間。等主人慢吞吞洗漱，多少是故意的，終於坐上琴凳，問診啟動，一個個站起來表演。來人的臉上，不禁流露驚訝的表情，這些孩子，多半受過相當專業的訓練。馬路上駛過汽車，揌一聲喇叭，即可在琴鍵上按出音高。教育中止，影劇院歇業，演出停擺，一片沉寂中，竟然活躍著藝術生活，甚至於，比正常的日子更有生氣。彷彿，人的天賦都湧進這一條道上，正應了能量守恆的原理。偶爾一兩次，經小二黑疏通，考試借了學校的教室或者排練場，那就要到晚上，下班以後。所謂上班不外是開會，所以，場所就都顯出凋敝。鋼琴上蒙了灰，有些鍵繡住了，不肯出聲，就要揭開箱蓋，下手撥一撥；桌椅推到牆根，露出磨去蠟光，枯白的地板；玻璃窗上貼著米字條，一號戰備令防空措施的遺痕；聲波震動，天花板的灰串子和蜘蛛網落下來……就算是這樣的寥落，氣氛依然是肅穆的。由於緊張，也有空敞的原因，聲音顯得弱和乾，缺少光澤。狹小封閉的琴房就像一個共鳴箱，某種程度上起到修飾作用，此時水落石出，見了分曉。

招生的規模逐漸擴張，多個門類和各路團體，匯集起來，開闢大考場。與此同時，藝術教育的需求也在壯大。聲樂、器樂、戲曲、舞蹈，這就涉及他的領域。由小二黑引領，他走入這個小社會。身邊忽地聚起一幫男女，急切投奔文藝團體，繼而脫離鄉村，從農戶重新轉回城市，獲得公職。他也像那個內地人一樣的驚豔了，這些少年人，多半出身文藝宣傳小分隊，不知從哪裡覓到樣板戲的動作圖譜，能拿下一整台芭蕾舞劇。他想起阿陸頭，阿陸頭到哪裡去了？一眼看出去，周圍的女孩都是她，又都不是。她們都有頎長的四肢和頸項，腳弓很深的雙足，「探海翻身」、「倒踢紫金冠」，幾十個吸腿轉，穩穩落地，很難相信是無師自通，但就是無師自通，瞞不過他的眼睛。坐在考官後面，即各單位來招生的幹部，其中半數以上非專業人士，考生下場，前排翻轉身來，向後排徵詢看法。叨陪末座的，其實是一個權威性質的顧問團，雖然沒有名義，但給出的評價卻舉足輕重。這已經足夠好的了，小瑟不再是承歡女人膝下，真有些哈巴狗的意思，對著那一排欠身而向的仰視的臉，不禁眼睛發潮了。更意外的事情，就是收入。招募方以勞務計酬，報考者是答謝的形式：宴請和饋贈，包括禮金。有時自己出面，還有時是家長。他見識到家長的能量，不可小覷。有一位出手一架斯坦威鋼琴，要知道，那個內陸地級市全城只有一架風琴，當年傳教士留下的；另一位給的是化肥額度，至關農業省分財政經濟；各種批條，生產原料、機械設備、出口轉內銷物質、車皮、船運泊位……私下裡，和小二黑玩笑：倘若部隊歌舞團，會不會送軍火？小二黑並不以為戲言，鎮定回答：只有想不到，沒有做不到。

舞蹈和別項專業不同，教與學需要場地，但也不要緊，生態已經形成，越趨完整，缺什麼補什麼。除個別考生自己提供，還可以用交換的方式獲取。比如，你帶我一個學生，我替你借用幾小時練功房。有時候，不是一對一就解決，而是輾轉幾道。比如，你收到的學生，不是舞蹈，而是聲樂，那麼，就到了小二黑那裡，小二黑兌給你的，不是練功房，是一間畫室，習畫的年輕人也在翻倍，因劇團需要美工，彷彿文藝復興，又像來到「樂記」的時代。總之，互通有無，無中生有。現在，他是個忙人了，除上課和考試的正務，還有附屬的出勤，就是吃請。最誇張的情形，一餐飯拆做幾個席——冷盆這一處，熱炒那一處，點心第三處，實在排不上的，則以實物替之。黑龍江的木耳黃豆，安徽的花生芝麻，內蒙的奶製品，江西的筍干茶葉，甚至全實木的一具五斗櫥，他獨自騎一架黃魚車，到江邊碼頭取貨，遠遠看著泊船的上方，穿透夜幕，過來一個大傢伙，終於上岸，裝車，輪胎一癟，才知道材料的沉重。細想起來，是有些淒楚的，少年人撒穀子樣撒出去，茫茫中找路，一步一步向家靠攏，也不知道方向對不對，最終又能走到哪裡。如果上天有眼，就看得見地縫裡，螻蟻奔波，蜂群尋覓巢穴，牆洞裡的燕子窩，撲扇出來飛物，投在水泥壁上，跌落樓宇的溝壑。

他們這些人，其實是寄生物，從宿主汲取養分，可不就是生物鏈嗎？哪一個物種不是互相依存？家務重新回到女眷手裡，柯柯產假結束上班，工作的地段醫院就在馬路對面，插空檔回家哺乳，換尿布，抑或只是抱一抱。母親回掉了里弄生產組的編織活計，專職侍弄嬰兒。她沒帶過孩子，就在孫子身上找補母性的一課。相反，柯柯天生就是，小時候玩過家家，她總是扮娃娃的媽。兩個女人有點爭，他倒成了局外，彷彿一眨眼間，多出一個白胖的小人兒，有些納悶，這是誰啊？到他們家來。聽人叫「貝貝」，就知道有名字的，從英文「Baby」脫出來。長著長著，真長成個外國寶寶，和他襁褓時的照片，幾可亂真。但眉眼應該是柯柯的，細長的單瞼，眼眸裡有一種審視的神情，彷彿有意識。夜裡，正行夫妻之事，貝貝卻醒來，不哭不鬧，睜眼顧盼著。他不禁窘起來，從女人身上退回自己的地方，柯柯不動聲色，只是看他，也讓他窘，不知道要不要繼續。生育使她變得豐腴，乳汁分泌出激素的氣息，按理說會增強肉欲，奇怪的是，與此同時生出一種肅穆，稱得上聖潔。那些放肆的閨中術想起來讓人羞赧，他對她有點生畏呢！難免感到壓抑，但慢慢地，習慣了，便輕鬆起來，欲念其實是累贅的。

生活走上軌道，和大部分家庭一樣，男主外，女主內。他早出晚歸，難得在家，孩子都認不得父親了，還出差過幾回，去異地送考和教課。受著人們的款待，外埠的生活並沒有那麼可怕了。住宿政府招待所，簡樸的表面之下，基本設施齊全，也足夠清潔，甚至二十四小時熱水供應，即便沒有，服務員會用扁擔抬來開水，浴缸早已經擦得雪白，毛巾也是雪白。飯菜的烹飪也許粗糙，但新鮮呀！肉菜是一清早農人拉著平車送進大院，廚子也肯下料，味厚，量又大，豐饒富足。他對許多食物更新了認識，比如產麥區的麵點。黃泥爐壁上的燒餅，焦香鬆脆；饅頭劃拉幾刀，涼水盆浸一浸，笊籬撈起，扔到油鍋，外黃內白，也是焦香鬆脆；疙瘩湯，片兒湯，貓耳朵，酸湯餃子，那就要看湯了。雞鴨鱔魚骨，蘿蔔打成丸子，水洗麵筋，藥材包，芫荽、蒜苗、京蔥、香椿，過去不沾的，現在成了愛物。他有生頭一回乘坐軟臥，線織的鏤花窗簾，紗罩檯燈，白瓷蓋杯裡的新茶，乘務員的笑靨！他實在沒什麼見識的，無論質樸和奢華，上世紀七十年代的奢華，是權力的象徵，帶有精神物質雙重享受。這就是城市市民，生活在上下階層之間的狹縫，窄得不能更窄。現在，眼界拓開了，方才知道山外有山，天外有天。他差一點乘上了飛機，可惜沒有單位證明——方才意識到他是個沒有單位的人。同去的人都去機場登機了，只他一個走陸路。邀請方將機票錢折成現金，增添了收入，而且用吉普車直接送上月台，遺憾的心情沒有影響多久，便消失了。

邀請的多是地方團體，從戲曲轉型歌舞，新進學員常是以武功的標準，老師也是武生刀馬旦演員，現教現學。小孩子明顯落下毛病，不長個，或者肌肉變圓肉，三五天的時間糾正不過來。只能輸送一些概念。他盡力而為，因要對得起信任，這又是外埠人給他的教育，篤誠。是不是出於好感，還是新的眼光，他開始欣賞不加紋飾的美。他通常去到的黃淮一帶，真正的中原，歷史上罹患水患和兵禍，以貧困著名。概念之下，就總是灰暗的印象，具體到細部，卻有驚豔。令他意外的，那裡的男女都十分標緻，當然，歌舞演員是經過挑選，但也堪稱代表。上海都會中人，固然有一番風度，出自內修外養，內省城市則全憑實力。再有，鶯飛草長的江南，生相清麗細緻，到底欠缺些氣象，不像大陸性氣候帶的大開大闔，生相軒昂。男子個個可扮周瑜趙雲，女子呢，古寺裡的觀音，彷彿都是用她們做胚子。他和小二黑討論兩類差異和來源，身處俊男倩女之中，免不了此類話題。他從地緣風土做解釋，小二黑從人文歷史出發，你想，小二黑說，華夏自安陽立都商周，然後燕趙，再然後長安洛陽，周旋西北，即便六朝南京也在長江彼岸，那已經頂格了，再下去即亡國偏安之時，霸氣收縮——這有什麼關係呢？他以為小二黑離題了，不得不打斷，謙恭問道。大有關係！小二黑說，你想，皇室挑選民女進宮，非出類拔萃而不可，最佳推出，幾代交配，好比稻麥的良種，人裡的龍鳳，就這樣產生了。他聽著有理，不停點頭。小二黑接著說，你再想，華夏中國，立都為什麼倚北向南？他改點頭為搖頭。因天朝的威脅來自塞上游牧民族，匈奴，突厥，鮮卑，女真……大理國呢？他稍稍反駁一下，小二黑伸手阻止他，一下子就讓忽必烈滅了，都是些零碎小朝廷，窩在山坳裡，成不了氣候，忽必烈，食肉動物，時不時犯邊，鐵馬金戈，皇帝和親，也總是往那邊去，文成公主，王昭君，也像莊稼，雜交出優品！他說，我看你就是雜交的結果。小二黑笑了，真不好說呢，我們那一片，曾經是拓跋氏的地盤，不定都是異族的種！他說，我自小被叫外國人，其實是真正的漢族！小二黑低頭想一陣，你祖籍浙江寧波，鴉片戰爭失利，簽訂南京條約，五口通關，寧波正在其中，也不好說！他質疑道，開埠時候，我祖上已經定居滬上，時間看不大可能！小二黑笑起來：說不定你祖上就是戰爭遺孤，聽說現在有一種基因檢測，你不妨試一下，尋根嘛！他也笑：尋到了又怎樣，我又不認識他們。兩人大笑一回，他正色道：小二黑你可以教歷史考古。小二黑也正色：你真說對了，我本來的志向是北大歷史系，可偏偏讓劇團要得去，還包送我進修，就這麼，一條道走到黑！他說：黑暗盡頭是光明。所以是小二黑！小二黑！兩人就又笑一波。小二黑止住笑，壓了聲色，露出神祕的表情：中州地方，還有一次異族入侵，你猜是誰？羅馬人！離奇不是？世上可考，成吉思汗東征，曾經擄掠一支羅馬軍團，轉身征西，途中失散了！他心裡起疑，卻被吸引，靜靜地聽。

這是關於生相宏觀大局的說法，再有微觀的，就涉入人體科學的領域了。他注意到小二黑有一雙X光的透視眼，認為女性的好看重在骨骼。怎麼說？他問。平肩，窄腰，高胯，寬臀——不是男性化點了？他質疑。說對一半，小二黑肯定道，好看的女人都有幾分男相，這就是「力度」！這一點他也同意，以舞蹈看，這類形體也是能夠發力的。小二黑的「力度」又不止於此，眼睛裡忽然亮起一種接近淫邪的光，口齒間逼出兩個字：「來勁」！他也算過來人，自然懂背後的意思，不免以為太過實用，忽略精神價值，但不能不承認，在某種程度上合乎美的起源，那就是從功能出發，於他有啟蒙的意義，內心對小二黑很是服帖。總之，這山西漢子的確是個有趣的人，像阿郭，雖然出身背景天壤之別，但同樣具有歷史觀。從時間斷層，一個古代，一個近代；空間劃分，小二黑貴胄，阿郭市井。

這個階段，即上世紀七十年代頭上，和前幾年的紛來攘往相比，堪稱勻速。也是因為人們將世事動蕩視作常態，變故的激烈性被瑣碎的庶務隱匿，潛在地改變著社會生活。正史可記錄的是林彪叛逃，留下千古之謎案，另一件屬別史的，卻更有影響力，那就是父親回來了。其時，他出差外地，收到母親的電報，耽擱兩日，進門家裡已經多出一個人。兩下裡都嚇一跳，因為彼此陌生，倘若走在馬路，決計不以為父子。兒子這邊是愕然，父親那邊，很奇怪地，有一種羞赧，似乎沒打招呼來到的不速之客，忒莽撞了。人是阿郭接站送到家裡，農場見過一面，多年的通信和郵包也常是阿郭代辦，就像父親和家庭的中人。接下去的幾日，報戶口，轉糧油關係，原單位接洽復職，都是阿郭帶領，他陪同，擔任近親的義務，用處是派不上的。有兩回填表，他寫錯父親的名字和生辰年月，尷尬得很，索性都由阿郭出面。父親則來自方外，完全不能理解這些紙上的文字和欄目。前幾項比較順利，後一項就麻煩了。原單位認為此人已經除去公職，如再要申請職業，應當去勞動局；勞動局調原單位檔案，檔案上明白蓋了除職的紅印章，並且註明司法；於是，再向司法局要求出文，證實此人刑滿，結束改造，轉留場農工，按政策病退原戶籍所在地，回過頭還要農場出文……這樣來回跑路，磨嘴皮子，都是他從來沒經歷過的世事，難看的人臉，單他自己早放棄了。父親已經氣餒，總是說回西北算了的話，就知道父親比他更不頂事，或許不回來更好。雖只一閃念，但竟存在意識裡，生出些梗。阿郭則堅執不讓，又有許多圓通的手腕，最後到底恢復公職身分，條件是辦理退休。這年父親虛齡五十，照常規尚有十年服務期，此時就賦閑在家了。

陡然多出一口，連如廁都有些不便，父親自覺得打擾家人，事實上，勞改的生活最能馴服性子。他迅速適應環境，讓自己成為有用的人，上繳大部退休工資，包攬內外雜務。天明即起，買菜和早點，順便在公廁解決內需。然後回家，安頓飯桌，再收拾善後，這才坐定，給自己泡一壺茶。看完一張日報，就到午飯時間。他從來沒有上過灶，但天生對手工有興趣，一回生二回熟，逐漸得道，讓人無從挑剔。他甚至大膽到請親家來吃飯，對方母親帶了幾式菜點，全是招牌等級，就有武林過招的意思，這方至少不輸。午飯過後，打個中覺，起來去幼兒園接孫子。祖孫倆在街心花園流連一時，就又要上廚了。這一餐是要重視些的，全家到齊，而且，都是功臣，上班的辛苦，上幼稚園的也不容易，在家的，比如母親，更辛苦，因為要容忍他這麼一個闖入者。這一餐也更有趣些，小孫子身前身後纏繞，有無數的意見建議，他視作欽點，深感榮耀。大人往往通過孩子結緣，雖然還是生分，還是客邊，但卻受主人歡迎。飯後的清理由柯柯代勞，洗碗擦桌屬小工的活計，為這一點，父親對媳婦心生感念，不只勤力，更給自己面子，提醒他做公公和祖父的威勢。排開中英文的識字卡片，嚴肅了神情，開始私家教學。小瑟依稀記得，幼年時上演的一幕，不知怎麼隱去了，覆蓋上別的印象。母親也參加進來，矯正小孩子的咬字，竟然是牛津音，方才想起，母親是中西女中學生，大學與父親同讀聖約翰，結婚後輟學，那時代知識女性的普遍人生。走過白晝裡的離析，此刻團起來，作了一家，小瑟他倒擠不進去，成了外人。至親間的隔閡其實比陌路深，父子又是至親中的更親，於是加倍疏遠。夫妻尚有舉案齊眉，相敬如賓的古儀，現在正可用在父親母親身上，他與父親只是尷尬，唯有一個「躲」字。

他出差更頻繁了，連東北那「旮旯」都去過了。因為眼界廣，還因為怕回家，他壓抑了成見。哈爾濱給他印象甚至好過上海，因有一種親，類似於鄉愁。四處可見異族人長相的男女，人稱「二毛子」，讓他想起白俄校長和夫人。簡直是上輩子了，可分明空氣中飄過夫人裙襬裡的氣味，紫羅蘭香型的古龍水。從省城下去，百十里不見人煙，冷不防地底下鑽出幾個，還是上海人，知識青年，完全北方裝扮，白板皮背心，攔腰紮一綹皮條子，其中一個還背著一桿槍，打獵似的，不說話認不出來。他們還邂逅上海下放的幹部，倘若平時，哪裡和幹部說得上話？此一時彼一時，幹部變得和氣，通人情，握著他們的手，拉去火炕上坐，言必稱老師。最驚人的奇遇，在一個叫阿城縣的劇團，他看見了豆豆老師！

那劇團的前身是吉劇團，後來改成歌舞，新起爐灶。北京舞蹈學校下放來老師，招進學員，排演現代芭蕾。他們站在練功房門口，一片鞋子中間，看孩子們上課。豆豆老師擊掌打節奏，前後左右走動罵人。穿一條肥大的燈籠束口褲，很可能是原先劇團遺留下的剩餘物質，戲服裡的彩褲，在她身上則另有一番風情。她明顯發胖，個頭就矮了。原先的髮髻剪成短式，灰黑參雜，濃密地堆在頭頂，眼鏡推上去壓住，還是有風情。練功房四面鏡子，他相信豆豆老師看見他了。從少年到壯年，樣貌發生很大變化，但他是容易辨識的長相。悄悄退到走廊，又退進廁所，不敢與老師照面。想他那幾把刷子，竟敢四處兜售。等一會兒，見同行的人呼隆隆出來，這才疾步趕上，混進去，走了。可是身後追隨老師的眼睛，一直跟著他。要過去好些日子，他才恢復自信，敢為人師。

現在，到處有他的學生和他的傳說。有說他留學蘇聯，曾駐場莫斯科大劇院，有說他法國專家親授，巴黎紅磨坊的舞男；最具浪漫現實主義的故事是，他出身猶太家族，二戰時候逃到美國，在鄧肯課室學習現代舞，然後來到中國，鄧肯不是傾向共產主義，她的小丈夫就是蘇維埃詩人，所以他暗中受中共高層保護，他的父母長年居住北京友誼賓館，擔負中美蘇三角關係的密使。不要小視坊間的想像力，聽聽那些流言就知道，野史和稗史都是從那裡來的。他無疑成了個著名人物，某些院團，就是奔著他來到上海。形勢反轉，小二黑也要拜託他的人脈，很多場地主動向他開放，大白天裡，大剌剌走進去，沒人阻攔。鋼琴任由使用，留聲機也安置好了，有些考生趕不及試場，送來錄音錄影。還有小型放映機，接了小馬達，投在白粉牆上，觀摩資料電影。他尋覓白俄學校那部《脖子上的安娜》，說給誰，誰說不知道，可他分明看見和聽見，瑪祖卡舞曲中，一排排男女面對面，交手，換位，從眼前歷歷經過。放映機和膠片在各處流連使用，停滯的時間有限，來源也很複雜，可說有什麼看什麼，沒得挑。有一次，找來的過路片其實是教學紀錄，日本大松博文訓練中國女排，模糊的黑白影像，總是一個球砸下來，翻身墊起，再一個球砸下來，翻身墊起，人們耐心等待，足足四個小時過去，依然一個球砸下來，翻身墊起，簾幕外天色已暗，還是球砸下來，翻身墊起。

學習藝術的人群年齡趨向幼小，鑒於前屆學生畢業出路的經驗，弟弟妹妹們提早開始準備，掌握一技之長，進入文藝團體，如今除此又有什麼堪稱一技？不知有多少私下開班的授課，體制內悄然恢復藝術類教育，為區別舊學，另取新名。滿大街都是提著樂器盒的小孩子，黑漆漆的弄堂深處，都能聽得到蕭邦的鋼琴曲《悲滄》，伴隨唱針走在唱盤上的滋滋聲。學芭蕾的孩子赤手空拳，但他這樣的業內人卻可辨得出來，頭髮梳往腦後，緊緊抓一個髻，挺腰引頸，雙腳外撇，就是標誌。舞校鞋工廠的師傅都在做私活，有的還開了小作坊，那種木頭鞋尖，緞面幫，後跟延出兩條綢帶子的跳舞鞋，材料和技術都是獨一份。城市的大光明底下，藏著多少背街暗巷，主流之外，有的是偏才。工匠手上的鞋，送到跳舞人的腳下，大約要過二三道中介，就又增添一種職業，養活一批生計。這樣的供求關係，經多重調劑，終於形成生物鏈。只要找對路數，猶如亂麻裡抽出線頭，拎起來，就是一脈通。

他有了自己的練功房，倒不在小二黑的圈子裡，還要回到阿郭。阿郭好比萬變不離其宗的那個「宗」，坊間說法，就是「萬能膠」。這也看得出新老差異，這「新老」不單指年齡和資歷，還有根的深淺。小二黑是半道上的扦插，阿郭是老茬子。他選的是院團場地，大方向就對了。這時節，文藝界都停業，合併上班，又下去五七幹校勞動，留下許多空房子。他定的這一間在中心區的洋房裡，難免招搖過市之嫌，可是，什麼叫燈下黑？小方向也對了！據說曾經住了北昆名角，自備有練功房，格局和大小讓他想起白俄學校。嘰嘰喳喳的男女孩子則回到北京的日子，繼而豆豆老師出現面前，心裡不由發怵，彷彿回到幼年，無論長到多大，他都怕她！時間倒流，幾乎聽得見汩汩的水聲，其實是鋼琴響起來，從小二黑的學生裡淘來的伴奏。孩子們伸展手臂，腳尖在地面畫圈，地板散發著松香的氣味，專業的學校也不過如此。白俄學校隱去了，豆豆老師隱去了，蘇聯專家也隱去了，四面都在起光，溶溶地擁住他。

他的練功房在滬上有了名聲，不知從哪裡興出，還有了名字，叫做「瑟」，大概學生都稱他「瑟」。這地方的殖民氣很難散盡，犄角裡都有殘留。這個名字，他本人並不喜歡，覺得太惹眼，弄不好招來麻煩，事實上，足夠唬人的，不少學生奔這個來的。芭蕾可不發源歐洲，那兩個字就是法語的音。有時候，外地的團體來觀摩練功，同時物色人才，脫了鞋子，只穿襪子，排排坐吃果果，大氣不出。學生們比平日更認真，手腳到位，這些小勢利鬼，眼角裡的餘光老早看見人家襪子上的破洞，可是說不定呢，命運就掌握在他們手裡。目光聚集處的他，穿黑色緊身衣，深藍羊毛護腕，堆積在踝部，底下一雙赤足。因四肢頎長，看上去比實際更高，膚色白亮，鍍了一層光，行動起來都有拖尾。三十歲的「瑟」，臉相的輪廓長足了，還沒有垮塌，清秀與勇健合為一體，王子的形骸，稱帝的心。所謂黃金時代，大約就是這個階段。他呀，女子也愛，男子也愛。最傲驕，也最安靜，最得意，也最謙遜，低頭垂目，且目無下塵。

最危難的世裡，也有安平道，就像風暴的眼。現在，柯柯、貝貝、父親，先後納入的新成分，融合成有機體。天天不覺得，倘若外出回到家，推開門，滿房間的老少男女，彷彿開天闢地起便在一處。貝貝，改名叫盧克，從「幸運」的英文Luck諧音，自他出世，形勢一日好似一日，小民知道什麼，只看眼前的小日子。盧克倚在柯柯膝前，就像當年的他，倚在母親膝前，同樣的圖畫只是換了人物。母親做了祖母，相反父親又回到少年的遊戲，拆裝廢舊，製作一台幻燈機。吃過晚飯，張起白布單，關上電燈，一幀一幀投放。阿郭從電影廠的剪片間淘來老膠捲，七零八落的鏡頭，按電影名分類，鑲在卡紙上，做成幻燈片。輪到父親和阿郭做朋友，他們更玩得來。星期天下午，兩人相約去凱司令用茶點。上世紀七十年代中期，塵埃落定，沉底的棄物一點一點零星泛起，凱司令就是其中之一，周圍彷彿都是熟面孔，三生石上相遇。某日，有位老先生走到桌前，變戲法似地變出兩張撲克牌，方塊六和方塊十，亮一亮，又收走，再到下一張桌。父親外埠待久了，和這城市斷音訊，就看不懂。阿郭問他，六和十，滬語怎麼說？「落實」！「落實」？父親學語，恍悟過來，落實政策的意思！阿郭誇獎他，腦子還沒壞掉，有邏輯思維。父親一笑：我倒覺得現在比那時好。阿郭問：好在哪裡？父親說：沒錢有沒錢的好處，少去許多口舌。阿郭沉吟一時，說：老瑟啊——這也是阿郭起的名，老瑟。老瑟啊，你是活出頭的話，還有只活到中段的人呢！兩人共同想起阿郭去探監的情景，老瑟把鹹鴨蛋的殼都嚼下肚了。太吃苦就享不起福！阿郭說。父親反過來說：享福才能吃苦。阿郭說：那是指有慧根的人。說著說著扯遠了，投緣就在這裡。

老瑟笑道：釋迦牟尼是王子，錦衣玉食；耶穌是木匠的兒子，生在馬槽裡，你說他們誰的道行深？阿郭讀書不多，但有生活的實踐，他的回答是：殊途同歸。這話有射覆之趣，說的面上，指的面下，就是他們兩個，一是廟堂，一是草堂，此時坐在同一張桌喝咖啡。

阿郭帶父親去「瑟」，兩個老先生，阿郭也算得上老先生了，穿戴是過時的摩登，貝雷帽，人民裝的領口露出格子羊毛圍巾，灰色啥未呢西褲，三接頭皮鞋。各人托一個紙袋，悉悉嗦嗦打開，一股油香騰地躥出來，原來是油墩子。兩人慢慢享用，練功房裡的空氣攪動起來，人們完全看不懂路數，吃食的氣息刺激味蕾，口水都上來了。小瑟自然是窘的，盼望他們快些離開，礙於面子不好發聲，只能裝不認識。父親本來怕他，又隔膜久了，料不到上海變到哪裡去，處處小心。阿郭卻沒那麼消停，地方且是他找來的，有權利說話。叫來看房子的後勤，指示要給地板打蠟，門窗的鉸鏈也需換了，否則夜賊可輕易卸下，雖沒什麼供竊取的，放進什麼更危險，說不定是贓物呢？再有，他走過去，撥開扶把上的習舞者，曲起手指叩叩牆——甎已經酥了，吃不起力道，掰脫落，人摔倒，肋骨也要斷掉，順帶在身邊小姑娘肩膀頭點一下。阿郭年輕時候老實，上歲數卻有點色。這一下，連單位後勤也搭不出脈了，諾諾應著。收回手，互相拍拍，終於走了。

因看見小瑟的臉色，老瑟早已經閃到門外，生怕造成什麼難堪不好收拾。阿郭對了戰戰兢兢的老瑟說：你要多出來走走，否則你這個「瑟」就要變成「瑟縮」的「瑟」了。老瑟點頭。阿郭感嘆道：想你從前怎樣的一個人，甩過幾條橫馬路，都知道你會得玩，拆天拆地拆家缽，騎一架蘭鈴飛出去，我們在後面看，闔不攏嘴。老瑟就搖頭。阿郭自覺有責任幫老瑟做回自己，帶他四處跑，重新打開摩登世界的門。城隍廟湖心亭的茶館是一扇門，那裡的堂倌老友預留臨窗的座位，俯身看見九曲橋，滿滿的一橋人。老瑟說：不瞞你阿郭，我看到密密麻麻的人頭，胃裡就有點翻！阿郭說：慢慢來，慢慢來！堂倌送上茶和茶點，阿郭介紹認識，說：把你的簽名本拿出來，我代你求老瑟簽一個！堂倌說不敢不敢，又說，沒帶沒帶。曉得看不上老瑟，阿郭來氣了：我告訴你，錯過這村，沒有那店，這位先生，上海聞名的小開，出北火車站報他名字，車夫直接拉到公館！那堂倌一來不好駁面子，二來多少被唬住，上下摸一遍，說一聲：有了！圍裙下抽出六十四開塑膠封皮一個小本，交給阿郭，阿郭再給老瑟，翻開看一遍，果然是各色簽名。有草得認不出，有花樣拉丁文，確有幾位政要和名流，難免抖豁，經不得阿郭鼓譟，縮在一頁的角落裡速速寫下幾個字，趕緊闔起。堂倌接過藏進圍裙底下，走開去了。老瑟暗中偷笑，因寫的是阿郭的姓名，舊時的頑童一瞬間閃過。

年頭上，柯柯懷孕，年尾娩下一個女兒，由祖父起名盧馨，取英文Luscious的諧音，意思甜美動人。

六

江蘇和山東交界有一個煤礦，隸屬上海礦務局，這時節，獲得編製，足夠配置軍區級的歌舞團。採礦作業是地方管理，工人多來自周邊，即蘇魯皖豫，但設在地級市的行政大院，幾乎就是小上海。礦業公司的舊部就是從上海派出，建國初期有一撥援建幹部，帶家眷過來，礦院滬籍學生畢業回到上海，再分流此地，又是一撥，所以，這裡的人都說上海話。能源產業是個富窩，自建的辦公區，住宅區，商品供應，中小學校，娛樂設施，遠超本部上海，是古城的新世界，國中之國。

建團的批文還沒從國部委下來，知識青年便聞風而動，通各種門路，向這裡聚攏。籌備組甫一成立，卻不在本地市啟動招生，而是向上海出發。籌備組約十來人，組長從北京下來，原是中央戲劇學院舞美，一九五七年劃歸右派，發配來煤礦，兩年後摘帽，一直在系統內部升降，這次總算回歸本行。副組長是女性，上海人，文化處的副主任，俗話中的千年老二，永遠都在副職，其實是個雜役，負責一切庶務。其他成員有從省歌舞團借用，有下屬區縣的專業人員，不要小看基層單位，屢次政治運動，院團減冗，最近一次大軍區調防，文職人員復轉，冷不防，就出來一個人物，可謂藏龍臥虎。其時已到上世紀七十年代中下，政策逐漸寬鬆，彷彿冬眠初醒的蛇鼠，頂破地表，探頭試風向。

他常想起那個鐵路樞紐上的城市，與上海相比，面積只在集鎮，卻有靜氣籠罩，變得無邊的寂闊。水在黃河舊道裡移動，天穹高遠，一旦入夜，繁星布滿，又近了，人就到了光年以計的時空裡。少年時在北京，古老和恢弘讓他生畏。大孃孃，豆豆老師，蘇聯專家，也讓他生畏。他一直沒有看見駱駝，是沙塵暴帶來大漠的消息，還有冬天的雪，夏日裡四處起煙，半懸空中的門樓，門樓裡的野燕子，舌頭打捲的北京話，藝術是藝術，可到底讓人生畏。在這裡，卻放下戒心。從外部看，它也有著北方城市的蕭瑟，工業化則將這點蕭瑟的格調也抹殺了。老建築難免凋敝，新的呢，一律單調乏味。空氣中飛揚著廢渣，來自蒸汽機火車頭和煤炭貨棧。但在粗礪之下，有想不到的殷實和富庶。長巷深處的宅院，推進去，照壁的磨蝕的表面，隱約透出龍鳳呈祥，告訴你大有來頭；繞過去，青條石上，鞋底踩成的凹塘，一汪一汪的月亮，告訴你光陰荏苒；木柱子的漆色，窗櫺格子，獸頭滴水，楹上的一方空白，又在說話，說的是原先有一塊匾，寫著堂號，不知道去了哪裡。對著正廳，當門的長案上一對青瓷瓶，半人高，牆上是一幅字，今人的詩詞和字跡，這就到了新時代。東西兩側的廂房向後院抱去，留出夾弄，上面一線天，底下是明溝，接著雨水，潺潺地聚在地漏，咕嘟一聲不見了。進到後院，夢境有些迷亂，依稀有一道木樓梯，腳下吱嘎響著上樓，過廊扶欄的鏤刻，似乎是五禽戲，小孩子不老實的手，摳斷連紋，掏出一大個一大個空。過廊左右分開，繞過院子，又恍惚了，是從北房中間的木樓梯，下到一個荒蕪的空地。空地上零落立了幾間木棚，堆放著雜物，都是沒見過的，有說話聲，是這家的孩子吧，一件一件告訴他。這是耩，這是谷桶，這是軛，怕他不懂，還寫給他，樹枝劃在泥地上，彷彿倉頡造字。再換一間棚子，是鐵器的殘片，其中有一架馬達，他見過這形制，小時候的玩具。耳邊的人說，停電的時候，自己家可以發電。第三間棚，是鍋爐，擰開龍頭，流出黃褐色的鏽水……你可能想不到，這內陸的古老的城市裡，曾經有過稱得上摩登的生活，甚至他，一個上海人都沒有經驗過的。竹爿紮成的籬笆圍起空地，柴扉推開，就看見黃河。岸邊設一方平台，幾級台階，拴錨鏈的石頭樁子，頂上鑿了眼，廢棄的私家小碼頭，蹲著涮洗的女人，棒槌捶打撲撲響，彷彿到了唐宋：「長安一片月，萬戶搗衣聲。」他納悶了，古代還是現代？不提防時，近代史又出場，聽見「康白度」這個詞。河沿上溜達的老人，稱這家「康白度」。先沒有明白，明白後老人已經走遠。其實不只這一家，整一條街，都住著「康白度」。清末民初，外國公司過來收購麥子、棉花、煤炭，開始是跑碼頭，後來派駐人員，直至建立辦事處，從屬上海的海外分部，這不和上海通上款曲？在地的世家子弟往往改國粹轉洋務，風氣溽然，也是經濟所致，新文明隆起。不說別的，看天主教堂便知道，每到聖節，要做大彌撒，農婦們都會唱幾句讚美詩。神思漫游中，教堂緊閉入口，圓拱形的花玻璃窗用木板釘死，可是哥特式的鐘樓尖塔，卻依然聳立天空之下。鐘聲沉寂，外國神父絕了蹤影，街上再沒有出現洋人，年少一些的市民都以為是電影上的活動。

他經歷過世事，長了膽子，開了眼界，也有了自省，就會辨人識物，能看到過去不曾看到的面向。他真有些捨不下它呢！

難忘的還有，火車站。煤炭和鐵路的重鎮，火車站是個地標，標誌蒸汽機出世，動力增倍，前工業時期開始。廣場上是不夜天，燈火通明，人聲鼎沸。奇怪的是，從這裡走去一百米，耳朵根子刷的清靜下來，就說嘛，這城市有一股靜氣，足夠覆蓋全局，將噪音統統吸納。燈也稀疏了，東西幹道還好些，大約百步一盞，南北馬路則是大大的暗了，黑黢黢的樹蔭裡，走上半個時辰，才有一點光，卻看得見路。就像戒尺打的格子，橫平豎直，這樣的「井」字，是皇城的形制。比如北京，比如西安，比如洛陽。這地方，可是要到楚漢，《九章算數》不就在秦漢之間成書？再回去火車站，進到月台，月台總是憂傷的，放下一批人，再帶走一批人，於是，邂逅發生又結束，周期特別短，留下的憾意特別長。穿過廣場上的喧騰，打散的靜氣重新收攏，席捲一路上的雜碎，在車輪和鐵軌的咬合中，迸發鏗鏘之聲。汽笛鳴叫，吐出滾滾白煙，你彷彿看得見蒸汽機的活塞的運動。再看遠一些，稻麥菽黎底下，沉睡著煤的肥田，那是動力的源頭。不夜天從這裡來，靜氣從這裡來，這城市的明暗生滅都是從這裡來。穿透旅人睡眠的鐘聲，其實是檢路工的鐵鎚子的敲擊，啄木鳥似的，聽得出哪裡有蟲眼。然後，哨子響起，這是什麼？悠長得簡直到不了頭，穿透不夜天、靜氣、鏗鏘之聲、聚離的憂喜、三生三世，到頭的一剎，車身移動。車窗外過去一張臉，手壓在大蓋帽的帽沿，敬禮，又一張臉，大蓋帽，敬禮，多麼莊嚴啊！遠行中的借停，無論多麼沒心沒肺，都會觸動。月台到了盡頭，鑽過一頂一頂旱橋，路軌裸出地表，交互盤桓，金屬的曠野，這才是蒸汽機時代的真筋骨。十八層底下又一個城池，阡陌縱橫，巷道裡走著另一列車。所以，這城市是立體的，倘若平鋪開來，十個一百個一千個上海也比不上。這是指的空間體積，時間長度呢，已經歷數過了，上海無疑在弱勢，可後來居上，屬另一份修為。看那滿城的風裡的煙塵，其實是時間的脫屑，教科書不是說了嗎，要以地質年代計算，石炭紀，二疊紀，侏羅紀，是成煤時期，和恐龍同世紀！

宅子的主人，英商煤礦公司的上海站派出本地分站站長。原是押船員，沿長江走碼頭，業績出色，很得重用，逐步升上來。到上世紀初，歐戰疊起，經濟受創，物質緊缺，變出口為進口。兩次大戰間隙裡，中國本土工業快速發展，用煤量激增。一邊履行總公司的發包合同，一邊呢，上海站的幾名董事合夥生意，只做些零頭，已經盆滿缽滿。煤船所到之處，常州、無錫、鎮江、九江，都有宅院，皇帝行宮一般。卻是按家室配置，妻妾俱全，兒女繞膝。這裡的不定第幾位如夫人，以年齡計，多半排末，本應該最留得住腳，可是，日本人來了，主子便煙消雲滅，再不見蹤跡。好在這位奶奶是個角色，早想到會有切斷的一日，不論從人從己從天下，常數都抵不了變數，因此未雨綢繆，積蓄起私庫。豐年裡，派一個老僕，當年陪嫁過來的，四縣八鄉買糧食。城裡米市，凡以「仁義禮智信」為號字的，都是她家的。單看這項，就知道好出身，比那押船員有根基。上海地方能有什麼家世，不過是「康白度」的天下，所謂「康白度」不就是個掮客？叫成洋名體面些罷了。奶奶跟塾裡的先生讀過書，又上了新學堂，家裡訂報紙，還有收音機，聽股市報價，也聽新聞，曉得盧溝橋一仗打得不善，果不其然，閘北吃了炸彈，八百壯士哪能守住，提振士氣給外國人看，也沒有用，年底南京失守……他們這地方，自古兵家必爭之地，坊間就有「跑反」一說，眼看著城裡的往外跑，城外的往裡跑，亂成一鍋粥。她站在房頂，院子有個天台，學西洋的款。她從天台架梯子上房頂，裹著大氅，男人留下的，抽著菸捲望遠。只見一片屋脊，飛著遷徙的候鳥，從南到北。後院搭起棚屋，難民船到小碼頭，直接上岸落腳。原先在鼓樓街開一爿糕點店，順著上海「老大昌」，取名「老二昌」，賣當地的特產，糖三刀、蜜角、蜂糕、江米條，此時開了賑粥。並不是婦人之仁，心胸要大一些，吾國吾民，人不親土還親呢！

他們造訪的時候，老太太還硬朗著，因是十一月的日子，懷裡揣膠皮熱水袋，立在廊柱中間，等一行人轉出照壁，走過院子，上台階，召見臣下的架勢，施握手禮，稱呼「同志」。側一側身，於是，魚貫而入，進了廳堂，分兩列坐定。老太太這才邁步，過門檻時，日頭走到身後，煌煌的人影，映在光裡頭。小輩們奉上茶，一律的蓋碗，端在手中怕摔了，就不敢動。身下是紅木古式扶手椅，必正襟危坐，還打滑，不時往下出溜，這真是叫拘謹！好在，老太太略問幾句寒暖，一揮手：玩去吧！起來散了。

後來，走熟了，老太太會到孫輩的房間，和他們講過往的舊事。口音是戲曲的念白，中州韻，開始不太懂，聽進去了，沒一個字不明白。倘若請菸，即接過去，低頭借火。就看見老太太厚密的髮頂，壓一把玳瑁梳子。抬起頭，深吸一口，緩緩吐出，一陣霧起，漸漸散去，空氣比先頭更清亮。老太太的皮膚很白皙，牙齒也不見疏漏。奶奶您真年輕，他由衷說道。老太太舉手撣撣，氤氳徹底消失，道出兩個字：人瑞。笑一笑，又道出兩個字：天命。繼續往下：代代相傳，凡夭折不外兩項緣故，一兵禍，二天災，都屬意外，非壽數所定，您知道為什麼？不敢稱「您」，就叫「小的們」！他忽變得俏皮，在座都笑了。好，你說呢？他不敢再貧嘴，老實道：請教。老太太說出一個字：古！我們都是極古的人，黃帝在位百年，年一百十一；他孫子顓頊，在位七十八，年九十八；堯，在位九十八，年一百十八；舜，在位七十九，年，足一百！不只華夏中國，外邦人也是，《聖經》說——他想起那座門窗釘死的天主堂——《聖經》說，亞當一百三十歲，還生了兒子，再又活了八百年，九百三十歲終年；他兒子九百一十二歲；兒子的兒子九百零五歲；這麼樣千百以計下去，到諾亞，就是大洪水造方舟的那人，九百五十歲……他忍不住嘆息：真想不到！老太太冷笑一聲：你們上海人是新人新地，這裡——腳尖點點地，他注意到是一雙天足——堯的封土，周代的鄭國！伸手在炭盆沿摁滅菸頭，他們幾個圍著炭盆爆栗子吃呢，停下來聽奶奶說話。奶奶起身走到門邊，站住轉身，專對了他：你們那個上海，可沒少去過，吃喝玩樂，知道最好哪一口？魔術，大變活人，分明是個假，卻做成真！這才退出去，順手帶上門。屋裡人這才活過來，栗子也重新爆響，蹦到半空，馬口鐵罐子接住，叮噹一響。

老太太強勢，晚輩人難免受擠兌。女兒都嫁出去，三個兒子有兩個在外地，天津和成都，留下的這個，老太太家養馴服的，還是先天性子柔順才養家的，總之不僅自己，還是媳婦，都是悶嘴葫蘆。兩口子都是政府機關的幹部，單位裡主事，回到宅子裡就沒了主意。再下一輩，情形又翻了個兒，動靜起來。第三代一色丫頭，總共五個，照理是讓人喪氣，但這一家不同，一直女流當家，就不覺得缺男主。由己及人，老太太反倒喜歡女孩，很有些放縱。上下各兩個還好些，可能從娘胎帶出來的賢淑，特特中間那個，三！孩子多，大名另起，乳名就按順序叫，不至於弄混：大、二、三、四、五！那三，他就是衝她才進到宅子裡來的，是個異類。事實上，至少有一半是老太太調理出來的成因。五個孩子幾乎擠著生下，尤其三和四，是一年人，因為急著生兒子，媳婦是一般人，哪裡能和老太太比稟賦，顧慮背後戳脊梁骨，說她「九女命」，要證明給世人看，所以，三剛一落地，就收了奶，老太太接過去，買了煉乳餵給她喝，晚上也帶著睡，轉了根性。另一種說法是，隔代遺傳，有些像老太太呢。

從外形看，姊妹們都是白玉似的人，她卻是個黑疙瘩，就叫她黑三，像個夥計的名，不能讓老太太聽見。姊妹們還都是荷葉臉，唯她不是，當地人稱「鞋拔子」，也要背著老太太說。有老太太支援，膽子忒大，只有人怕她，沒有她怕人。但有一回，犯的過錯大了，搶街坊小孩手裡的玩藝兒。她要什麼有什麼，這件東西卻天下難得，一個小木方，暗藏機關，來回擰著，忽地彈出個小抽屜。那家大人是細木工，心思很巧，做過義大利的訂單。小孩子爭勝掠奪本來平常，可老太太最不能見恃強凌弱，動了家法，關小黑屋子。小黑屋子是頂上閣樓，原先是主人的鴿籠，後來音信斷絕，某一天，老太太，那時候還年輕，將籠門打開，鴿子呼啦啦飛上天。籠子空下來，又漸漸填進雜物，堆實了。說曾經吊死一個丫頭，這樣的故事，凡大宅子都有，俗話叫做陰氣重，又像從古今傳奇移植。三在裡面關了半個時辰，放出來臉色煞白，夜裡就犯了驚厥，送去小兒科打鎮靜劑，鬧了一場事故。老太太開始也擔心，過後反倒踏實了，這孩子終有一怕，就有得治。再接著講些慈善的故事，孔融讓梨，三娘教子，外國的《愛的教育》，《塊肉餘生記》。前部是從小家中塾師教的，後部是上了教會女中，嬤嬤念給她們聽。嬤嬤們，典禮的日子，穿著黑袈裟，四壁都是蠟燭，小童舉著幡，跟在神父，一個外國老頭身後，走上講台，風琴奏著「哈利路亞」……後來，神父和洋嬤嬤走了，中國嬤嬤大約還俗，也不見了。

是吃過黑屋子的責罰，受中西文明教化，抑或只是循了成長的規律，知道這世界不專為她獨一個，而是供給大家伙的，就肯讓人和幫人。與此同時，她的相貌也在改變，依然是黑和細窄臉，很神奇的，黑裡透出亮，彷彿上了釉，眼珠子發紫，水晶葡萄似的。兩道修眉，幾乎伸到太陽穴外面去，高鼻梁下的嘴，笑起來也要擴到腮幫子外面，擠出一對深酒窩。再沒人喊「黑三」和「鞋拔子」，而是像狐狸，此地狐狸不是個吉物，所以就不能說出口。她稱不上漂亮，就是讓人記得住。說話之前，他就注意到她了。是在礦務局郵電所，去買郵票寄信，隔了櫃檯收下幾枚硬幣，撕下一張郵票，舔舔背面，貼到他信上，一拍，就手扔進身邊的郵件筐。

礦務局文工團組建伊始，便開排舞劇《沂蒙頌》，專請他們幾個去做指導。一時物色不到男主角，受傷的八路軍連長，由他臨時擔任，於是，就逗留一段時間。除借用人員的酬勞，排練和演出費，煤炭特殊行業津貼，文藝團體營養費，夜餐補助，巡演按出差算，又是一筆，累計起來相當可觀，到一個整數匯去家裡，也要去郵電所。有一回夜裡，上海來電報，摩托車突突停在招待所樓下，叫他的大名，上下幾層的窗戶都亮起燈。跑下去，值班的老頭起來卸下鐵鎖，隔了門玻璃看見摩托車座跨了一名騎士，揭開頭盔，竟然又是她，兩人不由相視一笑。其時，彼此已經面熟，都是好認的長相。他從掛號信收據經辦人圖章知道她叫李大麥，女孩取男孩名，也好記，她呢，匯款單附言上看見「盧克」和「盧馨」的字樣，十有八九一男一女兩個孩子。

電報是小二黑發來的，囑他次日火車站接幾個考生，剛一念車次，她即報幾點幾分幾站台。鐵路樞紐上的城市，小孩子的遊戲就是爬上旱橋看火車，往車窗裡扔石子，喇叭裡的報站是用來看鐘點。這一班車終點是烏魯木齊，路途漫長，只幾分鐘停靠，平時還好，現在不是臨近春節嗎？趕著回家，人像潮水似的，上和下都要憑力氣擠。他聽了不禁發怵，她又說可以帶他去接站，心裡稍定一些，謝過了，摩托車突突又開走，燈底下剩下一條影子。

第二天各自吃過晚飯，按說好的地點，接上頭，一起去了。這城市布局疏闊，實際並不大，礦務局西，火車站東，一路公交貫通，中間不過七八停，也不像上海的人多，鬆鬆快快就到了，提前半個小時。她也不去買站台票，徑直領著進站長室，那站長和她熟得不得了，一個喊老頭，一個喊丫頭。老頭打個電話，說車已經「要牌」，意思是申報進站。然後推開另一扇門，跨出去，就站在月台上了。「丫頭」也不跟「老頭」道別，熟門熟路上旱橋，才走幾步，橋面已在腳底顫動，地震似的，一團白霧漲起，向他們漫過來，退下去，列車進站了。

車窗裡是個小世界，裡面的人都在動，還有行李包裹，也在動。雙層玻璃推上去，探出身子，有索性跳到地上的，點火抽菸，跺腳彎腰做一套體操。售貨小車在底下奔跑，一時上，食物的氣味瀰漫開來：燒雞的滷水，麵包的奶香，火燒的焦烤，豆干子，炒花生，檢修工的鎚子鐺鐺響，鄰近月台有人吹哨子。車門開了，收起踏板，放下鐵梯。上面的要下，下面的要上，最終並在一處。清冷的夜晚變得蒸騰，兩人沿著車廂一節一節跑，她跳起來，扒著窗沿往裡看，看過了接著跑，燈光照在臉上，鍍一層光。他竟跑不過她，落在後面，看前面人小鹿般地跑遠，跑遠，陡地停下腳步，轉身看他，真彷彿「鹿回頭」，再繼續跑。乘務員走上鐵梯，放下踏板，旋即關起車門，哨子吹響，車輪軋軋地壓著鋼軌，緩緩滾動。售貨的來不及交割買賣，棄下推車追趕，上下都探身援臂，一手貨，一手錢，終於交接。火車加速，駛上盤纏的路軌，漸漸遠去，不見了。沒有新的過路停靠，月台變得空寂，留下五六人，擠在一作堆，左右顧盼。他喘吁吁趕到，見人裡站了一個小二黑，不是他們是誰？

熟悉之後，小二黑給她起個名，恰就是「小狐狸」。當地的忌諱，本來不知道不為過，她又是不受約束的人，由著叫去，就叫開了！對他倒是個啟發，頗有些激動，他說：今天才知道，好看的女人，多是像某一種動物！小二黑說：那也要看哪一種動物。他堅持凡動物的生相，自有它的天理，最後一定達到和諧的境界。小二黑說：蛤蟆呢？他說：古時候叫做蟾蜍，暗指月亮，動物中的貴族，不以俗相論，青銅祭器上的饕餮紋，就是來自它！小二黑笑道：這裡藏著一個歷史學家呢！他也笑：跟你學的，有句話，近朱者赤近墨者黑！這「黑」正合上小二黑的「黑」，小二黑不禁看他幾眼，想這人有點不像，變俏皮了！沉吟一會，說：應該給「小狐狸」後頭加一個「仙」字，小狐狸仙！什麼意思？他問。看沒看過《聊齋》，凡遇上狐仙的，都會移性！小二黑說。他說：我有嗎？小二黑狡猾一笑：我並沒有說你遇仙。他曉得失言了，被套進去，很有些難為情，自覺還不是小二黑的對手！

時間過得快，《沂蒙頌》已經上演半月有餘，離家則近一個足月。團裡放他幾日假期探親，報銷來回車費，到各礦區所在鄉鎮採買土產做隨禮，無非麻油豆油，花生紅棗，新米玉米——上海人稱珍珠米。上世紀七十年代中下，物質緊缺，各種食品配額限制。農村雖有統購統銷轄制，但天地之大，行政鬆散，就有餘裕。這地方又是人情社會，體制外另有渠道變通，叫是叫黑市，其實過了明路的。小狐狸仙就是小狐狸仙，上天入地，又找補一批，都是稀罕物，肉聯廠的灌腸，水養殖站的魚子醬，雙黃鴨蛋，酒曲，打包交付郵車，隨身只帶幾件活物，雞、鴨、黃鱔、鱉。人還未到，先前的托運已經在了貨棧。在家住了兩日，那邊就來了電報，急召他去救場，因本地的「連長」讓觀眾轟下台，非要看他不可，於是又要拔腳。

倉猝起落，總是惶遽的，但他並沒有多少怨懟，相反，心裡還有點歡喜。夜裡醒來，從臥鋪欠起身子，掀開窗簾往外看，停車在不知名的小站，昏黃的燈光裡，水泥站台顯得格外光潔。躺回去又進入睡眠，哨子在極遠處吹響，不期然間，車身劇烈搖擺，幾乎將他震下地，隨即又恢復節奏，過了岔道口。再醒來，晨曦微明，列車員咚咚走過去，鑰匙甩得嘩啦啦，叫喊著站名，他又聽見中州韻的口音，不由一機靈，坐起來了。迅速穿上衣服，去到車廂銜接處洗漱。回來時侯，風景變了畫面，地平線上，地壟呈扇形輻射過來，彷彿一束光，迅速鋪開，顏色就亮了一成。他坐不住了，收拾起行李，走去門口。車走到白楊樹間，過去之後是青綠的麥田，麥田過去又是白楊。輪替無數回，光線忽然暗了，旱橋從上空過去，又過去，路軌從四面八方匯集起來，鋪了一地，煙霧遮蔽視野，白濛濛氤氳中，汽笛又在鳴叫。心跳得厲害，怦怦撞擊前胸，彷彿要破壁而出。像是過了很久，又像轉眼之間，他下到站台，在早春冷冽的寒意中，輕微地打著寒顫。他看見了她，扶了一架自行車走近，終於到跟前，提起旅行袋掛在車把手，一騙腿上去。他小跑一段，跳了幾下，坐到後座，車身搖幾下，穩住了。沿站台騎去，繞過一輛吉普車，來接哪位重要人物的。讓過一個掃地工，前面是幾籠小鴨，嘎嘎叫著，早晨的寂寥裡就有了些熱鬧。左右轉折，就到了站外，貼著廣場的背面進一條長巷，兩邊院門緊閉，柴灶的煙火味卻漫了一路。車轂轆從青石板滾過去，驚動了看家狗，激烈地吠一陣，又靜下來。出巷口上大馬路，只見那盡頭，紅日冉冉升起，幾乎睜不開眼。他本來沒有方向感，此時更加迷惑，想這太陽彷彿總在前方，好像引路人。他要求和她換騎，她就是不停車，還加了速度。紅線拼織的長圍脖被風吹散，毛線穗子掃在他臉上，有一股熱乎勁。寒顫消失，心律回復正常，他問她：怎麼知道我要回來？她頂著風放聲道：是我發的電報啊！你的電報也是我譯的！他忽然明白，歡喜的來源，原來，原來就是為這！

她所在的郵政所，曾經是礦務公司的心臟，與英國總部直線對接，截止到二次大戰，辦公都是按倫敦時間。至今所用的電報機，還是那時候留下的英國貨。一九四九年以後，新政府接收，納入在地管理體系，郵政業務縮小到民用，職工僅三四名，名義上有分工，實際卻調配不開，所以身兼數職，都是綜合人才。她喜歡電報，覺得神奇，數字和文字互相交換是一宗；點擊傳送，時空穿越是一宗；再有一宗和電報本身也許無關，但和速度有涉，就是摩托，引擎啟動，簡直要飛起來！所以專撿收發學和用，她背功好，反應快，腿腳又勤，上手就快。日後教給他，兩人做密碼遊戲，一方面有趣，再方面，隔著數字，許多不好說的話變得好說了。

他和異性交往，總是肢體性的，難免降低感官的神祕，欲望就不頂強烈。如果柯柯對他還有吸引力，不排除荷爾蒙的影響，大約更來自日常狀態裡的男女差異。而練功房的肉體是被格式化了的，其實取消差異。好比一種職業病，廚子往往厭食；整形師將美貌歸納成「三庭五眼」，也抑制了觀賞的享受；藝術家本來提煉生活的精華，結果很可能反生倦意，變成悲觀主義。婚姻初始的日子，他也感受到性的樂趣，但時至不久，柯柯受孕，是需求已經滿足，或者就是受阻，總之，漸漸淡了。養育占據了女性的注意力，女性且又是一種犧牲的動物，常常忽略自己的身體。柯柯呢，原本就不是感情強烈的性格，很難指望她在房事中主動，正合乎他在婚姻中尋找到的平靜，於是，相安無事。很多夫婦都是度過激情階段，進入長治久安。由於聚少離多，兩個孩子與他生分，還有些怕他似的，不肯走近。好在他不是那類戀子的人，就能夠泰然處之。

盧克五歲了，頭髮梳成分式，海軍藍毛衣，西裝短褲，白色長筒襪，繫帶高幫牛皮鞋，見面用英語打招呼，盧馨剛滿兩歲，穿的小百褶裙，粉紅羊毛衫，隱花的連褲襪，小紅皮鞋，帶子繫在腳脖上，是好萊塢電影《紅菱豔》的流行款。都是香港的外公寄來的英國貨，就像柯柯小時候，寄給她的。兩個老的看上去要比實際年齡後生，母親本來就是長不大的，父親回到上海，一方面飲食起居，另方面阿郭的調教，洗淨西北風霜，重新投胎做人。他和柯柯自不必說，神仙伴侶一對。走在外面，人們決計猜不出這個家庭經歷了什麼，自己也彷彿忘了，更不會去想未來還會遭遇什麼。這一趟團聚，去照相館拍了全家福。站定位置，餘光中，見母親迅雷不及掩耳，手指在唇上抹一下。攝影師忽地鑽出鏡頭的罩布，厲聲道：做什麼？母親鎮定說：沒什麼。那人走到跟前：不可以用唇膏！母親攤開掌心：甘油！這一插曲並不讓她沮喪，反而增添得意。全家福之後，又格外給小兄妹合影一幀。本來就是美麗的娃娃，燈光布置，再經暗房處理，真成了天使。他將照片收進皮夾，帶在身邊，看見的人，以為出自電影或者名畫。

形勢確是在好轉，不知道來自哪裡的，又是什麼性質的影響，社會變得軒敞，生出一種輕盈的氣氛。他們都是不問世事的男女，所說的「好轉」不過是些貼身的事物。比如，馬路邊的櫥窗裝飾華麗了，梧桐長出新葉，路人年輕了一茬；服裝樣式有了更新，流行起一種雙層的翻領，叫做蟹鉗式，實際可追溯到早期社會主義革命中的列寧裝，再要追溯，大概就是西式男裝的大駁克，連衣裙也上街了，在合法的三圍上稍作修改，就有了女性的嫵媚，要知道，上海這地方，連工作服和軍裝都可以提取時尚的元素；食品和日用配額依舊，甚至更苛刻，但地下交易浮出水面，而且日益興旺；外埠的郵包通關手續簡便；尼克森訪華，向僑屬發放訪親尋友的簽證；回流的知青紛紛開始補習數理化，歇業的老師在家開班私授，因為傳說大學恢復報考……他依然忙碌，招生的文藝院團絡繹不絕，學習藝術的孩子也是絡繹不絕，誰敢說從此沒有上山下鄉？可不敢拿前途開玩笑。那邊的煤礦文工團成為他長駐的單位，甚至試探他願不願意入編，這可是全民所有制啊！倘若不是顧慮戶口遷移，他大概就應下了。事實上，他基本上算是大半個團裡人，不僅教課排練演出，還擔任與上海的聯絡。那頭有小二黑接應，兩下裡疏通關節。團裡格外設藝術顧問位置，申領開支，合總起來，抵得上兩個大學畢業生的工資。柯柯容忍他兩頭跑，過著分居的生活，很大程度是出於經濟的考慮。隨時局和緩，花錢的地方多起來。而且水漲船高，花得越多，需求越多。父親母親消費的習慣漸漸回來，下午的茶會復起，座上客上了歲數，帶著劫後餘生的惶遽表情，相貌也都改樣，好衣服在箱底裡放久了，散發出樟腦的氣味，就顯出年頭，可別後重逢總是欣喜的。柯柯原本行事節儉，不是貧寒的節儉，而是有算計，現在，隨著手頭餘裕，便染了些摩登習氣。她學會西式的焗烤，從舊畫報看來三十年代女星的髮式，名稱為「柏林情話」，還有奧黛麗・赫本的絲巾繫法，小孩子的早餐是牛奶麵包，兩粒鈣片一粒魚肝油，有自己的睡房——這就讓人發愁了！亭子間住兩代人，即便他常年在外，一大兩小也是擁擠。她和公婆商量討回三樓大間，不是私房嗎？公公無數次說過凱司令兩張撲克牌的故事，一張「陸」，一張「拾」，不是要落實政策嗎？但很快發現，和公婆講什麼都是白講，他們一臉茫然，好像聽不懂。公公回答「只聽樓梯響，不見人下來！」再要說，婆婆就發言了，提出換房間，老的住小的，小的住大的。話到這裡沒法再說下去，只得打住，另想辦法，這樣，就想到一個人，阿郭！

柯柯內心對阿郭有防範，覺得介入這家人太深，不定有什麼企圖。但她不得不承認，阿郭有辦法。阿郭早看出柯柯的戒意，自她進門，自己便一點一點退出，是避嫌也是起隔膜。但等柯柯找上門，就知道有事。

阿郭告訴她，私房退回眼下還沒有統一口徑，幾處先例全是重要人物，屬特事特辦，比如統戰對象，比如房主向上層寫信，得了批示，等等。她公公的事是極小極小的一件，哪一項裡都嵌不進去，有關部門無法可循，恐怕愛莫能助。柯柯對宏觀局勢沒什麼認識，但她善於從具體局部著眼，她說，當時收房子他家只兩口人，後來進了她和孩子三人，老公公又回來，證明人已經脫罪，正式上了戶籍，就是三世同堂，應酌情考慮；再講，他們不是不講道理的人家，平白無故驅趕，三樓大間裡的戶主，晉升新任，分配住房，已經遷出，留下老奶奶獨居，分明是占房的策略，應該退繳，這是一樁；底層三個子女中有兩個插隊落戶，人口減少近一半，也可清退一間，所以是有餘地的。阿郭說，據法理說話，沒一條用得上，只能情商了！柯柯道：我說的就是情商，阿郭叔叔最通人情世故了！阿郭笑了，心想，要論人情世故，瑟的一家捆綁起來也抵不過這一個。柯柯也笑起來，想自己找對人了。多年過去，這兩人才說上話，也因如此，彼此更加警惕。

最後的結果，底樓人家讓出樓梯口的小間。只六平方的面積，卻有一扇大窗，對了天井，本是僕人房，現只做吃飯用。除阿郭斡旋，還有實際的考慮，就是房租的開銷。阿郭暗中運作，重新劃價，幾乎占總數三分之一，於是下了退房的決心。沒有達到柯柯的預期，但聊勝於無，柯柯娘家的底子，就是這麼一小點一小點積起來。那邊搬走，這邊即請來保母，原先婆婆陪房娘姨的兒媳婦，房間回到原初的用途，生活的格局似乎也跟著補上一個角。

與家中的繁瑣相比，他在外埠樂得清閒，更重要的是和大麥，幾乎朝夕相處，卻沒有一點倦意。她那張小狐狸臉，藏著多少詭計，白天日光下，瞳仁成一條線，黑夜裡變得滾圓。笑容也是，眾人跟前只是覺得著的快樂，私下裡的卻有懸念，彷彿對你說：等著瞧！你就乖乖地等著。頭髮掠到耳後，耳輪動起來，像兔子。按科學的說法，屬「返祖現象」，他眼睛裡，卻是魔術，她奶奶不是最愛上海的魔術？從這個角度，說「返祖現象」沒錯。頭髮梳平梳齊，分左右兩把紮起，底下那個小腦袋瓜裡究竟想的什麼？一會兒這樣，一會兒那樣，把人都弄糊塗了，這糊塗也是可樂的。頭昏目眩中，忽地開蒙，天地清明，原來是她呀！不只是單個的她，連周圍都是神祕的意志。問她的名字從何而來，女孩子呢，為什麼不叫「小麥」？「小麥」是大姊啊！她說。二姊叫燕麥，大妹蕎麥，他打斷說：「蕎麥」也很像你！她手指頭一點：這你就不懂了，蕎麥什麼季節的作物？夏糧和秋糧之間，一線線空隙裡，就像我妹，頂著我硬擠出來！他不全懂，問：夏糧和秋糧哪裡去了？大水淹了！她大笑道。大水早不淹晚不淹，為什麼偏偏這時候淹？她更笑了：大水不來，哪裡種得下蕎麥？他說：如此說，蕎麥還拜大水所賜。她收起笑，嚴正臉色說：這就是天候，雨季、潮起、山洪、地心引力，懂不懂？腦子不夠用了，沒有答案，只有問題：那小妹叫什麼？麥穗！她說，麥子收完，撿個漏！他真為這家人折服，起名字起出這麼些景象，可他更喜歡她的小名，「三三」。用老太太的中州韻，發「傘」的音。「傘」、「傘」，叫的就是她。過些日子以後，他才意識這個名字裡的預兆。按上海人的習俗，送禮不能送「傘」，為什麼？諧音「散」。他和她，注定要散。人在事中，哪裡會想結局。

他成了她家的常客。小麥燕麥都在戀愛，她們的男友也是常客，群群伙伙的，轟隆進，轟隆出。他年紀最長，應喊「大哥」。但二十歲看三十歲，幾乎長一輩，所以，又叫「叔叔」。和她們父親站一起，又回到下輩人，混著叫一氣，最終跟著「三三」，直接稱「上海人」。一旦人到齊，就成了年輕人的天下，父親母親早早退去自己房裡，一是清淨，二是知趣，讓孩子們自由。老太太卻喜歡熱鬧，扎在裡面，多少是個妨礙，都有些躲她，唯有「三」和他，是歡迎的，再帶上蕎麥麥穗兩個小的，也湊起半屋子人，老實坐著，聽訓話和講古。老太太的「古」並不古，還很現代，並且華洋參半。洋式的有「三」自小聽的訓誡《塊肉餘生記》，耶穌復活，此時再聽一遍。不知年齡長了，知識也長了，故事的氣氛完全不同。新添有福爾摩斯探案，柯林斯的《白衣女人》、《月亮寶石》，這些故事小瑟也曾經從書上讀過，或者聽茶會上的客人議論，但從老太太嘴裡說，卻彷彿另一個。和「三」的感受其實一樣，那就是強化了懸疑和恐怖。多少有取悅他們的意思，中原地區，春秋時期的魯國，在孔子的道統裡，屬「子不語怪力亂神」，老太太卻背道而馳。講到蛛網密布中，老新娘裹著腐朽的婚紗，獨守空房；黑夜的燭光搖曳，紳士神色迷離，捧著月亮寶石徘徊……講述人眼睛放出光，臉上浮起紅暈，彷彿活回去，變成青年，又像反過來，走向往生，成了精，座上人都有些害怕。兩個小的摟在一起，他們則手拉手。中國古話《紅樓夢》，要點不在寶黛情史，而是來自大荒山無稽崖青埂峰的一僧一道，此時二人搖身一變，變成靈媒，專事天人之間傳遞消息。蕎麥也看過一些書，順勢說起《聊齋》，被她奶奶截住話頭，說那裡的狐仙沒有根基來歷，不過讒妄而已，都是厲鬼，她老人家說的可是人，有前緣的人，是唯物主義——這句話有點石破天驚，要知道，老太太可是跨世紀，並且跨地域，身在內陸產麥區，面朝英倫早期工業時代，這就是「康白度」。

說到此，停下來，看了他，問：上海那地方是唯物主義？突然被問到，想了想回答：也不盡然！老太太倒好奇起來：那麼說，也有魅？又想了想，說：有一部電影，叫做《夜半歌聲》，相當駭人！老太太嘆口氣：魅不盡是駭人，有它的意思！說到電影——不禁笑起來，唯物主義的魅原來是電影，說到電影，有一齣叫做《鬼魂西行》，看過嗎？他點頭，看過，又搖頭，由老太太說，就又是另一齣了。那鬼魂什麼時候遁形，知道嗎？他不敢說知道，只是聽。必等平了冤屈，冤屈這樣東西，千年萬載，十萬八千里，都滅不掉，唯「昭雪」一條道，你們知道「六月雪」？這樣，話說到竇娥事上去了。一串二，二串三，直說到聽的人一個偎一個，昏昏然半睡半醒。窗外飄進草木苦澀的清氣，熟棗子啪啪落地，燕巢裡唧唧噥噥，大的給小的餵食。屋子裡是女孩子的髮香，老太太菸捲吐出白朦朦的氤氳，浮在玻璃燈罩底，投下乳白的光。

情，是冤的變相！老太太接著說：都是苦果，一是善緣，一是惡緣，比如，絳珠草受神瑛侍者甘露，還淚以報，才能平了這一樁孽債；杜麗娘得柳夢梅一晌春夢，則是還魂，有情人終成眷屬，詩說，報之以木桃還之以瓊瑤，指的就是這！老太太在雞蛋殼裡掐了菸頭，最後一句話：情比冤深！為什麼？他趕著問，丫頭們都睡著了，打著細細的鼾。老太太回眸看一眼，這一眼就像刀子：冤是別人強加，情是自投羅網，叫做心甘情願！說罷走出門去。他想，自己也該走了，月亮都到中天。

在這宅院裡，他領悟了天地的大。從天台翻上房頂，腳下就是堆疊，禁閉不聽話孩子的黑屋子。她早已經不怕它，甚至忘了恐懼，不是沒記性，是長大了。小孩成大人，一路過多少奈何橋，喝多少孟婆湯。踩著屋瓦，腳底咯吱咯吱叫，人彷彿到了天裡面，星空呈現巨大的弧度，地球真是球狀體。她說，每人都有一顆星，哪一顆是她？他問。天機不可洩露！她回答。他說：那麼說來，我也是了，也藏著天機！那星星稠密極了，還不停地鑽出來，或者說，是他們鑽進去，一重一重，漸漸的就成了裡面的一顆。只不知道哪一顆，又彷彿每一顆。流星掠過去，是他還是她？飛到天際，遁入無形，不見了。再有一顆掠過去，接二連三，交互錯亂。流星雨！耳邊響起「三」的聲音。陡然落地，回到「原型」，還是他和她。下露水了，她換了說法，人變成草，一株草頂一顆露珠！他向以為「流星」、「露珠」是語文的修辭，不想原來是有實物的。他還以為「銀河」、「鵲橋」是童話中的人和事，不想也有實物。現在知道，虛空也是物質的，全然不同的一種。他是生活在現實中的人，都市裡全是現實人生，就是老太太說的唯物主義，到了這裡，卻蹈入另一種形式的物質生活，無法命名，但鐵定存在，星空就是證明。晝伏夜出，明暗相濟，說它虛空是因為分不出你我他，所以用「混沌」這個詞。他讀過《聖經》，下午的茶會上，女賓們時不時念叨，「地是空虛混沌，淵面黑暗」，上帝方一造人，就跳到亞當夏娃，好像是她們的熟人，變身坊間八卦，風流韻事。躺在瓦片上，卻回到陶土，和成泥，做一個我，做一個你，你中有我，我中有你！

小瑟變成哲學家，談愛是在形而上，比如數字，這又涉及電碼。那一個在動亂中上學，有幾時正經讀書的，自己都不好意思稱高中畢業，這一個呢，名義是大學，但屬藝術專科，文化課原就是副業，再一荒廢，就全還給老師。在他們，所謂數字就是最基本的一二三，好比小孩子的拍手歌：你拍一，我拍一，你拍二，我拍二……他們自創許多玩法。兩人的生日相加，得數定做幸運數；屋頂的筒瓦，橫排豎列，被他們數個遍，總和也是幸運數；前街的電線桿子，後門的繫船樁，一領領橋，橋洞的眼，得出無論什麼數都有意思在裡面！否則，為什麼不是別的而是這個？就像摩斯密碼，每一組數字對應一個字，一個字對應一件事物。城裡的巷子，巷子裡的院子，院子裡的水井，井沿的樹，最多是棗樹，其次槐樹，楊樹，柿子樹，榆樹，銀杏樹——比較少，要是有，總是兩棵兩棵相對而立，從前一定有寺廟，她告訴他，她什麼都懂。寺廟沒了，樹還在，可不，那一截斷垣就是證明，斷垣上有模糊不成形的字跡，就數它！這數字淵源深了去了，都追得上大荒山無稽崖青埂峰，說到此，兩人都停一停！車站發出和到達的班次，那就靠耳朵聽；經停的站名，名字裡的數，也暗藏玄機：二案，三岔口，四甲壩，五港，六堡，八斗嶺，十字鋪，十一圩，三十里店，八百里橋……三棵樹！看到沒有，他說：「三」最多，到哪裡都是你！所以，你跑不出「我」！她說。我才不跑呢，就在「三」裡面！她得意道：畫個圓，圈起來！於是，圓周率又來了，三——還是「三」，小數點後面無休無止的數，他說：我就在這裡，又長又亂記不住。不對，她說，我記得住！一口氣背下去：1415926535897932384 6，點、點、點……我就在點點點裡。她又說不對，點點點是盧克和盧馨。兩人就都沉默了。

她只在照片上看見過盧克和盧馨，一個男娃娃，一個女娃娃，真想一口吞下去，她說。可他卻想吞下她，並不是「秀色可餐」，而是通靈寶玉的意思。俗話說「開竅」，她就是那個竅！他變聰明了，一點就亮。原本是個懵懂的人，和周圍都隔著一層膜，其實是寂寞的，要命的是自己並不覺得。當然，許多人，甚至大多數人都在寂寞中，比如母親，比如柯柯——奇怪的是，他極少想到柯柯，大概因為柯柯和他屬同類，都與外界包括彼此隔膜。父親呢，是膜中膜，寂寞中的寂寞，但誰知道呢？也許由量到質，就換了維度，他從來沒有企圖了解過。阿郭無疑是開放的，彈性比較大，但也不意味著通透，這膜夠嚴實的。膜外面的人大約有大嬢嬢，豆豆老師，高中話劇社的女同學，劇中名叫做瑪柳特卡，她離得多遠、多遠啊，視力剛要觸及，又遠去了，怎麼也捉不住，氣球飛上天。北方的十月的天空，氣球的海洋，人們都在歡呼跳躍，奮力擺脫地心引力，他忽地起來一個大跳，可還是看不見女同學。那是另一種物理的膜，密度卻是同樣的，彼此之間沒有通路可言。他就像一隻蛹，居住在自己吐出的絲裡，做成一隻繭，現在，破繭而出，又做成一隻蛾子，這可不是吉祥的比喻，比「傘」還不吉祥。半蠶半蛹的嬗變中，他一味掙著脫身，不去想脫身出來是自由還是新的囚禁。他離覺悟還遠遠呢，只顧著高興，一個大跳接一個大跳，在練功房裡轉圈。看他無牽無掛，就像孩子，一個已經掛上風霜的大孩子。也不是任性，說實在，他從來沒有性情，有一點點性情，也就是追逐快樂的本能，順延積習而來，區別在於現在的快樂更快樂。這增量的快樂裡面，卻有一些異質性，類似形而上，在他早已經稔熟的實體之外的愉悅。雖然還談不上認識，停留在直覺的階段，恰正是他的興奮點，無論如何，他開始嘗試一種抽象的生活。

愛情這東西，是占兩頭的，就看哪一頭起事。從形發端，就要達到無形，反過來，無形出發，就是有形。他們到底也不能超出大的常規，最熱烈的時刻，婚姻是避不開的話題，可不是嗎？全家人都以為他是單身，奶奶暗示性地說過一句：讓「傘」到上海去！老太太總是最狡黠，是探路，也是放籌碼。這兩人都聽不懂，他歷來少一根筋，缺乏常情，她呢，想都不曾想，注意力全在盧克和盧馨，他們來這裡還是在那裡。至於柯柯，那是誰呀？不知道的當她驕傲，穩操勝券，也是，但不全對柯柯，也是對他，對自己，對所有人，就是不對盧克盧馨。

有一晚，演出回來，他已經搬到她家，但是分房睡。她依然和妹妹們住一頭廂房，他住另一頭，奶奶的外間，老派人的規矩。這兩個人，是天真，又是顢頇，同時也是自私，但都是乖孩子。一人騎一輛自行車，她總是在劇場等他，朔風中，呼啦啦向前。夜間的路面，瀝青鍍上一層釉，光亮平滑。人們都回家了，末班車駛過，投下明晃晃的窗格子。橋上卻有稀朗朗一圈人，騎過去，放緩車速，探頭看見，依著橋欄放個包袱。湊近了看，包袱裡是個嬰兒。路燈光裡，小臉青白，眼睛一張一闔，有人輕聲說：快死了！他沒回過神，她已經下車，彎腰抱起包袱。一手端著，另一手握住車把，踢開腳架，跨上去，一溜煙騎走。他在後頭追，大聲問：你要做什麼？風吞了話音，把他嗆著，她已經遠得看不見，只得奮力追趕。就這樣，一人前一人後騎到下坡口，鬆開手閘，簡直飛起來，就像有許多時間過去，終於停在河沿平路。她這才回頭看了他，頭巾褪到後頸，露出毛茸茸的腦袋，眼睛裡汪著淚，喘息道：我起好名字了，勿論男女，就叫如意！

顯然，「如意」從盧克盧馨而起，她不知道那兩個名字的由來，只是循字音排列。到家發現是個女嬰，很合「如意」，其中似乎有天造的心思。那「如意」連吸吮的力氣都沒有，姊妹幾個，找來針筒，調勻奶粉，注進小嘴，居然也活了。看女孩們圍了嬰兒打轉，就像過家家，神情卻是隆重的。他目睹過柯柯的母愛，可這一回卻有新的發現，可不是嗎？婚姻養育本就是成人遊戲，做著遊戲過活，活著才不至於是件枯乏的事。

七

現在，上海的家成了客棧。客棧還供起居飲食，他只點個卯，虛應差事，就不是客人，而是古代的散官，所以，更接近公府。最先起疑的是阿郭，想這不喜歡外埠的人，怎麼熱衷跑碼頭的營生，定有絆腳的人或事。江湖上，千難萬險，歸總起來不出兩個關隘，一是飲食一是男女。社會主義消滅私有制，文化大革命又推進一步，連「餘孽」都除盡了，眼看世界大同，飲食一部齊平，就沒有糾葛，餘下男女，是個大防。阿郭十二歲出來鄉下，滬上討生活，做小當差。多是新貴人家，華洋參半，按今日說法，即半封建半殖民，綱常鬆弛，風氣開放。看他年幼，留在內室打雜，替女眷跑腿。漸漸大了，有眼色，口風又緊，就成了扈從的角色。阿郭從不懂到懂，不通到通，有什麼祕辛躲得過他的耳目！有意套小瑟的話，可惜連套話的機會都少了，那人一閃身就絕了蹤跡。明擺著疏遠了，阿郭難免失落。走過俄國舞校的公寓大樓，玄關裡雞雛似的小兒女擠成一團，氣味也像雞籠；罐頭大王的宅邸，做了政府機關，門口設了崗哨，立著持槍的士兵；下午的茶會，聽母親囑咐，送一顆酒心巧克力放在手心，轉身速速跑開；北火車站，人頭攢動中，相跟著擠出檢票口，小小少年離家一年半，已經染了粗漢的習氣，兩個旅行包一前一後搭在肩上；還有他租借的排練廳，院團從五七幹校返回，傳出絲竹弦管……變化正悄悄來臨。阿郭鬱悶地走在街上，到處都是那個人影，又到處不是。有一次迎頭撞到小二黑，想問他人去了哪裡，試了幾次到底開不了口，別人把他當小瑟父親一樣，真正的父親倒都不認識，寒暄幾句過去了。這是他與小瑟最近的距離了，而且，他幾可斷定這西北人知道某些隱情，眼色閃爍，急切要走，分明就是迴避，不由激憤起來。等到柯柯來找，才感覺釋然，平靜下來。

柯柯電話打到阿郭單位，兩人約在不遠處街心花園裡見面。柯柯還帶來一條香菸，產地正是小瑟去的內陸城市。阿郭欣然收下，當場拆封，取出一支，柯柯送上火，點著了。雙方靜默著，都在等對面人說話。並了一時，到底柯柯先開口：他不在家，阿郭叔叔也不來了！這樣的開場，話沒到，事情卻到了，阿郭不禁折服，但也不讓，立即回道：阿郭叔叔不去，就是天下太平！話裡有話，柯柯當然聽出是逼她服軟，偏不接茬，只順著說：阿郭叔叔不愧定海神針！這就有挖苦的意思了，阿郭好笑，和我彎彎繞！面上並不露，說：此一時，彼一時！柯柯還回去：三歲看老，要論根性，還是阿郭你知道！這一回，去掉「叔叔」的稱謂，直接叫「阿郭」，當自己人的說話。少奶奶年輕！阿郭倒換了舊稱呼，心想，「阿郭」是你叫的嗎？少奶奶不知道，根性這東西最經不起世道變遷，所謂滄海桑田，你是沒見過老瑟當年的樣子！柯柯微微一笑：羅漢不是一日修成的，聽婆婆說，阿郭剛到上海時候，才十幾歲，一步一步也走到今天！這就不大客氣了，阿郭也是一笑：修成修不成，要看機緣！柯柯「哦」一聲。

話扯遠了，又是掉過頭，落到夙怨，都快綳不住，有些變色。稍停片刻，柯柯說：我沒有阿叔命好，也沒有阿叔的慧根。兩聲「阿叔」叫得他不忍，是求饒的態度，是個識時務的人，不如順勢下了台階：是小瑟命好，討了旺夫的太太！柯柯說：謝謝誇獎！揶揄裡有幾分真心，彼此雙方都放下芥蒂。推磨似地推了一圈，回到原點，其實是一個心思。柯柯說：他和阿叔最好，父母倒生分了。阿郭說：那是因為討了媳婦忘了娘！柯柯說：我心裡有數！阿郭說：你我都不敢說「有數」的話！柯柯意識自己入了套，打個愣，一同笑起來。靜了靜，阿郭的菸也吸到頭，說：要回辦公室了，等會兒有人找。分明是拿喬，誰求誰啊？柯柯喚一聲：等等！阿郭身子轉了一半，停下來看她。柯柯喚道：阿郭幫我！這一個「阿郭」情急中脫口，叫人不好計較，正過臉，看定對面人，那人說話已經變聲：我男人連連往外地跑，過年都不回家！阿郭說：他做的這行，新派叫做演員，老派就是吃百家飯，自然要走四方！柯柯冷笑道：吃百家飯不怕，怕的是獨一份。阿郭問：哪裡有獨一份？柯柯抬手點點他胳肢窩夾著的香菸：就在這裡！想多了！柯柯又冷笑：我是最不願動腦筋的人，等人家找上門來，還沒睡醒覺呢！阿郭問：聽見什麼了嗎？柯柯收起笑：阿郭是過來人，應該曉得，這樣的事情，傳得滿城風雨，就是傳不到枕邊人的耳朵！阿郭不禁啞然。柯柯說：阿郭叔叔如果聽到什麼，務必告訴一聲，免得我們做笑柄！阿郭應道：那是當然的。柯柯的話還沒完：他可以不給我面子，盧克盧馨呢？總要顧慮些吧！阿郭說：他並沒有什麼不妥的行為。柯柯看過去一眼：阿郭還是知道點頭尾的！這真的冤枉我了，都不敢說話，稍不留神就自裁自身！他連連搖頭，顯得十分委屈。柯柯定定地看了足有七八秒鐘，移開眼睛，兩人都鬆下一口氣。

像小瑟這種沒有單位的人，其實最自由，任他到哪裡，做什麼，誰監督他？人海茫茫，就像一根針，誰撈得起來他？枕邊人卻有祕密通道，傳遞出消息，具體的例證一件舉不出來，肥皂泡似的，一觸即破，放開手，又聚攏了。回想起來，跡象早就有了，比如，房事的冷漠。當然，兩個孩子同居一室是客觀原因，但到底年輕夫婦，不至淡薄到幾近於無。房事只是婚姻生活中的一項，甚至排不上頭等，更嚴重在態度的變化。最先他主動，向來是示好的一方，她恩賜般地接受，不知覺中交換了位置，她倒要看他臉色。歸到客觀原因，就是經濟的升降，過去是她，現在是他，承擔起家庭財政的大部。正是這些具體的條件，蒙蔽了眼睛，讓人忽視情感的微妙。這也透露出柯柯的薄弱環節，她是徹底的唯物主義者，過分依賴現實，她終於意會現實是一把雙刃劍，收繳「國庫」的同時，「私藏」也相應地增幅了，這可是危險因素。回到房事，也是同樣，以為兒女就是萬全，其他都可忽略不計，事實上，兒女羈絆了女人，放養了男人。柯柯對異性的概念是在他身上開蒙的，他片面化了她的認識。這個精明的女人，對於兩性關係卻相當幼稚，基本是小學生水準。他不在家的時候，她猜不出他在做什麼；在家的時候，睡在身邊，猜不出他在想什麼，於是反而覺得更遠了，完全是個陌生人。

有一次，走在弄堂裡，遇到汽車間那個「阿陸頭」。認識阿陸頭，還是多年前在文化廣場門口的一面，傳話老同學，帶他們進場，惶遽中來去，之後再沒有看見過。阿陸頭這樣的年齡，都是在上山下鄉的潮流裡，有一時期，馬路上難見到這般大小的男女，彷彿隔空一代人。過去二三年，漸漸轉了風向，返流回來，也是零零落落，不成季候。下面的幾屆，在新政底下，補進社會，頂上去，平了缺口，無意間，本來少了的反變成多出的。世事睽違，按說，阿陸頭早已經退出記憶，但柯柯即刻認出她來。人沒有改變是個原因，連裝束都是老樣子，舊軍裝的上衣，掐了腰，兩面旗幟樣的褲腿，拖到腳面上，也是軍裝，但顏色已經洗渾，布質也薄了，綽約透出內褲的花樣。更主要的原因是，那晚印象深刻。化了濃妝，好像面具，自己的臉依然凸顯起來，所以柯柯就能認出。阿陸頭也看見了柯柯，沒有停留目光，劃過去，繼續走她的路。柯柯發現她肥大的褲身並不是某種款式所致，以生養的經驗，判斷至少有七八個月的孕期，難得她行止靈便，腳下生風。應該是頭生，按坊間的說法，就是兒子的胎形。柯柯的心忽然往下一沉，瞬間起疑，彷彿周邊事物都懷了祕密。

明知道禍端不可能生在阿陸頭身上，時間地點都合不攏，還有，汽車間的人家，鎮日活動在弄口，露天之下，無隱私可言。但是，就算沒有阿陸頭，還有七、八、九、十……到處都是年輕風流的小姑娘。對，就是風流，阿陸頭留下的印象，多少年沒有磨滅，就是這兩個字，風流。她有一種奇異的道德感，來自禁欲的環境，倒不是指主流意識形態，坊間可是活潑潑熱辣辣的情欲世界，單她從小生長的弄堂，就數得著幾個私生子，她不也被人疑作其中之一？正因為此，家人對她管束嚴，上兩代女人爭相做婦道的榜樣。婚姻沒有稍許地鬆動刻板性，方才說的現實主義，更加固定了約範。她男人也沒有教會一點新奇的出格，說到底，同樣是在禁欲中過來，不是缺乏異性，相反，是過剩，取消了差異。總之，他們不是一對性感的夫妻，甚至都生不出妒嫉的心情。現在，她從阿陸頭身上得了一種類似刺激的啟發，醒悟到危機四伏。

事實如此，還是存心，她經常遇見阿陸頭了。臨近分娩並沒有讓她閒下來，反而是忙碌的，縫紉機搬到太陽地裡，踏板風火輪似的翻上翻下；或者收起機頭，鋪上報紙糊紙盒，這就不是腳而是手在翻花；也有靜謐的時刻，她靠在竹榻上，闔目想心事，樹蔭裡的臉，罩著花影，搖搖曳曳，顯得神祕。有幾次，柯柯有意放慢腳步，企圖搭訕幾句。阿陸頭知道什麼，又會告訴她什麼嗎？柯柯真有些亂陣腳，都不像她了，她向來是鎮靜的，最知道自己要和不要，最終又能有的。晚上，一眾人聚在大房間裡，公公教兩個小的說英語，現在，老的小的用英語說話，她聽不懂，聽不懂才讓人得意，才是她的家和家人呢！她替婆婆捲頭髮，先分成豎行，橫挑一綹，捲髮紙裹起，再挑一綹，熱毛巾使房間氣溫上升，燙髮精的氨水氣味瀰漫開來，開始有一點嗆，慢慢習慣了，也是暖和的。這一幅畫面，含有一點傷感，過往不堪回首，日子總算熬出頭，有了財路。此時此刻，柯柯的心裡，就會浮現一個人，很奇怪的，不是孩子的父親，而是自己的。那個從未謀面的男人，母親和外婆絕口不提，彷彿寄身在按時的匯款和郵包，還有鄰里猜度的目光裡，她平生第一次想到，父親可能，或者無疑另有家室。

阿陸頭閉著眼睛也認得出柯柯。他們這一家是弄堂裡的名人，雖然落拓了，但鄰舍們說，「瘦死的駱駝比馬大」。新娘子進門那一日，壓了聲氣，還是張揚開了。新人從一輛轎車裡下來，借了暮色潛入，先是尾隨幾個小把戲，再跟進女人們，到後門口，已成陣勢，沓沓地上樓，吵著要吃糖。婚房做在亭子間，瞬間擠滿，阿陸頭進不去，留在樓梯口。阿柒頭人小，鑽到最前面，從桌上水晶缸抓一把糖，再鑽出來，分給姊姊。吃著糖下樓，迎面又是一撥人。她還記得柯柯的身影，淺灰薄呢半身裙，白襯衫束在腰裡，外面披一件粉紅羊毛衫。晚秋的季節，入夜時分，氣溫下降，她抱著雙臂，有點瑟縮，又是嬌羞，貼著新郎倌前胸，速速地邁步。從插隊地方回家，幾年時間過去，上海的水土養人，依然簇新的一個人，童車裡的小娃娃，也像塑料人，一點瑕疵沒有，阿陸頭自己卻覺得換了一世人生。

跟著高年級男生一起去的，不是起先說的內蒙，而是掉一個頭，前往雲南。因是軍墾，以為有戍邊的使命，那時候，年輕人都有從戎的理想。男生姓杜，長得老氣，具有領袖型人格，大家喊他老杜。也是貧寒出身，比她還更遜一籌。她的父母雖是出力的營生，但在公職單位，有勞保福利。老杜家要按「中國社會各階層分析」，大概屬於「流氓無產者」，但這「流氓」不是那「流氓」，是相對於產業工人的經典無產者而言。父親原本一爿小煤油爐廠做工，母親無業，專司家務。大躍進時期動員不在城裡吃閒飯，一個人的工資也養不活全家老小，便回了原籍，倒和阿陸頭老家漣水挨著，泗陽。起頭還好，鄉下地場大，田土這樣東西，有種有收。小孩子是散養的，女人也掙工分，父親會打算盤，做了生產隊會計。到三年困難時期就不行了，眼看著人餓斃，自己家裡也丟了一個小的，不是餓死，是掉到河裡溺死。才知道，農業幾乎是被社會放棄，自生自滅。於是，呼隆隆又回到上海。從這點看，老杜父親殺伐果斷，是個有魄力的人物，老杜就像他。走的時候，他父親留了後手，幾個小孩的戶口，半間披屋，靠了山牆加蓋的。地板上架床，床板上支桌子，桌子上摞板凳，硬是塞進去住下了。接下去就是找飯吃，煤油爐廠並進大隆機器廠，原先的員工驅散大半，更不要說早已經脫職的，可不還有其他嗎？從四目荒涼的農村出來，看上海四處活路，印刷廠裡切紙邊，木器廠搬方子，肉聯廠拉泔水，建築工地支腳手架……於是，兩個老的拆紗頭，女人去做保母，省下吃口和鋪位，同時也是節育，免得再生養。小孩子到底受了磨練，齊打夥給牛奶棚割草。農村這地方真是教育人，他們家早十年就懂得了。老杜是老大，那年九歲，方才上一年級，和八歲的弟弟和七歲的妹妹同班，只過一年，就跳一級，再過一年，再跳一級，就與同齡人平齊了。考初中那年，社會上興起階級教育運動，重點學校優先錄取工農子弟。老杜不是工農誰又是工農？就這樣，他踏進這所貴族學校。三年初中，又直升本校高中，儘管有出身成分的好條件，但他一刻不鬆懈課業和操守。十五歲初中二，加入共青團；十七歲高中一，破格為候補共產黨員，即將轉正時節，文化革命發端。

老杜他一心跟隨潮流，政治上其實很單純，基本來自原生家庭的生存經驗。靠一雙手換衣食，沒有帶來大富大貴，卻也沒有欺騙他們，他的學業成績就是證明。這合乎當下社會意識形態，也保持了正直的秉性。就是這樸素的信念，讓他站到保皇派一邊，違背了這場運動的幕後初衷。那本不是年輕學生能夠了解的，更何況草根階層。現實很快顛覆了他對革命的想像，派系鬥爭上升為主導，思想對壘演變成內訌。無論哪一派，上層都由幹部子弟占據。他們穿著父輩的戎裝，領上肩上留著徽章的痕跡，馬靴打著鐵釘和銅皮氣眼，腰裡扎著牛皮帶，課本裡說的長征途中用來果腹的就是它。原來，無論造反還是保皇，都覆蓋在一個巨大的分野之下，那就是權貴和庶民。革命沒有消弭階級差異，反而更加強化。形勢如此曖昧，老杜滿腹懷疑，儘管馬克思推最可貴的品質是「懷疑一切」，他將許多格言抄寫在筆記本，並且寫下心得，可依然不能解除懷疑的折磨。母親幫傭的家庭是山東老區的南下幹部，在工業局做領導。從他那裡，他感受到平等和民主。母親稱東家「同志」，張同志，李同志，吃飯上桌，小孩子的衣服自己洗。他有時去看母親，也被邀上桌。他們顯然很喜歡這個上進的少年，提許多問題，要聽他的回答。紅衛兵興起時候，送他一件舊軍裝，前胸口袋上有一個彈孔，子彈讓懷表擋住，保下一命。張叔，他這麼稱呼，張叔說，不是送你衣服，是送你歷史的記憶。他收起沒穿，一是不捨得，二，他不想讓人以為趨炎附勢，這會褻瀆張叔的期望，懷疑什麼都不能懷疑張叔。

做了一陣逍遙派，這日子不好過，滿城的標語、大字報、高音喇叭、豐慶鑼鼓，宣告奪權勝利，成立新政權，緊接著又一輪奪權，一輪新政府。連夜晚都是沸騰的，慶祝北京來電的遊行隊伍，旗幟、標槍上的紅纓、腰鼓槌的綢子，就像一條彩色的河流，嘩啦啦奔向前方。他卻站在岸邊。他拾起割草的舊活計，早早起身，去到西郊的草場。好久沒來這裡了，牧草經過多少代枯榮，總是新一茬。坐在石頭墩子上，吸完一支菸，這是革命的遺產，抽菸。太陽升高一尺，草尖上的露珠收起，他站起身揮兩下鐮刀，草稈在刀刃上鬆脆地斷裂，就知道是時候了。彎下腰，眨眼工夫，身後倒下一片。他掂掂手裡的傢伙，好使得很，從小練就的手勢一點沒有生疏呢！糾結的草棵裡開出一條道，進到深處，草屑飛揚，在陽光裡變成晶體。小蟲子嗡嗡地振翅，劃著一輪一輪的圈。遠處傳來男女孩子的叫喊和歡笑，直起身子，看見小影子掠過去，精靈似的，又像太陽黑子。空氣在波動，推向地平線。他看見了自己，卻是在蘇北平原，腳下是紅薯壟子，收割過了，盤纏著藤蔓秧子。孩子們的小黑手就在裡面翻找，摸到一個小紐子，便摘下來，扔進背簍。背簍漸漸重了，壓著肩膀頭，勒得生疼，心裡卻十分快活。他再回不到那日子裡了，他有了心事。正午的草場曬得起煙，小孩子都走遠了，卻生出無聲的震頻，彷彿靜謐的迴音，其實是自己的脈動，讓他生畏。回望方才過來的公路，倚在樹下的自行車，連鈴鐺上的鏽跡都歷歷在目，卻有八千里路雲和月，天地真是大啊！

割草的勞動度過十天，便應同學邀約，出發大串聯。派別爭端拋在腦後，形勢翻過去翻過來，許多新名詞產生，他都不怎麼懂。奇怪的是，並不使他脫節社會，反而有回到人間之感。他們的目的地是北京，剛上路即失去方向，先是北上火車摘下兩節車廂，掛上西去的班列，他們正在這兩節，稀里糊塗到了成都。之後就是一陣亂走，搭到什麼是什麼。重慶走長江過三峽，上岸武漢，過武當山到西安，再到洛陽，太原，保定，石家莊，這是大路線，中間經無數不知名的小站，到北京已是隔年的三月。天安門的接見結束了，大串聯的熱潮也到收尾之勢，火車站整肅秩序，他們大約是最後一批免費的乘客從京滬線一路回上海。車廂裡很安靜，至少半數憑票上車，出公差的成年人，供銷員一類的，習慣旅行生活，隨身的攜帶就能窺見經驗。人手一個同款的人造革黑皮包，就像古彩戲法的大袍子，眨眼間出來一樣，眨眼間出來一樣。睡衣褲、薄毛氈、茶缸毛巾、鋁製飯盒，裡面裝了乾點、自行車鎖，將皮包提手和行李架扣起，換了拖鞋，皮鞋用鞋帶繫在茶几腿上，摸出小枕頭，放在後頸處，雙手抄起，鼾聲即起。早晨，火車走在最後一程，他們睜開眼睛，倦容全無，洗漱完畢，梳齊頭髮，臉上還擦了香脂，跑碼頭的男人，都有些女人氣的。然後倒淨搪瓷缸裡的殘茶，空飯盒裡裝上沿途買的零食，帶給家中的女人和孩子。一件一件收起來，又是皮包一個。這情景預示生活回到原先軌道，恢復了常態。

他這一走就是半年，見了世面，自然山水，人文歷史，還有現實社會。他親眼目睹山頭林立，滿城硝煙的場面，大砲都架上街頭，差點吃了流彈，這是武場。文場即大字報，他抄錄兩個筆記本，收集一大摞傳單，有鉛印有油印，也有手寫，旅行袋裡塞的就是這些東西。旅途的間歇，稍作休整，閱讀和分析，最後歸納成兩個字：盲目！而他又何嘗是清醒？總之，他平靜下來，形勢似也趨向穩定，大聯合的呼聲很高，學校入駐工宣隊，也是控制局面的跡象。在校生尚未復課，新生已經進校，年級班級以軍隊連排編製，各組織遣派輔導員，協助班主任，實務上了議事日程。派系間的分歧不知覺中淡化了，之前學校的黨團員骨幹分子，此時又回到主流，他得以授命，組建文藝宣傳隊。

老杜早在宣傳隊之前，就認識阿陸頭。前面說過，汽車間裡的起居有一半在弄堂口鋪陳，好比向馬路行人作展覽。眼見那個最小的受欺負，大一點的姊姊脫兔般彈起，抓住施暴者後頸，摁倒地上。他們家也是多子女，底下有弟妹需要保護，他常是以仲裁的方式，這時候見識到以牙還牙的效率，但也知道他是學不來的。一是缺乏敏捷的身手，二是觀念，他崇尚文明，是那種好孩子。他驚訝這女生的野蠻，卻不反感，覺得有意思，可見道德評判因人而異。這片街區的孩子一籠統劃入他們學校，多少有不平，當年雖然享有階級政策的待遇，也還需要個人努力。但看見她在其中，作了小校友，竟釋然許多。來面試宣傳隊，僅走個過場，心下早就應許了，以後的活動中，處處罩著。她渾然不覺，他又表現得含蓄，直到畢業分配的一刻，才得機會，兩人的關係推進一步。

一九六九年末，滬上畢業生去向的政策更激進了，六八屆初高中全部下鄉，坊間叫「一片紅」，沒得選。好在，老杜的弟弟妹妹在上一期分配中有了下落，根據「一工一農」的原則，一個進造船廠做工人，另一個去了黃山茶林場，在地安徽，行政所屬卻歸上海農場局，就有回歸的指望。串聯的經歷拓寬了老杜的視野，所以並不懼怕甚至嚮往外面的世界，暗地裡慶幸有年長的弟妹留在上海及上海近邊，可幫助家務，解去他後顧之憂慮，盡可以放心遠去。於是挑了極北的內蒙，游牧和征戰，都是浪漫的，市井中人無可想像。後來轉頭雲南，則出自現實。內蒙插隊落戶，雲南國營農場，每月發餉。他是長子，到底不能推卸責任。父母進入老年，不能像壯年時候出力。母親那邊，張叔張嬸從運動開初，便只領每人十二元生活費，責令保母離職，有一段，兩人隔離審查，幾個孩子還上他家吃飯。老杜去內蒙，阿陸頭去內蒙，老杜去雲南，阿陸頭也去雲南。她們新一屆也囊括進「一片紅」的覆蓋之下，阿陸頭對地域沒有概念，就分析不出利弊，要說有意見，就是不要去老家，現在，有人願意帶她，便跟定了。雖然後知後覺，卻是有輕重，老杜對她關照，是感激的，也信任他。這樣，他們到了一個叫做騰衝的地方。一去四五年，中間沒有回來，盤纏是個原因，不如寄給家裡；還因為道路險阻。四周都是樹和藤，砍刀斬開缺口，轉眼間合攏，把人裹起來。傳說中的食人花，大約就是這樣。其時，回到上海，自己一個人，肚子裡另一個人，住下來，再沒提走的事。

柯柯下回看見阿陸頭，坐在小板凳，伏身大木盆，一上一下搓衣服。身子卸了重負，又回到苗條和輕盈，曉得生養過了，卻沒看見她男人。心裡好奇，轉而想自己，男人不也是看不見影子？有什麼話好說。再下回，汽車間門口，推出一架竹子童車，半躺半坐三四月大小的嬰兒，頭剃得溜光，皮色黑亮，眼睛也是黑亮，努力掙著起來，車轂轆都動了，滑行到路中間。她看了著急，連忙過去扶住，嘴裡喊：阿陸頭！阿陸頭從門裡出來，不禁嚇一跳，不是被小孩子的危險嚇著，而是想不到她喊她。愣怔一下才伸手接過童車，說道：謝謝！柯柯問：是你兒子？她說是，兩人就算說上話了。

阿陸頭問：爺叔好嗎？柯柯說：忙！阿陸頭說：忙好啊，男人嘛！聽她小孩充大人的口氣，不由笑一笑。阿陸頭嘆口氣：男人的天地忒大了，都沾不著邊。聽起來，真像是經歷過什麼事。柯柯收起笑，問：小孩爸爸呢？阿陸頭不說話了，知道有難言之隱，這些女孩子跑到外邊，有許多故事在坊間流，柯柯不再問了。在柯柯的見識裡，外地是可怕的，眼前的女人和孩子就是證明。後退一步，拉開距離，生怕受玷辱似的。阿陸頭是什麼人，當然看得見，「嘿」的一笑。柯柯有點尷尬，敷衍地摸摸嬰兒的頭，正對了一雙杏眼，這孩子就像媽，眸子明鏡似地照出對面的看他的人，變形的，好像鐵勺子凸面的投影。不禁瑟縮，匆匆離開，背上卻停留著阿陸頭母子的眼睛。野種！她暗自罵道，野地裡生，野地裡長。阿陸頭看她走遠，拐彎進橫弄。嘴角掛著微笑，半譏誚，半得意，想這些人做夢都做不到小孩他爸爸去什麼樣的地方，做什麼樣的事情。她其實也不完全清楚，但有一條，他們都是食人花芯子裡爬出來的命，結下孽緣，走到天涯海角也解不開。阿陸頭聽不見柯柯心裡的話，卻接上了茬，女人都是有天賦的，生來知道人和事的分界線。

下一日，柯柯又去找阿郭了。約在凱司令，柯柯先到，點好咖啡蛋糕。阿郭遲一步，入座時順便掃一眼周圍，多了幾張生面孔，那個繞著桌子出示撲克牌「六」和「十」的先生不見了，取而代之以倒賣外匯券的黃牛。服務生是原來的，但見老了。桌上人不是小瑟，換了小瑟太太，形勢就大變了。阿郭面露悵然，柯柯估得出阿郭的心情，就不兜圈子，開門見山了。從包裡取出一個白信封，推到對面，阿郭推回去：什麼意思？車旅開銷！柯柯再推過去。阿郭沒有拉鋸，又問一遍：什麼意思？柯柯說：勞煩阿叔出一趟私差！什麼私差？阿郭有些作態，明知故問。把人帶回來！柯柯說，又取出一個有字的信封：位址！阿郭看一眼郵戳：時間是過去式，不定在這地方！也是作態，無意間卻露了餡，明知道就是這地方，是個知情人。柯柯笑一下：找不到人不怪阿叔！又跟一句：我是最好找不到！阿郭一時答不上來，兩人就靜一會。柯柯說：阿叔就當外碼頭玩一趟。阿郭想起去北京領小瑟回家，一晃十幾年，真好比古人說的「白駒過隙」。他留下有郵址的信封，將先前那個拍回去：車旅我有！柯柯按住阿郭的手：我也有！阿郭抽一下沒抽動，感覺到這手的力氣，僵持一會，慢慢鬆緩了，對面人說：哪裡來的錢，還到哪裡去。這話有些淒楚，以為她要哭，但眼睛是乾的。阿郭將兩個信封疊在一起，收進夾克內袋：到地方就給回音。桌上的茶點一動沒動，奶油結成塊，兩人起身走了。

阿郭他是慣出門的人，無須做什麼準備，請三天事假，連上週末，隔日就上路了。一早發車，算下來，晚飯便可到達。終點站是烏魯木齊，遠途客輜重多，動員親朋好友前一夜就來排隊，率先進站爭搶行李架。等他一手提包，一手托個飲水杯對號入座，好比埋在了箱籠堆裡。啟程之初，還能保持清潔，列車員送水收拾也勤快，中午的客飯兩葷兩素，排在鋁製飯盒裡，餐車供應小炒。晚餐就潦草了，中途上車的旅客在車廂銜接處打了地鋪，再向兩頭走廊蔓延，火車開始晚點。他從人腿間插進腳，挪到車門。列車員可不像他體恤下塵，直接從人身上踩過去。火車進站，只見月台上人群蜂擁，全速奔跑，有人躍身一跳，攀上車門，抓住把手，彷彿鐵道游擊隊。想這只是旅程的三分之一不及，還有兩個晝夜，不知什麼情景。車門哐啷打開，掀起踏板，夾在上下車的人和包裹裡，打了幾個轉身終於落地，發車的哨子已經吹響，方才知道經停站的緊張。定下神，左右顧盼，視野裡一片肅殺，天橋上拉了素白橫幅，隔壁月台進來的列車，車頭分披兩幅黑紗。目力所及，不是黑就是白，恍然記起，車廂喇叭播放的，不是哀樂又是什麼？人聲喧譁，報站聲時不時響起，原來，最高領袖逝世，舉世進入國喪。

出站要一架三輪車，向信封上的位址去。街上行人很少，四下裡靜得很，只有車輻條滋啦啦的轉動聲，車站裡的鼎沸遠在地平線那邊。蒙了國孝的街市顯得清明，黑白布幔勾勒出房屋建築的二維圖，遮蓋了它的凋敝，將古城變新了。他想起一句話：若要俏，常帶三分孝！有公共汽車開過，車身也蒙了黑紗，窗口裡燈光明亮。三輪車放了閘，一路滑行，原來上了一領橋，這又下去了，平地走一段，就停在一扇院門跟前。交付車資，打發走三輪，湊著鐵皮罩子燈，對照了位址。抬頭看去，門上有一對鐵環，握在手裡覺出重量，是黃銅無疑。輕叩一下，再叩一下，院子裡傳來回音，住了手靜等。不一時，聽見腳步，清脆有磬聲。阿郭已經知道這戶宅邸大有來歷。正暗中思量，門開了，裡面的人背光，看不見臉面，石板地上有投影，此時月亮升起來了，是個女子。問他找誰，得了回話，便引他進院。月亮地裡，對視一眼，明白了誰是誰。

其實，早在三天前，就有預感，她和他到頭了。那日，派出所民警上門問棄嬰的下落，要領了走，說撿來的東西一律歸公，聽沒聽過「三大紀律八項注意」？警察是個年輕人，和這一片居民本來就熟，嘴貧得很。她的嘴也不饒人：頭一條不拿群眾一針一線，我是群眾，你可是官兵！警察說：那是針線嗎？分明是個人！她說：人也是東西，人物，人物嘛！警察說：勿管是人是物，都要歸還原主。她說：原主是誰，你還是我？說話間，已經走到屋裡。嬰兒睡在柳條筐，蓋著毛毯，粉紅的小臉，她說：我們各自叫一聲，看她應哪個！警察叫「喂」，她叫「如意」，這就占了理：你是無名，我是有名，名正言順！話扯遠了，都忘了本意，只圖嘴頭痛快，來去幾輪，最後還是回到法理上，人領走了。她提出條件，這孩子的名字不能變，就叫「如意」。警察不敢不答應，正色道：無論如何，這孩子在你手裡活下，救人一命，勝造七級浮屠，定有福報！提了籃子出院門，往吉普車裡一鑽，沒影了。街坊告訴說，有人要領養，所以追過來。她並不是真要養她，自己還沒出閣，怎麼帶孩子？且不說落戶口，配糧油，一連串公文圖章。內心裡卻有個占卜的念頭，人一走，便覺不好。自以為留了個後手，就是「如意」的名字。日後去派出所查，哪裡查得到，領養的人家恨不能將自己名姓都改了。隨即，想起先前和他的數字遊戲，兩人生日年月相加，尾數是個「九」，本以為是個幸運數，一旦除以她的「三」，不是一乾二淨，沒有餘數。還有圓周率小數點二十位，再後面的點、點、點，說是盧克盧馨，不料生出「如意」一場事故，在虛空茫然中收場，也是怪她，動了運數。他們終究無果。再有，流星、露水、她名字的字音「傘」，都是兆頭。他們沒有前緣，哪怕到了三生石，也不會見面。上海那地方，奶奶不是說了，是個魔術，他就是「大變活人」的「活人」，一眨眼，又變回去了。

阿郭到的當晚，說他一身的火車氣味，急切洗個澡。這還不簡單，礦務局自己就有澡堂，但為了表示歡迎，要帶他去一個更高級的地方。孔子不是說，有客自遠方來，不亦樂乎！阿郭想這小瑟到這老舊的地方，染了冬烘，也成了古人。兩人去的是部隊營房的浴室，地處兵家必爭之地，駐軍九個師，各有文藝宣傳隊，業務上的往來很多。這天，上下都開會，收聽通報，安排治喪事項，浴室只他們兩個。雪白的瓷磚，一池池水，清得發藍。隔間一排十數個，有噴淋，有盆浴。他們坐進池子，蒸汽撲面，渾身舒泰。阿郭說：怪不得你樂不思蜀，原來是桃花源。他不言語，霧濛濛的，人都化了形。阿郭又說出四個字：俗緣難斷。他答了兩個字：明白！兩人再也無話，痛快洗了澡，大池子，小池子，盆浴，噴淋，全嘗試一遍。末了，他說了一句，她家不知道他有妻有室。這回是阿郭答兩個字：明白！

下一日，阿郭與小瑟一同去局裡。國喪期間停止一切歌舞演出，都在學習，也不知道接下去形勢如何，所以並不留他。結了帳，領出勞務，還給一份鑒定，都是好話，可算善始善終。阿郭到哪裡，無論公事私事，必要玩一玩的。於是，由小瑟陪同，去了幾處古蹟，多已經長年失修，荒廢不成樣。唯一座紀念碑維護得好，可阿郭對革命歷史又興趣了了，沒有駐步。倒是路經一片野湖，得他讚許。足有數十個西湖大小，煙波浩渺。蘆葦蕩深不見盡頭，水草蔓延，只聽水鳥的咕呱，卻不見有飛影，天是無邊的遼闊。阿郭說走累了，就找了塊乾地坐下，看水面的漣漪。魚類和管涌，在深潛處勃動，激烈時忽地破出一個口，轉眼間又平復下去。天色轉了顏色，一層層地紅過來，是火燒雲，轟然一聲，禽鳥在空中集結，向湖心島而去。晚霞鋪開，水天方才有了分界。兩人起身，說聲「走」，離開湖畔，再回頭，漁火星星點點。

回程中，在鼓樓下老字號「三珍齋」晚飯。阿郭到後廚親選一條鯉魚，過了秤，廚子問怎麼做，回說按當地習慣。又點幾樣滷菜，四兩洋河，吃喝起來。阿郭說，南方出產豐富，菜品新奇，但涼菜比不上北方。地處寒帶，食物經得起存放，因此生出各種調味，久而久之，就形成菜系。小瑟提問說，上海人慣常不吃鯉魚，阿郭卻偏偏點它，是什麼道理？阿郭說：黃河鯉魚自有不同，不是說鯉魚跳龍門，龍門在哪裡？壺口瀑布，壺口瀑布在哪裡？黃河，此地黃河故道，可說是正宗，就想嚐一嚐。半餐飯的工夫，魚上桌，尺二盤子，覆厚厚一層青白辣椒芫荽，紅的紅，綠的綠，撥在一邊，翻出魚肉，則是玉白。兩人都叫一聲好，下了筷子。小瑟說：倘若阿郭與奶奶對話，一定有意思！阿郭問：哪個奶奶？回答：她奶奶。心下明白「她」是誰，並不說破，只埋頭吃魚，又喝了一盅酒，說：看院落，明顯排場大！這就打開話匣子，說起這家的起始來歷。阿郭喜歡聽掌故，聽的越多，越覺得知道的少，進步就是這麼來的。下半餐飯的時間，都是小瑟說，阿郭聽，沒有一個字涉及那個「她」，阿郭也沒有一個字問到「她」，都默認是個禁忌，不能觸及。說話人臉上泛著紅潮，也是酒上了頭，阿郭豎起大拇指：奇人奇事！稱自己很願意拜見，領受面教，小瑟則答應促成。酒飯飽足，剩下一整屜蒸餃，給了乞討的老婆婆，這地方四處都是求食的人。也不白拿，拉段弦子，擦鞋，搬重物，火車站排隊代買臥鋪票，算得上一種營生。

第二天正是週末，小瑟事先和老太太打過招呼，晚飯時帶了阿郭過去。偌大個圓桌，坐滿一周。老太太說遠道來的客，陪在上座，下面是小瑟，另一邊兒子媳婦，下首五個姑娘，年齡差不多，看上去一般齊，可他只用餘光就認出「她」來。阿郭閱人無數，又善歸納總結，知道那個「她」不簡單，以世人俗見，或許叫做「狐媚」，現代人的科學觀，是「場」，用他自己話，則屬「異數」。老太太的寒暄，一半聽見，一半從耳邊滑過去，心思跑到別的地方。他想到這城市的古老，多少春秋事蹟，英雄忠烈，斗轉星移，滄海桑田，地上地下各是阡陌縱橫，千溝萬壑，一是地質期，一是新開元！鍾靈毓秀是好聽的說道，邪門卻是妖孽成化，原本期望的高手過招沒有上演，氣氛反倒有點冷和僵。幸虧菜餚多，銅拎攀的瓷缸子，長煙筒的炭火鍋，堆尖的牛羊豬，雞鴨魚，茄盒子，藕盒子，奶油白菜，燜豆角，黃薑土豆，就顧著吃了。酒沒喝多少，已經肉醉，迷離中與老太太眼神對上，心中不由一凜，醒了一半。小瑟讓他瞞著內情，其實人家全知道，知道了也不說，靜觀事態變化，阿郭縱然有一身能耐，鬥得過老祖宗嗎？這地方絕非久留之地，就怕脫不了身，踉蹌站起，舉起酒盅，敬給老太太：後會有期！老太太仰頭乾了：相見不如相忘！阿郭又是一驚，已知道的彼知道，已不知的彼也知道。人已全醒，卻不得不佯醉，磕磕絆絆，由小瑟扶著，離席出院子。

星期日一早，兩人上了火車。三天時間，人們臂上都佩了黑紗。列車員的制服帽圈，鑲了黑邊。他們也做了準備，外套袖子別了一方黑布，上車就脫下來，掛在衣帽鉤，顯眼得很。說話行動掩了聲氣，靜悄悄的。他們乘的是臥鋪，礦務局沒什麼辦不到的。火車出站，晨霧還未散盡，遍地起著白煙，路軌在迷茫中延伸，只聽車輪的撞擊聲。阿郭發現小瑟在哭，頗覺意外，因從沒見過他的眼淚，這就叫「男子有淚不輕彈，只是未到傷心時」。起身去茶爐接水，讓那人安心哭。火車走過鐵軌盤桓的地面，城區裡駛一段，到了郊外。兩邊的莊稼熟了，農人掮著鋤具走在田畈。太陽躍上地平線，剎那間天地清明，汽笛嗚響，傳遠了。以為加速，鏗鏘的節律變得輕快。阿郭回到卡位，上海是最後一程，人們或是到站下車，或在鋪上蒙頭大睡，車廂裡很清寂。阿郭說：上回帶你從北京回家，也是我！他收了淚，微笑道：是的，阿郭總把我當小孩子。阿郭看他一眼，覺出有變化，不知變在哪裡，似乎沉靜些，正思忖，那邊又說一句：不讓我變壞！阿郭吁一口氣，原來在這裡等著！於是沉靜裡有了機鋒。沒有接他話頭，兩人緘默著，列車員提了鑰匙走來，報告停站，車速也在放緩。是一個小站，名叫符離集，名特產燒雞。月台上的推車追著在底下跑，急驟地敲著車廂，兩人奮力推起雙層窗，交割買賣。很快，滷香味撲鼻，車又動了。

八

即便阿郭不出馬，他和她也到了收尾。前後撐足一個月，時局就發生大轉變。說是人事，更可能是天道，而天道最終又落回人事，所以，他們草芥般的瑣碎，說不好也是一點成因。要不，只是順著走，怎麼就到了歷史的節點？他回來不幾天，便宣布國葬大禮，機關學校工廠街道都安排電視會議。他家除柯柯有公職單位，其他幾口都在居委會，借小學校一間教室，提前半個小時坐定等候開場。大人小孩都靜默著，倘若出聲，只須手指壓住嘴，便收斂了。大殮開始，全體起立致哀，他看見前排的阿陸頭，抱著個嬰兒。彷彿背後有眼，轉過身看見了他。多年不見，都有改變，可還是認得出，因為太好認，總有一種獨特性，從時間和閱歷中穿透出來，突起在表面的痕跡上。默哀完畢，各自坐下。喪禮極是漫長，小孩子沒了耐心，難免哭和鬧，就驅回家去，安靜些的則睡著了。終於結束，從暗黑中走出，頓覺天高氣爽。小學生在操場上站隊，降下的半旗風中鼓蕩。步道邊青草搖曳，蒲公英綻開，飛絮處處。彷彿叫停的一切又恢復動態，比先前更活躍有生氣。

雖然身在局部，但還是有預兆。他發現，社會上學習音舞的熱情在退潮，來滬招生的文藝院團日益減少，取而代之的是數理化補習。還是那些下鄉青年，來了就不走，挾著書本，搭伙結伴去到某個老冬烘的亭子間，昏黃的低支光燈泡底下，額頭都觸到紙面上。他去找小二黑，學校的琴房都在上課，那些老師臉相帶有瑟縮的表情，是受拘禁的日子的遺痕，超重負荷也傷害了肢體功能。工農兵大學生多半野路子，要從ABC來起，但教和學卻都是嚴肅的。小二黑也在上課，讓他在宿舍等。中午兩人在食堂吃了飯，告訴他教育將實施新政，所謂新政其實就是舊規，一句話，恢復高考，向年輕人開放學業之路，相應之下，上山下鄉收梢在即。他懵著頭腦，離開小二黑，騎出二三站路，方才悟過來，明白自己差不多是失業了。

開始，尚有舊學生，漸漸的，幾個大的不來了。從他們的動向得知，地方歌舞團都在收編，老人員遣散，更莫談新進。財政大幅裁減，改計畫為市場，自負盈虧。飛鳥各奔林，能走的且走，走不了的撐到哪裡算哪裡，到底保留全民所有的編製，算是福利時代的遺產。地方是這樣，部隊更加殺伐果斷，軍區以下文工團解散，或復轉，或改文職。輾轉得到消息，那礦務局文工團也撤銷了，好在是大企業，人事安排有餘裕，都在辦公室做科員，還有到總局上班的，就算回了上海。同時間，知青回城卻多了渠道，父母退休頂替，病退困退，單調對調。不幾日，中考開場，後生也隨了前輩去跟老冬烘背書，所以，兩個年幼的孩子也退了。當時都是託了人來疏通關係，方才收下，他收初學者比較謹慎，怕把他們教壞。此一時彼一時，原本的謀生之道，如今成了奢侈。家長們難免有愧色，他只說理解理解，等人走清了，收拾收拾，自己走出來，心裡就有一陣空洞。

這一年餘下的日子，便是殘局，翻過去，果然大學開始應試招生，應了小二黑的話。他曾經就讀的中學，開了考點，那一日，正走到大門口，只聽鈴聲大作，考生洶湧而出，轉眼灌滿大小馬路，原來是收場的時間。行人都停了腳步，看他們經過，年齡在二十和三十之間，衣著樸素，面相老成，多是眼鏡族，洋酒瓶底厚的鏡片底下，卻意氣風發。和那些文藝考生很不相同，學習音舞的男女總是靚麗的，但是，風尚已轉，換了人間，這一代的弄潮迎面而來。

回到上海，家中一切如常。和以往每次外出歸來一樣，父母略問些寒暖，言下之意進帳如何。兒女依然生分，柯柯呢，臉色平靜。他多少有些忌憚，準備著受詰問，卻始終未提。並不讓人釋然，反而添了心事，所以很怕與她單獨相處，躲著她。日復一日，依然沒發生什麼，他倒恍惚起來，難道真的什麼都沒有發生？又不敢相信。時不久，大喜從天而降，將注意力移開，那就是之前人們用撲克牌卜卦的消息，一個「陸」，一個「拾」，終於兌現。他們家得到兩項補償，一項是父親平反，撤除「反革命」罪名，按當時工資標準發還差額，並且提升退休金級別；另一項來自老家，截停的定息，悉數交付。老人雖已經過世，但留下話來，倘若小兒子改好了，他的一份依然歸他，事實證明他並沒有錯，倒是受了冤屈。兄長依囑執行，還是託阿郭傳話，約在「綠楊村」酒家吃餐飯。母親記仇，大難當頭，公婆與他們切割，就由小瑟陪老瑟赴宴。那邊除北京的大姊缺席，其他都到場：大哥，大嫂，二姊，二姊夫，加上阿郭，還有一個姨婆，終身未嫁，一直在他家生活。睽違二十多載，當年青壯，如今已入晚境，倒都沒有脫相，還是一家人的模樣。終究命數不同，運數也不同，各有志向，其實已在陌路。坐下來不知從何說起，面面相覷，全靠阿郭從中調停，和諧氣氛。曲終人散，只當從此再無聚首之日，誰料得到，不幾年以後，山不轉水轉的，再又重遇，相守相依，這就是血親的緣分。

這些日子，全社會充斥著撥亂反正的氣氛。也是發還工資定息的激勵，柯柯重啟索要房屋的計畫。那底層天井後面的小間失而復得，好比第一次撬動，咬緊的板結鬆開了。趨向是有利的，但不能坐等，還需發揮人的能動性。糾偏的條文緩慢而隱祕地下傳，是為防止動蕩，也確實有困難，所以只能一人一事，一事一例，很大程度取決於消息靈通。然而，不是有阿郭嗎？阿郭不僅近水樓台，及時收穫善政，而且長於變通。加上外力，就是柯柯，在後面頂著，只能進不能退。現在，柯柯做了全家的代表，因是意志最堅定的人，其他——按阿郭的話，都是「縮貨」。這句滬上俗俚粗魯得很，本意指房事不舉，泛用開來，倒無以為然。《紅樓夢》裡絳珠仙子林黛玉不也說過「銀樣蠟槍頭」的話！事實上，這類事故，即涉外交又涉內務，唯有柯柯能和阿郭對上話。阿郭的策略時迂迴，時直取，柯柯就跟得上。阿郭不得不折服，想她不像女人短見，也不似男人浮躁，稱得上人中的翹楚。將小瑟帶回，她沒有細問過一個字，阿郭想說，就也不知道從何說起。女人真是莫測！那小狐狸仙，也是莫測，但在明面上，眼前這個卻是幽深不見底。他想起頭一回看見柯柯，頓生戒心，後來漸漸放緩了，淡忘了。人就是怕接觸，好是它，壞是它，印象更迭交替，一層蓋一層，看不清真假了。有時候，猝不及防地，生出疑竇，隨即又摁下去。他對自己說，給出去的要回來，無論情理法，哪裡不對了？

替小瑟家做成這件撓頭的事，阿郭頗有幾分得意，得意自己的鋪陳。當時挑選占房的住戶，考慮只在日後相處。到此時協商置換，想不到更有一種便利，就是好商量。不像某些人家，本來是鳩占鵲巢，如今卻得了理似的，借了清退的政策，獅子大開口。房主身分越高，批來的條子越有來歷，價碼就無限上升。反過來，沒什麼名目的，因為開不出條件，索性不理睬。瑟的家原屬於後者，他們有什麼呀，上海灘這種戶頭多了去，屢次革命中失掉大部資產，剩下一點尾巴，其中才有幾個能進政協、友黨，得一腳地位！底盤上的早已經分崩離析，大化小，小化無。可是，他們有阿郭呀！阿郭其實不是一個，而是一類，有點像掮客，將批文換實物，實物換批文。雞生蛋，蛋生雞地繁衍開來。這城市你可以說藏汙納垢，亦可看作有生機，再是計畫經濟，也擠得出一點自由市場。用時代話語，就是舊社會的殘餘，一旦氣候適宜，便復活了。不過，他們的阿郭除了生意經，還有一份忠誠，老派人的倫理，否則為什麼不幫別人幫他們？自小在外國人府上做事，秉承的階級傳統。

即便好商量，那幾戶都不是難弄的人，所提要求也占理，無非擴大幾平方面積，煤衛相對獨用，保持原有地段，具體落實起來難度卻不小。新建住宅極有限，首先滿足老幹部增配，新幹部達標，統戰人士主張產權，其餘只能在現有住房裡調配。這城市開埠以來，歷經無常命運，財富消長往往一夜之間，麻雀變鳳凰或者反過來，所以，就有韌性。瑟的私房裡幾家外來戶遷出，回復完整的一幢，已經到三中全會的第二年。盧克盧馨都上了小學，一個三年級，一個一年級。柯柯領了保母，主僕二人花費數月時間，將空房間收拾個大致，添置幾件家具，他們一家移上三樓。公婆二樓不動，底層做回客廳，午茶會重新開張。可惜客人所剩寥寥，有過世的，在這樣的年紀，稱不上壽終，但遇上亂世，就不能按常理說了。還有甚至更多移民出境，香港或者美加。如她們的家世，外洋多少有些親疏，一旦開放，便絡繹去國。所以，茶會復起，倒和姻親走動頻繁，柯柯的母親和外婆成了座上賓。下午二時許，大的上班，小的上學，老的去公園下棋，兩家的母親帶一個太婆，圍桌而坐。小瑟陪在一邊，煮咖啡，倒茶水，端點心。彷彿時光倒流，回去三十年前，那一幀西洋油畫，名字叫做「沙龍」。畫中人都上了歲數，太婆打著瞌睡，腦袋垂到膝頭，一驚，睜開眼睛，錯愕的表情，好像方才是醒現在是夢，叫一聲「乖囡啊」！問叫哪一個，就露出笑容：你們全都是！母親說：我們都老啦！嬌嗔的語氣，少女似的。小瑟想，他母親就是永遠的少女，長不大的！太婆說：在我跟前，都是囡！向小瑟眨眨眼睛，透露出狡黠，天生的老妖婆，也是永遠。三個女人中間，柯柯的母親是順從時間，跟隨走的，老就老了，不掙扎，從容不迫，老得好看。化學燙髮挽在耳後，有幾綹白，臉上敷了薄粉，沒什麼描畫。穿一件淺灰開襟羊毛衫，細格子呢褲，手裡握一個黑緞金線珠子包，素淨卻不寡淡。因她襯托，他母親的頭髮明顯太黑，唇膏太紅，衣服腰身太緊，披戴就重了，像個芭比娃娃，老了的芭比娃娃，反而洩露年紀。洩露自己的，也洩露他的。西洋母子圖上的小男孩，天使般粉紅的臉頰，翹鼻子，圓潤的陷個小窩的下巴頦，受地心引力影響，一律拉長，下垂。他甚至有了隱約的眼袋，頸部的肌膚略微鬆弛。坐在沙發椅的扶手上，胳膊環著母親的肩膀，好像要做她的小爸爸。他的岳母說：真是乖兒子！母親仰起頭，拍拍他的臉，母子都有些難為情，移開眼睛。

他又成了閒人，兩個孩子都比他忙碌，臉上帶著鄭重的表情，上學，下學，寫作業。小學校在弄口臨街房子裡，街心花園就做了操場。有時經過，看見盧克盧馨奔跑遊戲，舉行升旗儀式，駐步一時，兩個人明明看見，卻裝不知道，只得無趣地走開。柯柯早出晚歸，輪到值夜班，白天閉門睡覺，動作放輕手腳，比不在家更寂寞。房子收回以後，名義上整個二層歸父母，三樓歸他們，事實上，只柯柯帶了孩子住上去，他依然留在二樓的亭子間。夫婦單獨相向的時間幾等於零，更談不上性事。他們都不是欲望強的人，和兒女同屋起居，又受拘束，漸漸地慣了。再有，也許更主要，誰也不說破緣由，彼此起了隔閡。無形中，他被排斥出小家庭的生活。

回到上海，他一直等待柯柯發難，阿郭不就是她遣去的，怎麼能說不知情？免不了有一場風暴，可是，格外平靜。有幾次，老人孩子出去了，家裡只剩他們倆，柯柯開口，還未出聲，心跳就加速，以為最終審判來臨，結果說的房子。房子還回來怎麼使用，裝修費用怎麼分攤，以及家用項目承擔，他們早已經ＡＡ制。他唯有說「好」，自己是過錯的一方，知會他就是客氣了。阿郭上門的腳頭勤得多，三個知情人，說的還是房子。這就更可疑了，大有聲東擊西的意思，彷彿在嘲弄他。脆弱的時候，他恨不能打開天窗說亮話。臨門一腳，又退縮了，因為不知道接下來的情形，不如保持現狀，曖昧是曖昧，可已經成為現實，就接受吧。

時間過去，那一段故事漸漸遠了，到底模糊起來，簡直是場白日夢，沒有真實感。他放棄應對柯柯的準備，知道她不會開口說什麼了，卻並沒有因此釋然，反而，變得瑟縮。柯柯在家，他壓低聲氣，同時豎起耳朵，萬一派遣做這做那呢，可不敢耽誤片刻。要進大房間拿一件用物，原則上這也是他的居所，難免有些個人的置放，定會敲門。柯柯看見是他，露出驚詫的表情，使人羞赧，但下一次，還是會敲門。父親補發的工資和祖父的定息，分他的部分，悉數上繳柯柯，要用錢再向柯柯伸手，而他從來沒有必用錢不可的時候。私下裡向阿郭打聽，哪裡能賺外快。阿郭說，現在興起國標舞，開闢不少舞廳，場間穿插表演，他心裡升起期望。可是阿郭沉吟一下，接著說：男女做對，還是避嫌為好！他已經是有前科的人了。

鎮日坐在家裡，他最閒，又最忙碌，因誰都可以差遣。接送孩子上下學，父親移交給了他，盧克盧馨總是掙脫他的手，一跑一跳走在前面，跟在後頭，像個雜役，孩子們看不起他！全家人在客廳晚飯，這是一日裡他和妻兒相處的時間。盧馨抱怨說她名字筆劃太多，一個字可拆成四個字，要求改名。他脫口說：叫「如意」！話出口，自己都嚇一跳，柯柯掃過去一眼，神情很奇怪，不是氣急，而是得意，彷彿說「果不其然」。被人窺破，也被自己窺破，原來都還在呢！他藉故上樓，回自己房間，又覺得欲蓋彌彰，好比自供。旋即下樓，回到客廳。大人們正說服盧馨，暫時克服困難，長大以後會喜歡，這名字內含好多美意，曾經有好萊塢女星，漢語譯名也用這個字。他悄悄退出去了。

那個叫「如意」的嬰兒，他都沒有正眼看過，已經消失得無影無蹤，名字也不知道去了哪裡。好比夏夜的流星，劃過天際，留下拖尾，最後寂滅於虛空。形而上也來了，有些可怖，可是，拓展了人生。要不是它，凡事一對一，二對二，出不了邊界。說實話，他不是那類情深的人，俗話叫做情種，要不，怎麼受得了別離？那個人，在他不只一段風月，是在感官之外，還是那句話，要不，怎麼扛得住一刀兩斷！那樣的歡天喜地，回想起來，不是平常道理，而是——往大裡說，宇宙黑洞；小裡說，《聊齋》裡的蟻穴，夜裡亭台樓閣，白晝則樹底下一坯土，出來了，就回不去。生活照舊，難免屈抑，但也安穩，現世中人總是苟且的。

他漸漸平靜下來，延續大半年的光景，柯柯就去香港探親。連她母親都不知道，什麼時候與香港的父親有聯繫。等要上路，方才告訴兩邊的家人。盧克和盧馨很不高興，他們還沒有和母親分離過，可是，有祖父母，外婆和太婆，還有他！最初一兩週的作鬧之後，不得不老實下來。幼崽的適應力很強，出於生存的本能，還有尋求快樂的本能。又過一二週，他意外地發現，兩個小人主動與他接近了。雖然都說「隔代親」，但另有一種常情，那就是孩子們也許甚至更加傾向青壯年的長輩。祖一代盡照顧的義務不錯，但做玩伴就勉為其難了。這種需要最先由盧克提出，學校開家長會，飯桌上討論誰去，盧克指著他：你去！態度倨傲，而且少規矩，他卻被欽點似的，激動地紅了臉。這一回，盧克沒有和他前後走，並齊了牽著手，和其他小朋友一樣。於是，又有一個發現，幼崽是一種趨同性的動物。這新的認識，並不讓他掃興，反覺得安心，父子關係更可靠了。接下來，盧馨也點名他開家長會。

現在，星期天，他會領他們去看電影。早早場的電影院坐滿孩子，兒童片有限，翻來覆去就那幾部。動畫片還有趣，最怕是戰爭或者反特，勝利進軍號響起，全場沸騰，跟了節奏拍手，吵得人頭腦痛。兒童演員小大人的說話也讓他生厭。後來，他把盧克盧馨送到座位，退出來在馬路上消磨，臨近劇終再進去帶他們回家。除了看電影，他們還去公園，他一個人坐著，他們兩個跑開去玩。草坪保養不足，這裡那裡，裸露出黃色的地皮，池塘壅塞了落葉，樹木長久不修剪，枝條橫生，景色不免荒蕪。但藍天白雲，風清氣爽，總是心情怡然。小孩子追逐蝴蝶，彎腰看蚯蚓拱土，危險地傾著身子，去搆水面上的枯荷，小魚躍上來，嚇他們一大跳。帶來的玩具倒棄在一處，剛買到手的氣球也飛上了天。他沒學會和兒女交道，難免感到寂寞，百無聊賴，但是，令人意外的，並不厭倦。有別人家的孩子，把球踢到跟前，拎起一腳，球飛起來，在空中打旋，彷彿他自己，體驗到自由的心情。

有一次，公園裡來了一個賣風箏的小販，也不吆喝，就地撿出一架，托著走出幾大步，向上一拋，上了天。小孩子仰了頭，圍了轉圈，盧克盧馨也在裡面，時不時回頭看父親一眼，盧馨跑回來，小手在他膝上搭一下，又離開。不禁軟弱了下來，招來放風箏的人，也沒還價，買下一款蜻蜓。兩個小腦袋湊近了，看他整理線軸，帶著乳香的呼吸吹在耳畔，還有頭髮，絲一般拂在臉頰。後來，風箏升起來了，蠟線滋滋地響，他被拉著撒開腿。小孩子呼嘯著跟在身後，到底看的多，買的少。風箏上帶著哨子，哨音悠揚，像什麼？汽笛！他聽見盧克叫喊「爸爸」，盧馨也跟著，「爸爸」、「爸爸」，眼淚都要下來了。晚上，他搬到三樓房間，換下他們的祖母。按理，柯柯走了，自然是父親和孩子睡。但沒有人提，就不確定他們要不要他，更不確定，柯柯的意思是什麼。其時，形勢似乎明朗了些。經重新調整，盧馨睡哥哥的小床，盧克和他睡大床，原以為要費一輪口舌說服，但兩人都沒有異議。並且，看得出，他們都很興奮，嘰嘰呱呱地鬥嘴，他完全不懂，插不進嘴去，兒童自有一套隱語系統，只覺得有趣。他們越說越激烈，終至打起枕頭仗，赤腳踩著被褥，轉眼又改成蹦高比賽。發聲喝止也止不住，最後一個一個捉住，摁進被窩，方才安靜。月亮照在窗簾，將迷迭香圖案投進房間，一大兩小就在幢幢花影中入睡了。

生活滋長出樂趣，不僅在於本身內容，還因為年齡。他三十六歲，經歷了世事，走入中年，身心趨向安寧，卻不知道往哪裡索取。這一段施行父親的義務，心底變得澄澈，彷彿雲開霧散，前路清晰起來。自小在母親的羽翼之下，後來反過來，就是母親的羽翼；結婚成親，生兒育女，沒有讓他成為一家之主，而是，處處受轄制。無論哪一種，都是被動。現在好了，一覺睡醒，睜眼看見周圍，知道自己在哪裡，又要做什麼。他注意到牆粉塗到畫境線和踢腳板上，找來鏟刀一點一點剔清；門窗的合葉鬆動，螺絲起子一個一個緊上；甚至牆轉彎處有一個洞，他鋸了塊斜角的木板，正好嵌入，一絲不差——這房子是由柯柯主持裝修，工人多少有點欺她是婦道，家裡的男人又不作主，只聽命搬運。他給地板重新上一層蠟，家具也上蠟。他體會到手的靈巧，善於操縱工具，見過沒見過的，拿起便會，彷彿老熟人。這是從父親那裡得傳的天賦，父親的工具箱讓他驚訝，簡直是百寶箱，那麼多的樞機，一推一個隔斷，一拉一個層夾。心裡跳出「魔術師」三個字，老太太說過，上海是個大戲法，戲法人人會變，各有變法不同。不覺笑了，繼而又有些淒然。他翻出一架辛加電動縫紉機頭，安在桌上，接上電源，向母親討了一匹沙發布，竟然縫製了新窗簾。舊貨店買來一張小圓桌，房間就有了中心，晚上，他和盧克盧馨圍坐一起，各做各的事情，將他們的小家從客廳裡剝離，自成一體。盧克盧馨已經習慣甚至於喜歡上父親，他不像母親事事要管，而且嚴苛，也不像祖父母的放縱。他們不怎麼怕他，卻也不是完全由著性子，一些規矩在鬆懈，比如，刷過牙不能吃東西，小孩子最喜歡在床上享用糖果糕點。英語課三天打魚兩天曬網，他們都說普通話。父親那種北京腔，又受過戲劇訓練的普通話，用來念童話書，就像電台裡的講故事節目。早上可以多睡一刻鐘，因他自己不能及時起床，晚上則晚睡一刻鐘，也是因為他自己，沒有早睡的習慣。母親從香港回來，盧馨的長頭髮剪成短式，兩人有了蛀牙，按祖母的說法，都說一口官話。

柯柯帶回好幾口箱子，為了多帶行李，歸途是乘滬港輪船。在廳裡打開一部分，父母臥室又鋪一地，到三樓還有一房間。盧克盧馨一頭栽進去，好像阿里巴巴進了山洞：衣服，玩具，化妝品，吃食，日用，連縫衣針，封在塑膠套裡，都帶了十來條。來不及收納整理，還因為柯柯沒有挽留，盧克盧馨也沒有，瞬息間忘記了父親，黏上母親。當天晚上，他下樓去自己的亭子間。第二天，第三天，依然在亭子間。接下去的一週，二週，起居回到原先的模式。晚飯後的閒暇時間，本是全家團聚，現在還是，但僅只象徵性的，柯柯和孩子們稍作停留便離席。三樓的小茶桌，柯柯填進他的位子，他則留在客廳。小孩子真是無情的動物，女人也是，贏面都在他們那裡。或者反過來，他們有情，誰抵得過母和子的緣分？與柯柯對決，他總是輸家。

晚上，飯後小聚的格局，其實有預演的性質。當時不覺得，甚至於，母親更歡迎這樣的分而治之，她一直對柯柯發怵。父親與兒媳的關係融洽些，但終究有內外，在一起不覺得，自處時候就感到鬆弛。至於小孩子，這兩個大人都沒有親身經歷過養育，多少讓他們嫌煩。而且，阿郭是不是受到感應，好一陣子足跡稀疏，又頻密起來。他也覺得小孩子囉嗦，況且，不是別人是柯柯的兒女，他有點怕柯柯呢！好了，現在樓上樓下，各設一攤。這四個人有不少話題，敘舊當然算得一項，夠大半個晚上，新人新事，又是一項，常常忘了時辰，直至夜深。主要阿郭說，眾人聽，他想插嘴卻插不進。在家一年多，卻彷彿脫離社會很久，日復一日，又快又慢，沒有參照物，時間就變形了。聽阿郭說話，方才知道世界變化，單是他們這條弄堂，就已經不認識了。過街樓上的住戶，兒子刑滿釋放，俗稱「山上下來」，華亭路擺服裝攤位，華亭路，一夜間成服裝一條街，外國人都要來看時尚的風向，那兒子大發了，攤位轉讓，到南京路開公司；反過來的是前弄人家，工業局幹部，牛棚出來第二天，孩子直接從安徽農村去到北海艦隊當兵，當到營級復轉，專職三產，電器之類的，涉案走私，判了十年。只這兩件官司，即可對照出時代的變更，好像上海灘新一輪開埠，棄兒和王子的故事。走出弄堂，沿街馬路上的傳奇更多了。小花園裡補絲襪女人的小姑娘，向來不大規矩，叫做「拉三」，錦江飯店大堂搭識外國人，去到美利堅合眾國；後街披屋裡倒馬桶的阿姨，亮出身分，當年掩護過中央領導，接到中南海享福去了！父親過足耳癮，背地裡說：曾經有一種市井人物，叫做「小熱昏」，一邊賣梨膏糖，一邊唱新聞，後來都上了廣播電台，「阿郭有得一比」。有一日，阿郭忽壓低聲氣，指著窗外，說：你們知道汽車間阿陸頭吧？大家說知道，怎麼了？這阿陸頭在弄堂裡算個人物，長得好看，又有點小本事，小時候進少體校，中學裡到過文化廣場演出，談了個男朋友，是造反派的頭頭，出門幾年，帶回個孩子……鄰舍之間傳聞，編得出張恨水一路的報載小說。他更豎起耳朵，要聽阿郭細說。

緬共，聽說過嗎？阿郭的眼睛從三個人臉上掃過，表情都是困惑的。全稱緬甸共產黨，由共產國際直接領導的社會主義聯盟成員。在座人像被施法，定住了。稔熟的阿郭也變陌生了，他是誰，從哪裡來？在雲南和緬甸邊界的原始森林裡，你們知道，那裡的植被厚密，好比一堵堵牆，轉過去，不提防間，看見有人蹲著，和斫柴的邊民無兩樣，其實是暗探，專司招募年輕人入轂。只對一對眼神，再三兩句話來回，心裡就有數，是不是自己人。阿陸頭的男人投奔那裡去了！阿郭最後說道。他們是普通市民，生活在樓宇間的一線天之下，世界革命忽然間降臨，到了弄堂口。事情並不因此變得具體，而是更抽象。阿郭繼續說：你看她閉口不提小孩爸爸，好像沒這個人！母親脫口一句話，聽起來幼稚，其實卻很在理，她說：共產黨的天下，她怕什麼呢？阿郭被問住了，頓了一下，復又回過神：共產黨是有派系之爭的，關鍵時刻你死我活！父親恍然道：我們農場裡大有剔出來的異己，當年重慶談判的我方人員坐監，敵方的人倒坐了上位，就叫做你中有我，我中有你！母親喝斥：又亂講話！阿郭則擺手：這還是派系內部此消彼長，還有外部的，你們說，美國是帝國主義吧，它也有共產黨，淮中大樓就住了一位，老太太，我們供養著，叫做國際代表。母親「哦」了一聲：我好像看見過，時常牽一條狗。阿郭說：她家燒飯娘姨就住我們同事隔壁，兒子集郵，都是老太太給的，國際代表的工作就是收信寫信，聯絡各國同黨同派人士！上海市井裡的政治，總是隔壁的隔壁，鄰居的鄰居，這樣，阿陸頭的傳奇又變回到日常生活。大家都鬆下一口氣，危險解除了。

阿郭就有這本事，從最近邊的事物延伸向極遠大處。八十年代初期，「七重天」進口商店門口，交易兌換券的黑市價裡，透露出對外貿易的趨勢；西郊機場路上的汽車牌照，寫的是哪一級的高層蒞臨，將出台某項新政；再有，當年法租界某一幢洋房清退住戶，意味著昔日的大亨納入統戰範圍……他們這個小沙龍，因為有了阿郭，就和宏大歷史有了聯繫，反過來呢，大歷史又輸送談資，否則，就太無趣了！

海量的消息中，「緬共」的一條吸引了他的注意，但也談不上十分聳動，汽車間的人家，不就是共產黨的群眾路線？他想起那一年在文化廣場門口，和阿陸頭邂逅，小姑娘穿一身沒有領章帽徽的軍裝，腰間束著皮帶，領他們穿過人牆，她的背影，就是個戰士。現在的阿陸頭，居委會看國葬電視之後，還見過幾回，手裡牽著孩子。孩子已經會走，好比小一號的阿柒頭，她則像她的母親，那個標緻的蘇北女人，總是在弄口忙碌，見人就笑，臉頰上露出笑窩。母子倆匆匆走著，小阿柒頭幾乎被她帶離路面。生育沒有讓她豐腴，反而清瘦許多，笑窩陷下，變成凹塘。發育期的生硬粗糲不見了，依稀回到幼年時候，他想起路燈底下蟬翼似的人影。但又有一種老成，超過實際年齡。他默算一下，她大約在二十二或二十三歲。這樣的歲數裡，經歷千里流徙，叢林瘴癘，結婚失婚，還有「緬共」，相比較，他們這些人生，就平淡許多了。

有一天晚上，小二黑給一張內部電影票。這時候，大量新老電影從資料庫流出，湧到社會上，各機關單位聯繫片源組織觀摩，往往一連兩部放映，散場回家近十一點，趕上最後一班公共汽車，到站時看見阿陸頭。原來二人同乘，一個前門，一個後門。一直保持這距離走到弄口。路燈底下，他發現她的著裝很奇怪，上面一件寬大的套頭衫，底下露出裙邊，裙邊下的黑色長襪，腳上卻是一雙跑鞋。頭髮梳得很齊很平，貼著頭皮緊緊窩一個髻。他忽然意識到她穿了一身拉丁舞服，鼓鼓囊囊的背包裡裝的是舞鞋，髮飾，化妝品。她走得飛快，跑鞋的膠底落地無聲，漂似的遠去。他加快腳步，小跑著跟上，就這樣走進弄口。汽車間的門半在地上，半在地下，眨眼工夫，前面的人遁身般無影無蹤。他想起阿郭說的舞廳裡的表演，阿陸頭大約就在做這個，能不能介紹他一些渠道！可是，柯柯那邊怎麼交代？柯柯至今沒和他挑開，那場事故算過去還是沒過去？前情未了，就不敢再生出新的，他真是叫女人給拿住了。

再過了半年，柯柯發聲音了，兩個字：離婚。自她香港回來，兩人就沒有面對面過，所以，還是請阿郭傳話。阿郭說：有一句老人言，寧拆一座墳，不拆一樁婚，是要傷陰騭的！柯柯冷笑：要說拆婚，怪不到阿郭叔頭上，是我們自己造的孽，借你一條路，無非不想兩邊尷尬，好聚好散！阿郭說：要不借呢？柯柯央求地喊一聲「叔叔」，阿郭一揮手：我不是「叔叔」，是「老娘舅」！柯柯就知道阿郭應下了，「老娘舅」專斷家務事。柯柯知道阿郭的脾性，最好撐能，終究會做這個難人。

話傳過去，他先是嚇一跳，隨即，很奇怪的，彷彿頭頂上的一把劍斬下來，反倒落定了。他實在等得太久，已經麻木，無論什麼結果都願意接受。有什麼比懸而不決更折磨的了！很可能出於一種懲罰的策略，你讓我不好過，我也讓你不好過！這麼想多少有點陰謀論，也是被逼的。他方才體會到日子的難熬，小心翼翼，惴惴不安，真是卑屈，一旦意識過來，簡直淚下。於是送回四個字：悉聽尊便！柯柯還是兩個字：謝謝！這邊三個字：不客氣！阿郭就像穿梭似的往互。表面上的客套，事實上，談判在推進。柯柯的字數就略多了幾個：有什麼條件？回答是反詰：我能有什麼條件？柯柯說：我就不客氣了！一個字：請！

阿郭想起第一眼看見柯柯，在光線昏暗的廚房，浮凸一張玉白的臉，單瞼的眼睛，散淡的目光，慢慢聚攏，聚攏，變得犀利。他心裡一咯噔：是個角色！後來接觸多了，背景變化，印象疊加，最初的面目便淡下去。現在，到底水落石出。柯柯說，兩個孩子歸她！小瑟嘴硬：好！緊接著，與孩子相處的景象湧現眼前，胸口一緊。可話已經出口，又驕傲心起來，不收回了。過一天，柯柯那邊又過來話：三層樓歸她和孩子。小瑟悲愴地想：人都沒了，要房子有什麼用？於是又是一個「好」字。阿郭說「慢」，小瑟卻說「快」，快刀斬亂麻！阿郭說：房子是老人財產，至少要經他們手吧！小瑟軒昂道：我不能讓我的孩子去睡馬路！阿郭說：誰讓他們睡馬路了？私底下還是問了老瑟和太太，不料這兩人更加豁達，說，這房子是媳婦爭取歸還的，給她就是了。阿郭有生以來經辦的頭一樁離婚官司，沒費周折的，順利結案。兩邊都謝了他，但阿郭卻並不滿意，因過於輕描淡寫。復盤一遍，發現事端的由起，竟沒有一個字提及，沒有因，卻結了果。其實，一切早在柯柯的掌握之中，他們都是布局中的棋子！

離異手續辦完，柯柯和孩子依然居住在這幢房子裡。柯柯輪崗到另一個地段醫院，因年齡關係，免去夜值，做常日班。來去路程較先前遠，中午趕不回來，孩子就跟祖父母和父親一起吃飯，晚飯則回到母親那邊。三樓亭子間做了廚房，接進煤氣和自來水管，就可獨立開伙。做了什麼特別的菜品，則讓盧克或者盧馨送去樓下，反過來也是。有分有合，相安無事。比較明顯的變化是，柯柯的娘家人不再上門，客廳裡的午茶會，換了客人。也不知怎麼起的頭，老瑟家的人逐漸有了走動，倘要追究，還是和落實政策，發還定息有關。兄弟們矜持著，女眷，即大嫂，二姊，姨婆，有時單個造訪，有時帶幾個陪伴。母親也去過那邊，因是大家庭，總歸拘束，母親還有點怕叔伯，不如自己的小家自在。久別重逢，雖然同在一個上海，可這城市一條街就是一個社會，多少親故老死不相往來，又有多少陌路相逢，都要話說從頭，說也說不完。老瑟小瑟父子很快成為多餘的人，難免牽涉到這兩個，怕聽了去生嫌隙，就打發他們做這做那，好避開耳目。次數多了，自然猜出女人們的用心，順水推舟，樂得自己逍遙去了。

老瑟多半找阿郭，小瑟呢，一個人走在馬路上，想他已經一無牽掛，似乎連自己都沒有了，無所思，無所想，頹廢得很。小二黑知道他單身了，幾次介紹學生給他做女友，手裡似乎有大把的人選，有離異，有未婚，未婚中分大齡，正當嫁齡，甚至豆蔻年華，少他十幾二十，幾乎兩代人，倒不挑剔他。問小二黑為什麼不給自己留一個？小二黑腆著臉說他正有一個！他半戲謔半認真道：你挑過了再給我！對方就罵：好心當作驢肝肺！小二黑已經好幾輪了，至此定不下來，西北人荷爾蒙分泌旺盛，對男女事要求過盛。他則相反，無有一點欲望，是婚姻失敗的陰影，是曾經滄海難為水，抑或二者都是，又都不是。總之，提不起來精神，都懷疑自己有病，也清楚並沒有，只是無有一點心思。謝絕小二黑的好意，同時提出請求，就是哪裡的舞場需要拉丁舞者。小二黑說：場子有的是，但聘用往往以「對」做單位，先要物色好舞伴，我這裡正巧有一個，不妨試試！聽起來，事情又繞回去，他不由害怕，趕緊退了。其實心裡已經有了人選，就是阿陸頭，決定找她，讓她帶進圈子。回到家裡，看見柯柯，她正上樓，有意無意，回眸看一眼，這念頭又按捺下了。

一個屋簷底下，進來出去，即便不碰面，還有動靜呢！拘束久了，都不知道什麼是自由獨立。其他人，包括孩子，幾乎沒有過渡的，就有了應對，隨心所欲不逾矩。每月水電煤數字下來，由父親按人頭和燈頭分帳，再由母親與柯柯交割；保母也是共用，上午樓下，下午樓上，工資也是拆帳的方式；孩子放午學，來吃中飯，下半天向爺爺問功課，媽媽下班，後門一響，人便衝了出去。接著，始料未及地，發生一樁小事，盧克敲開他亭子間的房門。他發現兒子長高了，心裡生出欣喜，抬手扶了男孩的肩膀，感覺到少年人纖細的骨肉。兒子躲了躲，讓他的手滑下去，說道：媽媽要我來拿生活費！他「哦」一聲，想自己怎麼忘了，從錢包裡數出幾張整額的紙幣，交到盧克手裡。盧克的另一隻手即送來幾張零鈔，顯然事先算好，預備下找頭。他不由苦笑，原來已經兩清，還以為是一家人。即便夢醒，依然不敢造次，與柯柯失和從男女事起，此類情節必要謹慎，否則，便坐實了嫌疑。不還沒說破嗎？就可有當無。這裡有個悖論，正好將他轄制住了。

盧克索討生活費是個開頭，提醒他手緊。樣板戲的風潮過去，地方軍隊的文工團都在縮編和撤銷，他們的銷場迅速萎縮，幾近於無。他久沒有進帳，積蓄即將見底，政策歸還的家資，凡他名下的，都給了柯柯，沒留下一點私房。父母那邊的與他無關，每月還需交納食宿。母親是用慣錢的人，十來年的拮据苦壞了她，如今就需格外補償，同時變得慳吝，因為領教了錢的要緊。不僅他，連父親都要付膳費。那幾年的寬裕迷惑了他，以為用之不盡，本來不是會計畫的人，就有許多無當的花銷。財政匱缺陡然間發生，猝不及防，他悄悄把一只英納格手表和蔡司照相機送去舊貨商店，因急用錢，照相機是現售，手表寄售。過了幾天，父親敲開亭子間的門，交給他贖還的手表，告訴說，男人身上必要有三樣用物：手表、皮帶、錢包，少一樣就露出落魄相了。讓父親窺見端倪，窘得很，也打定了主意，要找事做。巧也巧，就在這時候，阿陸頭自己找上門來。她的舞伴出國投親，需重新物色。他們這個圈子，都是固定搭子，不作興拆檔，所以，這段時間，只是救場，當「替補隊員」。雖也不少做，臨時合作，出紕漏不至於，但終究缺乏點激情。拉丁舞需要火辣辣的熱度，沒有它，一招一式，推拉進退，就成了體操。並且，從長計議，吃這碗飯，搭檔是少不了的。就這樣，想到了他。她早已經風聞他們夫婦離婚，並且，還起來一種說法，恐怕連他自己都不知道呢！弄堂不僅是信息的集散地，還未卜先知，就是說，他女人早晚要去香港。出境潮的大背景下，這種流言也是比較自然的。事實上，阿陸頭有點怕他女人，那雙單瞼裡的眼睛，有一種審視的神情，彷彿穿透一切。還有，她與自己搭訕，分明話中有話，什麼話？一定與她男人有關。在此，阿陸頭有更加隱祕的心思，她覺得，不只覺得，而是肯定，他，她稱呼「爺叔」的這個人——那天晚上，夜間公交車上，她看見他了。走在幾步遠的身後，臨近子夜的街燈底下，掉根針都聽得見，何況腳步叩擊路面！他沒有叫她，她也沒有回頭，其中就有一點點曖昧不明，是男女之間，又不全是，正夠拉丁舞用的。這麼說吧，他們圈子裡，搭檔不全是夫婦甚至情侶，但卻有默契，對，就是這個，默契！

九

開始時候，是阿陸頭帶他。他們提早進到舞場，燈光音響的師傅去吃飯，服務生尚未上班，只酒水櫃有人，開了射燈。借那麼一點亮，他們在舞台熱身。拉丁舞在這城市謝幕多年，如今多半從錄像上模仿，可說自學成才。如他這樣正規練過幾日，即便曠日持久，但也算得上滄海遺珠，只幾個步子，便顯出山水。沒有比較還好，一旦比較，阿陸頭就露出「紅衛兵」的風格。他這麼稱呼，阿陸頭倒也不動氣，只說我們這些人哪裡能和你們比！我們什麼人？他說。阿陸頭說：資產階級，見過的世面大！他回道：無產階級的世面更大！阿陸頭問：怎麼見得？世界革命還不夠大？他反詰。兩人逐漸稔熟，言語戲謔，心情隨之輕快起來。這一個說：世界革命干我何事？那一個答：「緬共」就與你有干了！話一出口，就見阿陸頭變色，來不及收回了。阿陸頭沉鬱地說：你們這代人不會理解的，說了也聽不懂！他就知道他們是兩代人。代和代並不單純以年齡分，更體現在變局，生活日新月異，時間都是壓縮的。靜默一時，繼續舞蹈。阿陸頭到底從小練體操，有點腰腿功夫，紅衛兵的舞蹈也不乏技術含量，跳過幾則土芭蕾，身體還聽使喚，改得就快。一時扳不過來的地方，靠了反應敏捷，及時回應手勢，便遮過去，這就是他帶她了。幾個來回的磨合，場上就見山高水低。舞場的老闆，其時叫做「承包人」，專過來寒暄，他們稍加敷衍，趕下一個場子去了。

八十年代向下一個十年挺進的日子，計畫經濟過渡自由市場，許多新政悄然出台，帶著一種羞赧的表情。兼顧道統和革命，在兩者之間搖擺，就看你怎麼解釋了。某種程度上，屬修辭學的領域，就像方才說的，「老闆」和「承包人」的關係。名和實好比雞生蛋蛋生雞的前後順序，有時「名」先邁一步，自然有了「實」；有時反過來，「實」先走一步，「名」卻後退一步，就不顯得唐突。歷史上所說的「改革開放」，就是這麼迂迴地實現，不知道綏靖出多少產物。關停並轉中，騰空的廠房車間，開出排擋和商店，或者區隔開來零租，商家的木牌掛滿整面牆，都是有限公司。這年頭，有限公司呈井噴之勢，經營範圍有的沒的，摸不著邊。江邊碼頭的倉庫，一夜之間鋪開批發行，糧油布棉，大小五金，日雜百貨，南北乾鮮……經營套用改革先鋒「小崗上」的模式，成本自負，利潤分拆，各得其所。城市中心區的機關閒置場地，開舞場再合適不過。沒有廢氣和排汙，沒有油煙明火，也沒有限制運行的載重卡車，而且，世面上正興起社交舞的風潮。相應而起，單位和社團的聯誼活動特別踴躍：節慶假日，競賽頒獎，培訓業務，職工大會，往往配置一場舞會。以往多是在食堂，油漬斑斑的水泥地，尚未散盡的飯蒸汽，擴音喇叭裡放出舞曲，怎麼都不像的。於是，就要租借專門的廳堂管所。承包人通常是機關的後勤，向來頭腦靈通，人脈發達，否則，絕不敢攬這瓷器活。七點開場，領導先說話，這是必走的程序，勿管底下人有沒有耐心，熬住熬不住。好容易結束開場白，熱烈鼓掌，掌聲未止，音樂已經響起來，那電子的節奏，擊打著人的神經，再也坐不住了。後來領導也識趣了，收縮甚至於取消，免去贅言，直接進入主題。大眾化的舞會大約三段式，每段一個課時加課間休息，喘口氣，喝點飲料，下一堂正好開始。間歇中，表演上場，以拉丁舞為主，節奏和難度依序加強，比如倫巴、吉特巴、桑巴，最激烈的「鬥牛」，標準速度每分鐘六十二小節，叫人目不暇接，較少有出手的。其後便是慢板，好萊塢電影《魂斷藍橋》的〈地久天長〉，也像經典畫面，一盞一盞燈滅，台上台下共舞，一曲終了，散場。從七點到十點，八十年代的夜生活基本和晚加班的時段相等，這只是序幕，正片還在後面。

音樂響起，一陣戰慄從尾椎骨起來，升上去，直到後腦。他都能看見伸出的手指尖在燈光裡顫抖。過去的日子，放電影似的，一幀一幀眼前走過。校長夫人裙襬裡的氣味，香水和著積塵，還有皮膚的分泌物，俄國人的體味真重啊！驕傲的季麗娅，頭頂著髮髻，插一朵芍藥花；北方陽光投在木地板上，跳躍的舞鞋，豆豆老師啪啪地擊掌，穿透過鋼琴伴奏：「瑪柳特卡」——二寶，喊他「中尉」，中尉，你看見過胸罩嗎？B罩八十公分；柯柯家臨街陽台底下，清明上河圖似的市井；黃河舊道，橋下的大宅子，瓦頂上的星空，稠得呀！看進去，再看進去，極深處有一雙狐狸眼……他都要哭出來了。袖口的流蘇晃動，彷彿一串串流星，劃過天際。對面的人，拉過來，又推出去，在手掌底下打旋。用力有點過猛，戰鬥型舞蹈的遺風，已經好些了，更好些，好多了，是個聰明人，聰明的下一代。他不禁微笑了，那歷歷在目的情景，不過在一代和另一代之間。他已經從那頭渡到這頭，追上新生代的背影。他聽到掌聲，原來已到收尾。頭頂的燈滅了，回到黑暗中。池子裡亮起來，不是大亮，而是幽微的晦澀的光。他忽然同情起那光裡的人，走著刻板的舞步，遲鈍的轉身，錯了節拍，撞個滿懷，踩了對方的腳。池子四周的桌上，留著喝了一半的飲料，飲料裡加了顏料，也是庸俗的紅藍綠，溼漉漉的桌面，揉成一團的紙巾，他慶幸自己不是台下人裡的一個。

他和他的搭子，計算舞會與舞會的路程距離，演出時間，盡量排足場次。當然是從收入計，同時，也許更重要的是快樂。他們一晚上最多可跑三或四個場子，趕巧了還能上第五個，終場。這時候，換上自己的衣服，但舞台燈光將他們與下面的人群區分，彷彿芸芸眾生中救贖出來的男女。舒緩的旋律讓他們休息，樂極生悲似地有些傷感。安靜地相擁，輕移腳步，那些花哨的招術全用不上，卻是走心，彷彿一對戀人。事實上，相隔萬水千山，不只是上一代和下一代，還是遭際，誰知道她去到哪裡了，原始森林裡的食人花，還有「緬共」？彷彿潛意識裡的感應，不約而同地，能量積蓄，迅速達到飽和點，一跺腳，向音響師打個響指，「鬥牛」起來了。鞋跟敲擊，一疊聲的，平息下來的場子重新沸騰了，闌珊的燈火復又大光明，卻看不見人，只有裙褶、流蘇、羽毛、琉璃珠裡的風。變成風，他們彼此也看得清清楚楚，鬢邊的紅花，袖口上的銀釦子，漩渦裡的芯子，通常叫做風眼。速度真是個好東西，它將鐵定的時間和空間拆解開，零散遍地，再一股腦席捲上天！所以才要有舞蹈這物事。過癮啊，捨不得停下，捨不得音樂到頭，終止的剎那，汗水傾瀉而下，彷彿站在水裡。

走出門外，涼風習習，人還在繾綣裡，戀戀不捨。走出三四站路，呼吸方才均勻，回到常速。兩人忽變得饒舌，搶著說話，勿管對方聽懂聽不懂，只管自顧自地往外倒。除他們倆，馬路上已經無行人，說是不夜城，海關大鐘還是數著鐘點。馬路末班車呼嘯而來，陡地剎停，售票員拍著車壁叫喊：上不上，上不上！撒腿奔跑，一躍而上，車已經開動，穿行在路燈的拱廊裡。

弄堂裡很快起了議論，坊間少不了好事者。雙方的家人都有耳報神，雖也覺得有失體統，畢竟不犯大規，無從說道。一方單身，另一方呢，好比守活寡，就作看不見和聽不見。唯有他們自己明白，不是那麼回事情。輿論之下，反而放開，說都說了，還怕什麼？不像先前的遮掩。最尷尬的倒是柯柯，離婚不離家，本就有幾分窘，何堪以男人的新風流故事，成了世人眼裡的棄婦。柯柯總歸是柯柯，照常進出，上班下班，週末領孩子去外婆家，大人孩子穿戴整齊，神情怡然。難免的，與汽車間阿陸頭打照面，臉上一點不掛，頷首微笑，對方不由瑟縮起來。市井有一則老少咸宜的對策，叫做「千兇萬兇，不睬你最兇」，百試不爽，弄底和弄口的兩戶人家，被好奇心放過，轉而尋覓下一期節目。上海的里巷，最容得下離經叛道，柯柯從小就在這處境中。話說回來，誰又能自詡最守綱常，沒有一點私生活？弄堂其實頂不規矩了，那些竊竊私語的女人，看野眼的男人，大人罵小孩，小孩彼此相罵，哪裡有體面可言？事實上，阿陸頭和柯柯，都是過來人。她們所以那麼坦然，就是得之弄堂的教化。一代一代的兒女們，傳承下來，讓這坊間里巷越來越寡廉鮮恥，變成大染缸。

鄰舍里也有幾個新老夜客，這城市的夜生活向縱深推進，進到腹地，晨起暮歸的人們，偶爾也會越範常規，涉足禁區。歡場上的歌舞，在保守的市民，總是有墮落的氣息，可是，誰沒有冒險心呢？其實，就在這中產階層的居住區域，某一幢老洋房裡頭，燈光通宵達旦，汽車川流，靜夜裡只聽車門閉闔。還有，不知什麼時候新起高樓，稍不留心，漏出電子樂聲，隔壁的門窗都震動了。再就是，馬路上忽湧出紅男綠女，夜半三更，從哪裡來的呢？或者，走得遠遠的，只當你不認識我，我不認識你，都是陌生面孔，可是，猝不及防，台上登場的男女，正是同一條弄堂裡——緋聞就是這樣流出來，越過多少個街區流回家來，已經換了故事。

說起來，已經是離婚第三年，盧克十二歲，盧馨十歲，香港那邊，替母子三人辦了單程。也許是為補償多年的失養，人老了，也會變得念舊。本來也要柯柯母親一併過去，但被拒絕了，說要照顧老外婆，也怕過不慣，他們的年紀，一動不如一靜，所以留下了。她母親是個識趣的人，半明半暗的身分，很知道進退。臨走，柯柯交她代管三樓的房子，這件差事多少有些尷尬，但也沒得推，她不管誰管？也就是她，心裡多少難看，面上卻處之泰然，不躲閃，也不招搖。大約每個月一趟，趁早不趁晚，家裡有人，不會以為偷摸著來似的。阿姨在廚房燒飯，寒暄幾句。阿姨保持原先的稱謂，「親家姆媽」。昔日的親家樓梯遇見，虛邀一聲：吃過飯走吧？她回答：家裡還有一張嘴嗷嗷待哺呢！兩邊就都笑一笑，走過去。有一次他在家，出於禮貌上去打招呼，她母親看見流露出歡喜的神情，從提包裡取了照片給他看，是盧克和盧馨。他沒想到小孩子長得那麼快，盧克穿白色的校服，小少爺的模樣，盧馨的校服是海軍式的衣裙。從校徽看，都是英國皇家系統的名校。他看著都不敢認，不像是自己的兒女。將照片合起來送還回去，她母親讓他留下。朝南的窗戶大敞，積累多日的隔宿氣放出去，換來新鮮的，房間裡充斥一股生辣的味道，是家具木材、地板蠟、牆粉，還有灰塵混成的。說話起著回聲。看她母親將打開的窗一扇扇關好，扣上，拉起窗幔，光線闔閉中，宛然一笑，這笑容叫他想起柯柯，原來這母女是極相似的。他同樣想像不出是那人和自己做了夫妻。時間，還有別的一些什麼，例如經歷、見聞、所思所想所感，遮蔽了過往的日子。退出房間，連這房間都是生分的。鎖孔裡的鑰匙轉了兩圈，拔出來，下幾級樓梯，經過亭子間，推了推房門，看是不是鎖好，再繼續往下走。他送到後弄，看她母親走遠，廚房裡的油煙味叫他想起，吃過多少她們家的飯菜。在走廊夾道裡的煤氣灶上，他這樣身量長大的人都進不去，可是珍饈美味一樣一樣端出來。

排除惆悵的心情，這段日子堪稱完美，是他一生中的高光時刻。重新有了收入，柯柯和孩子去香港，她父親做主，從此免去他的贍養費，理由是，香港人哪裡要內地人養。倒也是，向來是內地人靠香港人接濟，反過來就失身分了。於是，他的財務狀況趨向豐裕。這是物質生活，精神領域裡，舞蹈更給予一種身心的滿足。他買了新行頭，白色的緞面銀絲手繡，流蘇去掉，金屬釦去掉，滾條去掉，這些點綴品顯出廉價，素白的一身，暗地裡看不出，一旦進到追光，倏忽間龍鳳呈祥。阿陸頭是一身黑，獨出心裁的，戴一雙黑色半指手套。有時候對倒，他黑她白，圈內稱作「黑白檔」。偶爾地，跳「鬥牛」，她著一身紅，那才是驚豔。殷紅和墨黑，只看見一團團光色，人在裡面，變了形狀，成了精靈，就又是「黑紅」。電視台舉辦拉丁舞比賽，同行間都在鼓譟，他們也動了心思。他不忧別的，顧慮只在年齡，其時，三十九歲，正在四十歲的線下。上海灘出名的幾對都是知道的，年輕是年輕，正因為年輕，沒見識過真正的拉丁舞，舞校裡又未開設這一科。銜接的開縫處，他稱得上老大，事實上，也只是三腳貓，誰讓歷史有那麼多斷頭呢？

他們報名，填寫表格，領來日程，接下來的是練習。舞會開場前的熱身顯然不夠，再有，他們必準備幾套祕密武器，就要防止洩露，於是，移到他家底層客廳。柯柯和孩子不在，人口清簡許多，茶會不了了之，父母親知道兒子靠這個做飯碗，也不便反對。其實，他們都是新派人，對跳舞本來就沒有偏見，最初不還是他們送他去俄國學校的？唯一的忌諱是汽車間人家的女兒上門。昔日看弄堂人早已經入了公職，但老住戶習慣裡，依然是雜役般的角色。下水道堵了，雨棚漏了，煤氣灶打不起火了，都是找他。誰家保母回鄉下，是找他女人替工，產婦月子裡不能沾涼水，也是他女人幫著洗尿布。一九四九年工農政府掌權，又經過一九六六革命，也沒有消除階級的差異，說來也不是什麼大事，不過一點點小成見，徹底克服有待時日。就這樣，客廳讓出來，到了下午，門鈴一響，收拾起來回去二樓，就當作不知道。要說不知道是假的，電聲放起來，低音炮一下一下擊得門窗動搖，鄰居家都要敲門喊，輕一點，輕一點！他們就是聽不見呢！但等音響關停，後門打開，「砰」一下關上，就又聽得見了。緊接著，口哨聲起，三步並作兩步，跨著樓梯上來，兒子變得快樂。不由自主吁出一口氣，輕鬆下來，無產階級總是讓他們緊張！

這是阿陸頭第二次走進他家門，距離上一次，幾乎一個世代的時間。她還是個孩子，小得讓自己狐疑，有過這樣的事情嗎？可千真萬確發生了，留下不連貫的印記，涼森森的氣溫，柚色地板和家具的反光，夾竹桃的搖曳的影，還有觸覺，他拉直皮尺，手指尖在腳踝、手腕、腰間，蜻蜓點水地一點，下樓的時候，推著她的背，隔了布衣衫，也是涼森森的，他的腳幾乎踩著她的後腳跟，就像一種舞步，噠噠噠下去。門在身後關上，斯伯林鎖「滴」一聲，就站在後弄水泥地上，斜陽射過來，照著眼睛。封閉在記憶深處的碎片，釋放出來，散在四下裡，薄脆的質地，透著亮，新的覆蓋且是堅硬和結實。不知原本如此或者變化所致，房子裡生出一種雜沓，房門開閉，窗戶開閉，市聲湧進，又止住；水壺讓蒸汽頂起蓋子，壺嘴的哨子尖嘯；天井裡的落水管空洞地響著，然後轟然落地；靜了一時，聽得見戚戚的，後窗裡的私語。家什用物是多還是少了，地方顯得侷促，同時又彷彿空寂，其實是凋敝。窗幔顯然舊了，稍一動便揚起飛屑，在日光裡打旋，日光是蒼白的，像那種薄霧天的太陽。留聲機的唱盤轉起來——為平息鄰居的怨艾，換下音響，這老古董，韶華時代的遺物重見天日，舞曲從唱針底下流淌出來。沙發茶几推到牆根，移動腳步，試探地，彷彿要檢查地板能否受得起重力。逐漸滑行，跳躍，空中轉體，落地，再跳躍，轉體，落地，速度起來，克制地心引力，變得輕盈。髖部靈活極了，生出一對觸角，又生出一對，就像那種多觸角的軟體動物，在長久的進化中直立起來。乘著慣性，眼看就要失速，他及時收住，她幾乎踉蹌地原地彈跳幾下，站定。不！他說，唱針繼續在紋線裡行走，不！他想起校長夫人，有時候，他幾乎覺不出她動。還想起北京的蘇聯專家，按在他的胸脯，說：不要動！他指了指心的位置，說：這裡！他發現自己像外國人說中國話。過去若多年的情形湧到眼前，他方才明白，但說不成話。他發現，許多懂的道理無法表達，不懂的卻可以滔滔不絕。唱針終於走到盡頭，滋滋地空轉，停了停，他說了一句：我們不是運動員！

再一次開始，他們都收斂了幅度，能量在限制中聚集。阿陸頭不能說她真的領悟什麼，說到底，她總是野路子，是在舞場裡學習的拉丁舞。但她感染到他的情緒，有一種傷痛，不明來由，卻觸動她，誰沒有傷心事啊！兩人淚汪汪的到了曲終，互相不敢看，躲過對方的視線。院子裡的喇叭花爬上牆，老房子添了新氣象，小孩子遊戲的嬉笑和新歌謠，居然也在節拍，窗玻璃上的夕照一閃一閃，晃著眼睛，這就有些回去了，回到曾經過的時刻。

他們練得不錯，祕密武器也有了，保不準出奇制勝，但也讓人眼睛亮。海選不消說順利通過，初選也無懸念勝出，這就到入圍賽，阿陸頭卻不辭而別。他去找她，無數回路經汽車間，踏進去則是頭一遭。推開虛掩的門，下幾級台階，落腳水泥地坪，竟有相當的面積。目測橫寬和縱深，幾近一幢樓房的占地，並且，也不像外面看起來的暗黑。向馬路一列汽窗，網著鐵絲格子，天光從那裡透露。房間盡頭敞開一扇門，正對了誰家的爬了藤蔓的山牆，顯然是一個夾弄，隔成天井，太陽直射下來，好像舞台的布景，不太真實。初來乍到，他還不能十分地辨別方位和結構，內部又用合成纖維板劃分小單元，之間留下一些通道。不知道要找的人在哪個格子裡，對空喊幾聲「阿陸頭」。沒有回應，停留一時，再喊兩聲，光線略微轉移，是暗了還是更亮。倒退著上了台階，轉身撞上一個人，逆光站著，顯出修長甚至纖弱的輪廓，還有近視眼鏡的鏡片，張口喊一聲「爺叔」。正猶疑著，那人又說：我是阿柒頭！他「哦」了一聲，恍悟過來，卻更納悶了，因想不到阿柒頭長大了會是這樣。汽車間出來的孩子，不都是幹力氣活的？

面對面站在太陽底下，阿柒頭尤其白皙，皮膚彷彿透明，像個女孩子。相比之下，阿陸頭倒像男孩子。他想起小時候，大的抱小的，好像老鼠銜菜頭，不覺笑了出來。兩人談了些近況，知道阿柒頭中學畢業分在郊區農場，後來考了理工大學，就業滬江造船廠，平時住在宿舍，週末回家看看，不料父母回老家探親，哥姊又都不在，卻碰到了爺叔。聽起來，他知道阿陸頭和他搭檔跑舞場，就問姊姊到哪裡去了。弟弟的臉色沉暗下來，避開眼睛，看向別處，那裡是車水馬龍的大街。不知道什麼時候起，車和人都多起來，街角變得擁堵。停了停，阿柒頭說，姊姊帶孩子去雲南了。他緊問一句：是看小孩爸爸去了嗎？阿柒頭又不作聲了，就不好再追這話題，只問什麼時候回來？阿柒頭說：吃不準。兩人陷入無語，站了一時，勉強道幾句客套，走開了。

一時間沒了方向，往弄堂裡走幾步，又折回頭退到馬路上，決定去凱司令。過兩個路口，紅綠燈變換，正邁下街沿，忽聽身後有人喊「爺叔」，轉過身去，還是阿柒頭，急步走來。趕緊收起腳，等他到跟前，阿柒頭壓低聲說：姊姊說爺叔向來照應她，好比師傅！他說：哪裡啊，做搭檔也是緣分！阿柒頭的眼睛在鏡片後面急促地眨動，像是怕光，又像是忍淚：不要說是我告訴你的，姊夫那邊出了大事！他有些嚇到了，一動不動，聽對面的人說下去：姊夫犯了大法，不定是死罪！他回來一點神魄：不是去參加緬共嗎？阿柒頭苦笑：爺叔只知其一，不知其二，據說緬甸共產黨的經費都是從毒品裡出，姊夫捲進販毒案了。他不由戰慄起來，越來越劇，抖個不停。所以爺叔，不要再來找姊姊，免得受牽連！阿柒頭最後說了一句，匆匆走開，消失在視線裡。人潮推他向前，又推向後，打著旋，回到原先的地方，再又下了人行道，忽然車喇叭大作，輪胎在瀝青路面咯吱咯吱摩擦，尖銳地厲叫，自行車鈴響成一片，他發現自己一個人站在馬路中央，四周的人和車全剎停。交通警吹著哨子從車陣中繞行過來，他身上一緊，拔腿就跑，不管有沒有人擋道，奇怪的是，障礙物自動讓開一條道，腳下踩了風火輪似的，一往無前。人聲沸騰，笑罵、叫喊、還有拍手鼓掌，警哨穿透耳膜，他聽見自己的笑聲，哈哈的。大笑著拐進一條小馬路，到了寂靜無人的背街，穿了無數條長短弄堂。星期天，人們都出去玩耍，家裡的人則在午休。喘吁吁止住腳步，終於甩脫危險，可是，有什麼危險呢？周圍一個太平盛世，電影院門前張貼大幅海報，華服美景，俊男倩女；人群出來新流行，蛤蟆狀的太陽鏡，蝙蝠衫喇叭褲換成牛仔系列，水磨的面料；理髮店裡的冷燙精氣味，不是氨水的刺鼻，而是花香型；易拉罐飛濺的泡沫，充氣的奧托曼，陽光熠熠的下午，停滯的時間重新流動起來，就像斷片的電影接續上了情節。

身前身後都是守法的市民，犯罪在不知多麼遠的地方，極盡想像也到達不了，彷彿時空的另一緯度，和他有什麼關隘呢？偏偏提著一顆心，躡著手腳，時不時回頭看一眼，轉角處一探頭。雲南那地方從來沒去過，此時卻變得一步之遙。想起阿陸頭曾經說過「兩代人」的話，還有「階級」的話，之間的溝壑也是一步之遙。差一點，差一點被拉下水了，以拉丁舞的名義，推拉推拉，旋轉成一朵花，腳燈和頂光交集處，細齒木梳篦成漆似的黑髮，髮際的絨毛綴著、裸背上沁出的汗珠子——他忽然想起上海弄堂的一句俚語，「玻璃木梳眼淚水」，淚汪汪的眼眸子，透得見人影，叢林深處看過來，看過來！心突突地跳，從凱司令門口走過去，遇見一些熟面孔，招呼他，他也回應了，然後擦肩而去。這時候，太陽西去，光線變得平順，主幹道的人車疏闊了，星期日接近尾聲。脈動放緩，頭腦清明，走上回家的路。

拉丁舞電視大賽的事不去想它了，連舞場都有好一段不去，圈內人以為「黑白」拆檔，不乏有試探填空的。他也曾生出找搭子的心思，半為生計，另一半是為彌補，沒有阿陸頭，總是失落的。但是，很快發現，舞蹈的熱情湮息了。並不在於舞伴，而是這件事本身所致，它激不起興致了。疾速的節奏裡，他會想道：究竟什麼人，出於什麼原因，設計這些違背常理的動作和步伐，有意和身體作難？他幾乎笑出聲來，越控制越控制不住，臉紅筋漲，幾乎亂了套路。走神的情形時不時發生，舞伴旋轉出去，險些沒拉回來，拉回來就過了節拍，幸虧他有經驗，憑空造幾個動作，對方又看不懂了，總之，錯中錯幾個樂句，方才接上路數，繼續下去。還有過大腦短暫空白，分辨不出左和右，四條腿倒過來倒過去，絆了好一陣。別人看不出來，以為本該如此，但騙不過搭子，先是驚詫，想老師不會出這樣級別的岔子，圈內人如今都稱他「老師」，隨即看見他詭異的笑容。每每發生狀況總是這樣的笑，便覺得是存心，耍弄人吧！於是憤憤然的，猛推一把，歪打正著，拉丁舞要的就是這個，恨愛！這些臨時搭檔，普遍比阿陸頭年輕，在她們傲嬌的眼光中，他看見自己的年齡。因為身體長年運動，也因為遺傳，父母都是顯後生的人，他保持著緊緻纖長的身型，沒有鬆弛的跡象。也是那個時代的影響，校長，校長夫人，甚至豆豆老師，都是四十朝上，外國人又格外容易見老，就有五十多接近六十的相貌，可是毫不妨礙跳出鬥牛那樣激越的舞步，他們就像那些沒有年齡的人。可是時間在壓縮，五六年就是一個世代，他開始生疑，發現頭顱變大了，眉棱、鼻翼、咬肌、下頜，都在擴張，眼窩陷下去，露出眼袋，這種趨勢越來越明顯，意識到自己已經過了社交舞的年齡。

他在鏡子跟前花費時間多了，看見皮膚紋路變闊，露出毛孔，手和腳也變得粗大。隱約聽說有一種腦垂體引起的病症，叫做肢端肥大，終將導致整個面容和身軀變形。事實上，只是消瘦，太陽穴癟下去，額頭窄了，顴骨高聳，下頜拉長，五官移了位置，連耳朵都受牽連，變得招風。疑病症也是原因，憂慮誇大了差異。他還是他，但從「他」裡面又新長出來個「他」，帶著股野蠻勁，向外撐，撐，撐破皮囊，成另一個人，他怕這個人。剃刀澀得很，走不動似的，稍一用力，剃鬚膏的白泡沫裡洇出一線紅，流血了。就有幾天不敢出門，拒絕邀約。等傷口長合，結痂，痂退去，再走上街，梧桐樹換了新葉，路人也換了新生代，更加傲嬌的，不看他，彷彿是個隱身人！這就讓他不甘心了，為了證明自己的存在，重新楔進視野，他比之前更頻繁地外出，穿著越加奇特，黑色的緊身衣褲，罩一襲斗篷，也是黑色，腳上一雙黑靴子。因為久不見日光，他變得格外的白，不是那種細緻的透亮，而是大理石樣實心的白。黑白對照，怎麼漏得過人們的眼睛，很快就有了渾號——「鬱金香芳芳」。其時，多少年積壓的老電影陸續放映，阿蘭德龍飾演的《黑鬱金香》風行上海灘。上海這地方就是擺脫不掉殖民記憶，一點沒有氣節。臨時替補的活有求必應，如今，這樣的活多得很，即便沒事，也到舞場點個卯。電子音樂傾頂而下，他卻興奮不起來，似乎身處另度空間。唯有一次心動，因女舞者讓他想起阿陸頭。阿陸頭有一種特殊的進攻的姿態，咄咄逼人。下場後，經理點一疊鈔票給她，她接過來，攔腰一折，送進肥大的軍褲口袋，也像阿陸頭。有人稱讚她跳得好，回答說：混槍司！「槍司」是英語CHANCE的諧音，用在這裡是「混江湖」的謙辭，不定本來的意思，上海多的是這樣的洋涇浜，阿陸頭的口頭禪。他微微一笑，綽約看見舊人，還看見過去的自己。

長得好看，又吃舞蹈飯，常是自戀的人格，他也是。所有對外形蛻變的焦慮，歸根究柢，來自一種預先的恐懼。自小長相悅目，內心對老醜既鄙夷又同情，都不敢想，有一天會變成他！不能說他過度敏感，到底還是有跡象，外人未必覺察，卻逃不過自己的眼睛。他數得出臉上的皺紋，手背的扁平疣，不是老年斑是什麼？再有體能，比眼見的更清楚，音樂戛然止住，掌聲尚未響起，刷地靜下來，耳朵裡灌滿潮湧般的脈跳，是他的喘息。後來，過程中，這聲音也破壁而出，不知幻覺，還是真實，前者後者都讓人受挫。漸漸地，他意氣消沉。可是，更現實的問題來了，除了這個，他還能做什麼？不做這個，從哪裡進帳？小時候學這個只當好玩，沒承想做了飯碗，所以，還算一件幸事。具體的處境多少轉移了注意力，讓他在某種程度上，放棄了自己。雖然是頹唐，但也讓人輕鬆。他衣著修飾馬虎了，穿著拖鞋就走出弄堂買東西，弄堂這種建築格式，模糊了內外的界線。緊身衣換成寬鬆款，還是黑色主打，就像僧人的緇衣。頭髮依然留長，準備隨時補場，平時不塑形，不噴髮膠，耷拉著，蓋了半張臉。跳舞的人總是誇張的姿態，戲劇化的，於是，便有一種落拓不羈的瀟灑，吸引路人注目，他自己，反倒不在意了。

柯柯的母親定期來給三樓開窗通風，取些東西或寄去香港，或帶回家自用。所以，房間越來越空，直至四壁全清。最後，她母親找到下家，將一整層，包括一大一小加衛生間，曬台上的搭建，一統售讓。八十年代中晚期，一部分人先富起來，房產也商品化，能買得起的畢竟少數，不知什麼地方物色到的買主。一個粗闊的男人，帶女人兒子和老母，搬進的家什有幾件不成套的紅木，其餘均是雜碎。藤條箱、板櫃、竹榻、高腳木盆裡盛著幾疊蜂窩煤，所以就有一具生火爐，可見從什麼樣的住宅出來的。頭一天，那老母就送來一隻野生甲魚，他家阿姨竟沒弄過這道菜，就看老母一下掀翻甲魚，菜刀正中劈開，橫過來切一道口子，三兩下剝皮揭蓋，伸手掏出苦膽，擠破了，全身抹一遍，自來水沖乾淨，放進砂鍋，餘下的就是開火燉煮。細看去，老母並不怎麼老，手腳利索，臉面光潔，頭髮烏黑油亮地抓一把，絞幾下，木簪子別在腦後。這髮式，還有老布衣褲，把她穿老了。住下來幾日，白天父子倆出門，留下婆媳兩個女人在家，燒飯打掃。也不知做的什麼營生，聽阿姨說，新來的人家，菜籃子和廚餘垃圾，日日有甲魚。有一日，他和父親按母親吩咐，將二樓的一張沙發搬到客廳，練舞場不是停開了嗎？老瑟小瑟吭哧吭哧挪到中途，樓上的男人走下來，一搭扶手，拎起來，甩到背上，三兩步下去，到指定地方，輕輕放下，落地了，顯見就是幹力氣活的人。早晚總是一件舊軍裝，領和肩上有徽章的印記，多半當過兵，大小還是個官。除這些偶爾的過往，平日裡連照面都少，因此，漸漸地，彷彿忘記樓上的入住，又回到原先的日子。

他常去的舞廳在市中心西區，本是電影院後門的自行車棚，占了弄底的空地，一併圈進改造裝修。承包人是一個跑片員，說他跑片其實只是謀生的權宜之計，因歷史上有舊帳，參加過國民黨的三青團。上海解放，很識相地蟄伏在家裡，等形勢平靖，恢復正常秩序，電影院招募跑片員，就去應聘。一是有一輛現成的自行車，二是這樣的散工無需加入固定的社會組織，後來的遭遇證明是個誤會，不說也罷。總之，八十年代市場經濟勃興，心思活絡起來，先試試水，承包一個角，開錄像廳，竟有盈利。於是就膽壯了，做了現在的舞廳，躋身先富起來的人。上海人信奉悶聲大發財，他極少與人說自己的家事，所以，只當是個跑片的，不知道他父親早年在工部局交響樂隊吹木管，太平洋戰爭爆發，西洋人遣散，同鄉介紹，到小學做語算老師，直至退休。如今又浮出水面，外灘飯店老年爵士樂的薩克斯管，就是他老先生！他雖然什麼都不會，耳濡目染，家中又有些舊唱片，一九六六年紅衛兵破四舊風聲一起，連夜裹上油紙，裝進蒲包，放在公用廚房自家的灶具底下，一放就是十年工夫。結果並沒有人上門查抄，未雨綢繆卻是必要的，憑這危機意識，一家人度過許多不可測的風雲。在那修院式的簡素時日裡，單是晚上閉了門窗，聽父親吹牛，算得上藝術教育。如此，像電影中的簡愛，回答羅切斯特會不會鋼琴，「會一點點」，「一點點」盡夠他用在生意上的了。聘請樂隊，挑選樂曲，置辦音響，最重要的，他給舞廳做了一鋪彈簧地板，不僅為舞客，還是為電子樂減震。同樣原因，內壁用的是錄音棚的材料。造價上去了，但免去周遭居民的投訴糾紛，要知道，這地方可是在人口密集的居民住宅區，他還信奉和氣生財。

他每說話，必以英文「I say」起句，不知誰開頭，就稱他「埃塞俄比亞」。坊間多有小聰明，抓得住特徵，特別擅長言語裡的機關，這渾號有趣又叫得響，還有時代感。七十年代初，中國與埃塞俄比亞建交，然後又援建坦尚尼亞，這地方就有人往非洲去，將那裡的國名帶回來。事實上，即便去過，也未必清楚「埃塞俄比亞」在地球的哪個方位，歷史沿革，人情風貌，但覺得這幾個字爽口得很，上海人嘴又利索，漸漸地，連舞廳一併有了名氣。埃塞俄比亞身量矮小，長年戴一頂禮帽，臉就罩在帽沿的暗影裡，一般人少有機會看清眉目，所以多半不認得他，以為是個雜役，只有常客才知道是老闆本人。靠邊上的茶桌專屬他用，來和不來都留著，有時候見他在桌上對帳本，不用電子計算機，而是用算盤，手飛出花來。十個指頭頎長白皙，像女人家的，所以就先認得了他的手。軋平進出，合上帳本冊子，服務生過來收拾桌面，端來酒和冰盞子，音樂的間隙裡，聽見搖曳的玻璃杯裡，冰塊清脆的碰擊聲。凡請上桌，遞過酒單，隨便點，就是熟客。有派出所的戶籍警，文化局掃黃打非辦的科員，衛生大隊隊長，與埃塞俄比亞互稱「朋友」。做事業，就是要廣交朋友。除明面上人物，還有走暗道的，比如，座上那個剃光頭的，興許剛從「山上」下來，也叫「吃人民政府的飯」，指的是官司；另一個，戴金絲邊眼鏡，西裝革履，嫌熱了，鬆開領口，袖口擼上去，隱約可見刺青；媽媽桑樣的女人，抽駱駝牌香菸，威士忌不加冰塊……這時候，茶桌就有些梁山泊的意思了。

這一天，小瑟被領到埃塞俄比亞這裡，不經他點單，直接送上香檳，細長的玻璃壁，布著細密的氣泡，滅下去又生出來，活物似的。東道主舉一舉杯敬他，他舉一舉回敬了。拉丁舞是個好東西！他循聲看去，不相信似的，因為頭一回聽見埃塞俄比亞說話，尖細卻圓潤，而且有穿透力，爆棚的音響彷彿闢開一條通路。他想，舊時文才們的「雛鳳清音」，大約指的這個。對面人接著說：千變萬化，總起來兩個字，一個「推」，一個「拉」，按中國的理路，則可稱作「太極」，老師你說呢？他不知道怎麼接話，答非所問道：「老師」不敢當！正如眾人言，埃塞俄比亞這回以「I say」開頭了：I say，太極將推拉的銳角化解，變成一個圓，老師會打太極嗎？他抬手擋一下：閣下才是「老師」！哦，就叫你小瑟吧！看起來，對面人很知道他，再又繼續：太極拳所有動作都是球形，將推拉融入行雲流水，更高一籌！

他倒聽迷了，杯中的氣泡全平息了。圓是最高境界！埃塞俄比亞總結，舉杯碰一下，只聽「鐺」的一聲，身上竟打了個寒戰，頭腦卻清醒了，想：叫我過來有什麼事呢？這就顯現他務實的本性，不能相信老闆請他喝香檳是為清談。那人彷彿看得見他的私心：I say，香檳和拉丁舞一樣，重在搭檔，好搭檔！聽著這話，覺得主題將要出來了，可是不，埃塞俄比亞喝盡杯中物，站起身退場了，最後一句是：我和Boy說了，任你點什麼，都由帳上結！來不及婉拒和道謝，人已經走出老遠，繞過桌子，消失在門後面。

接下來的幾回，都沒有遇上埃塞俄比亞，桌子空著，射燈的反光停在上面，好像預告重要的情節上演。差不多忘記的時候，卻不期而遇。這一日，北京的大嬢嬢來，親戚們在酒樓訂一間包房宴請，他出來招呼客人，遠遠看見走廊上，埃塞俄比亞在抽菸，兩人都看見了對方。人海茫茫中的邂逅，多少有前定的因緣，否則為什麼不是本人，偏偏他和他？他們想走近去，卻走不近，總受到阻斷，正是上客和迎客的時間，十來步的距離，好比關山度月。終於面對面的，有些激動，停了停，不約而同出口：好久不見啊！就知道彼此都去過，又都錯過。埃塞俄比亞告訴說，他大半逢單日去，這一向恰恰到外地走了走，所以脫了幾班。他正好是逢雙出勤，單日要陪父母親打牌。自三樓搬進新住戶，就改茶會為牌局，他家三口加樓上老母。因主家姓姚，就叫姚媽，上海人常是用來稱娘姨的，母親嘗試換作「姚太」，她本人卻不慣，又叫回「姚媽」。姚媽白日裡忙家務，晚飯後才有空閒，首場開局在雙日，就順延下來。隔天一場，大家都同意，各家有各家的事，不能全部套在一起，過去的茶會，十天半月才一聚呢，如今已經算得上放縱了。這段日子相處，他們漸漸了解樓上人家的營生，有幾回進出弄堂，遇見那男人騎黃魚車拉了舊木器，送到隔鄰底層住戶的院子裡，越過院牆看見裡面搭了玻璃鋼的雨棚，作臨時堆棧。同樣的情形，還有幾處，就知道是租賃。連阿陸頭家的汽車間，都存放過幾樣，有整件的家什，也有零碎部件，窗櫺、屏風、門楣、匾額，據說租金給得慷慨，也不避忌，實話實說，是個坦蕩人。種田，讀書，當兵，做工，先在鄉鎮木器廠，後來退出來單幹，工農商學兵輪了一遍。如今專作古舊家具，收來的貨，修葺了再出售。工廠設在閔行，住在這裡一是便於收購，市中心小康人家多有些老貨，又逢市政改造動遷，就有棄用的；二也是為兒子讀書，年前跨區考入重點高中，三年後衝刺大學。雖是手藝人，規模做得夠大，似乎並不打算讓後人繼承家業，那孩子也不像行裡的人，生得白白淨淨，屬阿柒頭一類。現在的孩子是吃食還是穿著的緣故，看上去都很相像。

站在前廳，看埃塞俄比亞吸完一支菸，約了碰頭時間，分別進包房。方才還是陌路，此刻已成故交，正應了「相逢何必曾相識」。下一回見還是在舞場，是埃塞俄比亞遷就他的時間，他倒有點感動。又經幾次來回，將心裡的疑惑問了出來：上專座的都是用得著的社會關係，自己卻是個無用之人，何德何能受此款待？埃塞俄比亞笑了，伸出手指點點他：真聰明！人免不了有私心，要沒有，反而會生疑，對不對？他不禁慚愧起來，自覺小肚雞腸，低頭紅了臉。要說私心，就是想開個拉丁舞學校，請小瑟做老師！埃塞俄比亞說。他更難為情了，輕輕「哦」一聲，不敢抬頭。放心了吧？I say——開場白來了，就知道有一番話在後面：私心之外，還有真心，我看你，年紀不大，當然是和我相比，卻是個舊人類！什麼意思？他抬起頭看過去。換句話說吧，是有淵源的人。對面人的手在眼前劃了個半圓：這麼多的人，好比滿天星，別以為一個人就是一顆星，並非！有淵源的沒幾個，甚至全無，那是天上的星宿，有簿籍的。他想起「三」，屋頂上看流星。何以見得？他問。比如你的名字，小瑟，「瑟」這字就有來歷，好比德國貴族的「馮」。他說：那是阿郭混叫出來的。阿郭是誰？埃塞俄比亞問。阿郭這個人——他興奮起來，打開話匣子，阿郭的事蹟真是太多了，三天三夜都說不完，正說得起勁，卻被打斷：再比如——自知扯得太遠，刹住，埃塞俄比亞接著原先的話頭：你的生相，Handsome！這是他愛聽的，尤其是對自己的外形開始放棄的時候，提起神來。Handsome！埃塞俄比亞重複一遍，他有點慚愧，覺得不配：小時候人們都說我好看，現在塌相了，變得難看。不，不，不！埃塞俄比亞很不同意，搖著手：兒童的好看，是上海話說的「趣」，字面看，就是「好玩」，「趣」這個字也有意思；上海話還有一個字也有意思，「吃」，指的「愛」，「吃死你了」，飲食男女，不是「吃」是什麼？然而，終究不能等量齊觀，這就是上海話的局限性；長大了，出水方看兩腳泥，才談得上Handsome，也就是從飲食男女到愛！小瑟你，I say，又好看，又是個男人。說罷站起身，要走，停了停再添一句：什麼時候，我要見見那個阿郭！酒上了頭，他都有點暈，一個人坐著，直到〈地久天長〉音樂響起，推開桌子，和著人群，腳高腳低地走出去。

下一日，他把阿郭帶到埃塞俄比亞專座上。之前，阿郭已經聽到這位仁兄的正史和佚事，一半好奇，另一半，也有些生妒。但阿郭畢竟見過世面，曉得林子大了，什麼鳥都有。那一頭大約也有同樣的心情，所以，兩邊都抱著謹慎的態度。阿郭照舊那套經典行頭：貝雷帽，羊絨圍巾，細格子呢上衣；埃塞俄比亞也是日常穿戴，永不脫卸的禮帽，立領襯衫，外套棒球式雞心領毛衣。兩人應是同齡人，五十六七歲光景。阿郭身胚壯大，說話也響亮。埃塞俄比亞小去一輪，縮在扶手椅裡，出聲低柔，像沒長熟，彷彿阿郭的兒子。開頭三十分鐘左右，雙方都在試水，進一步，退兩步，繞著圈子，沒有展開，氣氛難免沉悶。小瑟又不是會周旋的人，拉不起來場子，聽他們打哈哈，只能乾著急。可是，猝不及防，猶如地線火線觸及，電光掠過，兩人眼睛忽有了神采，話鋒銳利起來。

阿郭說：小瑟很服你！埃塞俄比亞說：名字是你起的，罩他一生一世！阿郭說：名字不過是個叫頭，重在命數，叫做名副其實！埃塞俄比亞說：存在決定意識，或者意識決定存在，唯心和唯物，辨證法處理的就是這個！阿郭說：您的大名是誰叫出來，又是怎樣的造化？對方大笑：我這名好比百家飯，你一口，我一口，紅塵裡人。這邊也大笑：這可不是平凡的根性，羅漢下世，隱在眾生相中。埃塞俄比亞收起笑：阿郭這名又出自哪裡？阿郭也正了臉色：生身父母，柴米人家，一簞食一瓢水。埃塞俄比亞豎起拇指：這就是正宗道統，「禮失求諸野」的「野」……他在一邊發懵，聽不懂他們說話，埃塞俄比亞深不可測，阿郭竟也談起禪來。那頭一拍桌子，這頭也一拍，那頭一仰脖，見底，這頭也一亮杯，見底。他不明所以，只是跟著乾，乾，乾，眼前的人和物都在移動，退，退，退，再進，進，進。最後，讓阿郭架走，那人留在原地，從椅背裡傾出身子，憑空大了一廓，原來是個高人。

他被阿郭推著走到馬路上，電影院的晚場結束了，大門關閉，玻璃門裡亮了一盞燈，照在前廳的大理石地磚，外牆上的海報也停了一角光，光裡的男女顯得曖昧。這個夜晚很奇怪，他想。那些昏黑的弄口，關閉的店面，臨街房屋，分明掩了聲色，往深處，更深處，按下機關，立馬爆出滿堂彩。他們站在街邊，梧桐樹冠投下的影裡。這個人——自然指的埃塞俄比亞，阿郭的臉挨著他臉，看起來就有些變形：這個人，只可遠望，不可近交！為什麼？他問，神志恍惚，一陣清醒，一陣糊塗。你不懂！阿郭將圍巾緊了緊，裹住下頦，彷彿受寒似的：會移性情。他只覺得阿郭也變得難懂，甚至不認識。看他呆懵，阿郭沉吟著，想從何說起，停了停：借上帝的名吧，上帝造人，好比流水線，否則怎麼造得過來，絕大多數沒有差池，就像你我，但偶不留意，亦會出異類，異類有兩種，一種是龍鳳，二種是芻狗！他總算聽懂一點，問道：埃塞俄比亞屬前者或者後者？阿郭見他稍開竅，繼續點化：從外相看不出來，危險就在這裡！他又糊塗了，本以為阿郭知道答案，結果還要自己去找，緊急中，脫口道：可是他要開學校，請我當老師！阿郭無語，剛開啟的蒙蔽，此刻又彌合了。你知道，他忽然著急起來，我現在的經濟，飯是有得吃，但沒有零用錢！話說到這裡，沒法進行下去了，兩人各回各家。

下一日，在專座喝酒，自然要說起阿郭，埃塞俄比亞的評介是，阿郭修得人間禪。他放下心來，知道印象不惡，接下來的話卻又玄了：這禪不好修，得道是大雅，不得則是俗人中的俗人。這會酒喝得不多，細想想，阿郭對埃塞俄比亞的說法大致相近，都是高低兩端，非此即彼，問阿郭屬哪一頭，回答也差不多，都是無解，看造化，即隨緣。要說這兩人旗鼓相當，最是投契，偏偏誰都不容誰。一個明裡，讓他離那人遠；一個是緘默，從此絕口不提阿郭。好在，不在同一個江湖，如不是刻意安排，一輩子也見不著，彼此當不知道。埃塞俄比亞是舞場裡的交道，阿郭是家裡的，他呢，兩頭忙。

現在，家中一改原先的清寂，變得熱鬧。從大處看，是自三樓住戶搬進以後，小處說，麻將比茶會聚得起人氣。牌桌從隔天延展到開六休一，從下午起局，凡三缺一，阿郭就去頂。還有時，父親和母親出客，他們的社交頻繁起來，因故舊們絡繹來往起來，這樣，即便阿郭來，還是三缺一，則是樓上媳婦作替補。他們喊她「大嫂嫂」，這「大」不是從排行來，而是尊稱。逢到他家辦席請客，多半是客戶，從這點看，生意往興旺裡走，姚媽和大嫂嫂都不能來，換上幾個客人，又是一桌，甚至兩桌。也有時候，他請假，去舞場點卯。人們說，去吧去吧，單身男人，外面總有故事。唯阿郭知道這故事的名字，叫埃塞俄比亞。學校並沒有辦起來，需要許多公文和圖章，不如取直徑而行。收幾個學生，舞廳開場前上課，學費從總帳上過，再到他手裡，不知從哪一節上變通，到他手裡高出常規一截。心裡有數，每每要開口，埃塞俄比亞就把話岔開來，推辭和答謝就停在喉嚨口了。

十

這城市在更新換代，不知覺中，街上走的人，年輕了幾茬。上歲數的呢，或者發達成老闆總裁，或者落拓下去，形容凋敝，言出鄙陋。埃塞俄比亞的舞廳繼續經營著，但退到附屬的位置，邊緣化了，因為新一輪的開張了。經典的摩登，如「百樂門」、「七重天」，現代「的士高」，就多了去了。正經舞蹈學校開出「拉丁」一科，還有人專去國外學舞，比如西班牙的佛朗明戈。小瑟手底下的學生原本愛好使然，不求謀職，受旁的吸引，陸續離開，其時有意思的玩意兒也多了去。有二三名保持聯繫，只是一般的交誼，喝茶吃飯，有外國舞團演出，買票看戲，捎帶上他。埃塞俄比亞早已經作了後手，母公司底下，開出子公司：文化交流，影視劇製作，投資諮詢，廣告宣發，內外貿易，附帶時裝模特隊，這就和他的業務沾上邊了。形體教練，秀場指導，他其實也不完全懂，但草創時代，都是邊學邊幹，也自成一體，居然也有了品牌效應。總部在中心地段的商圈租下一層鋪面，兼作練功、排練和拍攝，他就在裡面上班。事實上，這只占小部分時間，大多是跟著埃塞俄比亞談生意，交易商鋪，租賃寫字間，接洽上下家，往往在飯桌或者茶桌進行，還有一兩次在賭場——從居民區走進去，轉幾個彎，進到門裡，別有洞天，隔扇、掛壁、匾額、几案，國色天香，中間有個絲絨半圓桌，玩的是二十一點。埃塞俄比亞教他幾局，見他不得要領，就放棄了，坐到一邊，有小姑娘專門沏茶給他喝。他不懂什麼生意經，只是陪坐，像個跟丁，但跟丁的庶務，拎包開車門，埃塞俄比亞絕不讓他染指，自有底下人做。所以，他更接近幫閒，或者說清客。這樣，就不只是訓練、排練、走秀的時間，而是全日制。於是，吃過早飯甚至不吃早飯出門，連著中飯晚飯，在酒店和客戶共用，入夜方才進門。現在，酒店倒成了他的家。那幾家常去的，前台經理都認識他，服務生自然奉為上賓。這樣的地方就是個勢利場，好聽一點，「顧客是上帝」，不好聽則認錢不認人。

人不著家，膳費卻準時繳納，還有增添，父母那頭就無贅言。早出晚歸的，覺得出他們過得不錯。灶頭上的燒煮講究起來，回到記憶中家道興盛的日子，那已經很久遠了。親友來往頻繁，麻將桌不需要三樓姚媽大嫂嫂充數，單自己人，一桌不夠，又添一桌。從下午到晚上，保母伺候湯水，抽頭似的收穫茶包，所以十分樂意。只不過次日都睡晨覺，他已經算晚起了，幾扇房門還緊閉著，門裡人都到了「蘇州」。倘若沒有外面的應酬，便輕著手腳，生怕驚擾，自己沖杯紅茶，坐在牌桌的一角，把早飯打發了。廳裡還留有昨夜笙歌的遺痕，未收走的杯盞碗碟，斑斑點點的咖啡漬蛋糕渣，哪位女賓遺落的唇膏粉餅，甚而至於哪一位注射過的胰島素藥瓶。空氣裡有一股腐味，透過紗窗簾投進的太陽帶著倦意，地板上的蠟糊了。他注意到廳裡多了兩具紫檀木的器物，一具三面櫃，一具五斗櫥，看著眼生，擱置的位置也不服帖，空間顯得侷促，還擋了光線。猜想是三樓人家借地存放，可見事業蒸蒸日上，而他們家，別看一派熱鬧，實際走在頹勢。草草吃過早餐，碗碟送進廚房，方才聽見保母房間裡有動靜。也不想照面，免得囉嗦，趕緊出了後門。猝不及防地，清新空氣撲面，幾乎嗆了一口，暈氧似的，有些目眩。太陽照在建築向東的外牆，於是，街市一切兩半。日頭直射的這一半裡，櫥窗玻璃、汽車的鍍鎳，行道樹葉，地面的瀝青，外牆塗料裡的雲母，都在閃閃發亮。另一半裡，則是二維的輪廓線，纖毫畢露。要不了多一時，日頭就向這邊推移，攤平光和熱，全景覆蓋。天際線呈現弧度，視野球面展開，有一種俯瞰的效果。胯下的自行車乘著風，飛一樣，空氣中的溼度降解，摩擦係數降低，身心都減了重量，變得輕快。

他暫時不知道往哪裡去，上班的人流已經過去，快慢車道都暢通，他的自行車沿大馬路騎去，十字路口一轉，進了小馬路。樹蔭遮蔽，小學校傳出讀書郎的吟誦，操場上的沙礫也在發光。再一轉，到了背街，前邊是街心綠地。晨練的人也回家了，鳥從樹頂躍下甬道，一跳一跳地走，還有一隻松鼠，這城市竟然有了野物。他下了車，俯身趨近，「噓噓」地吹著口哨，那東西一溜煙上了樹去，不見了。他掃興退回，坐在石凳上，午前時光，上一項活動結束，下一項未開始，生活彷彿靜止了。昨晚早睡，今晨早起，就有了這段餘裕，可是，將它嵌到哪裡呢？他們是夜生活裡的人，這夜生活在蔓延、擴容、洇染，向白晝蠶食地盤，白晝已經讓，讓，讓了，還是不夠夜生活用的。夜貓子不巧闖入大白天，像他現在，其實挺難捱的，自然光刺痛眼睛，飯也不在頓上，睡眠呢，白不黑黑不白的，把夢都擠出去了。麻雀並足橫過甬道，又一隻黃翅子鳥斜飛下來，太陽才從石凳這邊移到那邊，到底有了些變化。一個男人推了自行車過來，隔了幾步，在另一個石凳停住。卸下車後的小音響，斜背的樂器盒，就地打開，取出幾截管子，裝好，是一隻薩克斯。吹幾行音階琶音，然後調試音響，放出伴奏。從曲目判斷這男人的年齡經歷，不外乎那個年代，遍地頌聖，歌舞昇平，連那古老的內省古城，狹巷裡都聽得見西洋的管弦。想到這裡，心頭不由懸起，黃河故道橋下的坡道，石板路上膠皮轂轆格楞格楞壓過去，車輻條吱吱叫……男人的技法算得上嫻熟，但節奏刻板，他想起曾有一個青年應考單簧管，吹出竹笛的音色，大家都笑了。吹奏者關閉音響，在一個轉調的小節反覆練習，是個死腦筋的人。那時候，到處都是蠻力學藝術的人。有了這人，還有樂器聲，他就不那麼孤單，午時的寂寥也好些，時間走得快了，太陽到了中天。他看看手表，估摸差不多點了，起身上車，踩住踏腳，前後持平。年輕時候都玩過「並車」比賽，看誰「並」的時間長。看起來，他武功不廢，還有幾下子。那男人注意到了，伸出手，豎起大拇指，口裡還銜著哨嘴，兩人就有了交誼。太陽真是飽足，角角落落，分分秒秒，都看得見花開，芯子裡的蕊，綴著蜜粉，蝴蝶正在飛來的路上。薩克斯終於越過崎嶇的坎，復又打開音響，跟隨伴奏，流利向前。他也到了時候，放開手閘，腳從踏板滑脫，車輪幾乎離了地面，飛快出了綠地。迎面過來一輛車，喇叭尖銳地叫著，龍頭一抖讓過，騎上人行道，圍著幾個走路人繞幾圈，再下了街沿，箭一般直射而去。

埃塞俄比亞剛起床，正在洗漱。他坐在起居室，早餐車推進來，熱食盤上罩著銀蓋子；車料玻璃罐盛著果汁，紅的西瓜，橙色的西柚；咖啡杯碟和茶具則是韋奇伍德瓷器；蛋杯上的紅殼雞蛋戴著絨線帽；吐司排在烤爐架子；籃子裡是羊角麵包、蘇打餅乾、葡萄乾曲奇、五顏六色的克麗餅、焦糖布丁、巧克力蛋糕……這是埃塞俄比亞的長租套房，臨黃浦江，眺望對岸，新起的建築群，人稱「東方曼哈頓」。浴室嘩嘩的水流，抽風機葉片旋轉，傳出埃塞俄比亞的聲音，叫他吃早餐。他回答吃過了，心想今天起得太急，和這裡的作息脫節了。門上叩了兩下，清潔工進來，收走前一日用剩的杯盞，器皿裡的殘渣和汙漬，就可看見一個不夜的夜晚，還是那句話，這裡自有一個時間的系統。他站起身，從餐車上倒了一杯咖啡，添進三分之一量的牛奶。咖啡這東西，有魔術的效應，改變生物鐘，方才說的，另一個時間系統，就是從它進入。果然，時間倒推回去，重新拉開帷幕，一日之計在於晨，他甚至又吃了點炒蛋。裡面的人出來了，攜帶著薄荷氣味，來自牙膏，洗浴液和剃鬚膏的香型，清除了空氣裡的積垢。埃塞俄比亞裹在紫紅緞面的睡袍裡，禮帽摘去，露出真容。原來長了一張小瓜子臉，大圓眼睛，眼角略微下垂，這樣，法令線變得醒目，也是向下，但上翹的嘴角又將面部肌肉提拉起來，弧度對應成一個圓，不由想起關於「太極」的說法。在這裡，卻產生卡通的效果，使他像孩子，一個老孩子。在餐車前坐下，這餐車立即成了金馬車，灰姑娘童話裡，午夜十二點變回南瓜。老孩子搓了搓手，頎長的十指交錯纏繞，再解開：讓你搬來住你不來！他笑笑：這不來了，比閣下還早到！埃塞俄比亞也笑：我知道你要做走讀生！「走讀生」三個字很風趣，又隱約暗藏些許猥褻，就像摘去禮帽的那人裸露的臉，讓他心裡一凜。那人笑罷了，打開餐盤旁的報紙看起來，忘了面前的早餐。最後，喝了一杯咖啡，餐台幾乎原封不動，推走了。從窗口看，太陽停在江心，幾艘外國貨輪緩緩過去。江鷗載著光，上下飛舞。對岸密集的樓宇叢中，塔吊移動，給「東方曼哈頓」加頂。埃塞俄比亞換好衣服，兩人一同出門了。

此時，節奏明顯增速，他們變得忙碌，從一家酒店到另一家，一桌宴席到另一桌，一波人到另一波，別以為他們閒話白飯，無事忙，許多交遊結識了，許多生意成交，再有許多恩怨，也種下端底。寫字間不過是個幌子，電話、複印、傳真、掃描，一應辦公用品，其實是個擺設，即便來到這裡，也是喝酒茶點閒聊。有時候，他心中生疑，問埃塞俄比亞，公司花銷出去的錢，怎麼收回呢？被問的人沉吟一時，反問：你以為「錢」是什麼？他也沉吟一時：「錢」是消費的憑證。那人不說話，側耳聽著，他也屏息靜聽。遠處傳來電焊切割的銳叫，汽錘擊打，水泥攪拌車轟隆隆壓過馬路，電鑽直旋進腦袋，到處都在破土，鋼筋穿透混凝土，飛躍城市上空。錢在流動呢——那人的聲音極溫柔，你聽聽，洶湧澎湃！他不很懂，但受了激勵，興奮起來。曾經有個時代，口號是「做一顆永不生鏽的螺絲釘」！那人說。他點頭。這句話不過時，我們的錢，就是螺絲釘，換個說法，滄海一粟，你看不見它，可它看得見你，在一部巨大的機器的某個位置，運轉，推動，前進！埃塞俄比亞擺了一個戲劇性的姿勢，提高音量，變得尖細，一個音破了，像金屬劃過玻璃。有點滑稽呢！他不覺笑出聲，趕緊收住。太抽象了，是不是？看著小瑟，埃塞俄比亞有足夠的耐心：具體說吧，銀行看你的貸款紀錄，不是看還貸的情況，而是活躍性，怕的是不動，不動就是死水，良性貨幣是活水，潺潺不息！意思是錢越用越來，不用不來？他揣度道。對面人笑起來：把「錢」字換作「資本」，這句話就成立了，資本是可繁殖的。看他還是困惑，笑得更厲害了：再樸素些，錢在皮夾子裡，一塊錢就是一塊錢，放進銀行，就有了利息，利生本，本生利，於是，消費成了資本。他略明白些，點點頭。一塊錢微乎其微，每個人一塊錢，就大有可觀——他再要問，對面卻「噓」一聲，剎住話頭，窗外的動靜又進來了，窗玻璃震得咯咯響，面前人悄聲說：資本在循環！道理通了，落到現實處境，依然是，怎麼收回用出去的錢！可是，埃塞俄比亞不擔心，他擔心什麼？這才叫皇帝不急急剎太監。

夜晚將臨，心情反而軒敞起來。華燈初上，遍地生輝。他們的座駕，匯入車流，爍爍向前。上南北高架，從摩天大樓半腰繞過，這城市彷彿飛起來。燈光打開另一維度，白晝裡隱祕的空間裸露了，原來有那麼多的去處，綠地花園裡的松鼠、麻雀、黃翅鳥、薩克斯管裡的音階一溜上行和下行，是前一世代的事情，隔著千里萬里，又在咫尺之間。鐳射掃蕩天際，小小的飛行器，夜空裡的舟船，渡著星海，黃翅鳥似的。底下是樓宇的褶皺，一層層亮過去，又暗下來，黃翅鳥變成黑鳥，還有夜貓子，舉著夜明珠，唱著夜歌。車下了匝道，滑到街上，行道樹裡藏著不夜城的眸子，幽微的火，印染成紫色的氤氳。襯托之下，櫥窗格外明亮，一格一格，好像娃娃房，用物擺件，比白日裡縮小尺寸，變成玩具，是遊戲的人世間。瀝青路面彷彿汪了水，其實就是光。信號燈變換紅黃綠，人和車說停就停，說走就走，是推動地球的手。這城市的人多是無神論，不信上帝，但服從命令聽指揮，他們都是螺絲釘！

後來，他隨埃塞俄比亞去了一趟香港。出發之前，特地到柯柯家，問有什麼要捎帶。外婆到底老了，不像過去多話，表情依然很生動，眼睛滴溜溜轉。坐在窗下方桌邊，吃一碗藕粉，瓷調羹刮在碗底，吱吱響。他近前問候老人家，她騰出手，抬起來，從他腰間到自己額頭，來回比幾下，說：小人國！想起第一次來到這裡的情景，窗外的街道、人家、樹，還是原樣，只不過褪了顏色，因為老舊，也是讓周圍的新對比的。她母親準備了一包零食，說香港樣樣有，想不出缺什麼，就帶點孩子從小吃的加應子、山楂片、大牛奶餅乾，說不定他們還記得。另有兩盒珍珠粉，是給柯柯的，那邊潮熱，容易上火，臉上起痘。她母親送他出弄堂，有鄰居迎面過來，看看他，說：女婿啊！她母親回應：帶點東西去香港！就好比做了一路的澄清。想這些年，坊間又多了閒話。

走到弄口，他請柯柯母親留步，母親說：你也稍留步。知道有話說，便站定了。她母親沉吟一下，開口道：柯柯還是一個人！他有些心驚，不為柯柯單身不單身，而是，預感她母親將要與他提的事。你不也是一個人？果然，話來了。是的，他說。夫妻總是原配的好！她母親說，眼睛並不看他，多少是窘的。他迸出一句：是柯柯要分！意思不怪他。她母親冷笑道：當她十八歲閨門小姐，多少機會等著，香港這種廣東人的地方，樣貌就不入她的眼！他不禁笑了一聲，自己也不知道笑的什麼。她母親又說：少年夫妻，不曉得輕重，現在是有兒有女的大人了！說罷，手在他襯衫前襟拍兩下。這動作觸動了他，無論柯柯與他如何，這母親對他沒有過一點不是，甚至於，比親生的還解他心意。停了一時，他說：有數了！對方輕吐一口氣，說：去吧！剛要拔腳，又被叫住：你爸媽好像要賣房子呢，是不是？他收回腳，問：有這種事情？也是聽說，你要不知道就沒有！她母親揮揮手，他方才辭過。

去香港說談生意，事實上盡是吃飯，不是請人，就是人請，連早餐都有安排。他們住跑馬地的酒店，門口就是馬道，鋪了綠氈子。翹首望去，可看見香港公墓的梯階，錯落立著石碑。轉角處有一家皮具店，其他都是住宅，是個鬧中取靜的地方。按柯柯母親給的電話打過去，第一次沒人接，第二次換成夜裡，有人接了，正是柯柯。她已經收到母親的報告，所以並不意外，口氣很平靜。倒是他，起了輕微的波瀾，因為聲音還是原來的，就像看到原來的人。約定時間地點，即次日，正是星期天，公司不上班，銅鑼灣一處茶餐廳。他一步一問，還是繞了彎路，七轉八轉，回到原地再重新出發，到地方才知道離得極近。香港的街路，岔口多，切得很碎，真叫做「差之毫釐繆以千里」，所以耗去許多時間，也還是早到。又怕自己找錯，就站在門口等。相鄰一間馬票下注站，隔了櫥窗看牆上的視屏，也不太懂，卻見玻璃投上一張臉，似曾相識，回過頭去，柯柯站在身後。旁邊還有一個男人，穿棉麻西服，金絲邊眼鏡，雪一樣的白髮，襯出赭紅的膚色。以為柯柯的朋友，結果是她父親。伸出雙手緊握，無名指上戴一枚嵌寶戒，鑲碧綠的翡翠，港派得很，出口則是上海話。三人謙讓著進店入座，跑堂的立馬迎上來，顯然是熟客。

交割了東西，除她母親託帶的，他自己也有給孩子的禮物。一人一件手織的絨線衫，是奶奶的女紅，爺爺是兩本英漢對照小說，《大衛．科波菲爾》、《呼嘯山莊》。盧克盧馨怎麼樣？他問。柯柯告訴，兩人去美國參加夏令營，否則也會一起來，言下之意並不阻礙和父親見面。說完孩子便沒話了，他們原本不是話多的夫婦，吵架都少吵的。其時，睽違日久，更沉寂了。之前的那點期待，面對面的，也沒有了。餘下的時間，都是她父親開講，初涉港埠，開闢生意，從尼龍絲襪做起；內地大饑荒難民潮，港警一車車拉人，本地民眾追著往車斗裡扔麵包、水、身分證；然後六十年代反英抗暴，年輕人戴了紅臂章上街遊行，赤手空拳和警察鬥毆，能不吃虧嗎？他問小瑟，小瑟又沒看見過，只好點頭——然後大陸改革開放，中英聯合聲明，股價漲落，樓市崩盤，衰到底了，再一點一點緩過來，眼看九七回歸，一步一近，唯有重振信心，否則怎麼辦呢？他又問小瑟，小瑟點頭。餐車推到身邊，老人家讓他們挑，自己取一碟腸粉，素白的兩段，澆上番茄醬、花生醬、醬油、醋，凡桌上有的調料都澆一遍，蓋了滿滿的一堆，說：信心歸信心，後手也要留，幾個大孩子都辦了移民，加拿大和澳洲，這邊的——他抬起下頦，向柯柯點點，我和他們說，英語最要緊，一定要學會英語！又朝他掉過頭：我說了香港的希望，你也說說上海的！他靦腆地笑笑，不知從何說起，她父親提示：鄧小平南巡講話，浦東開發，經濟要騰飛，不定要做亞洲第五小龍呢！他學舌埃塞俄比亞：資本很活躍，到處是工地！她父親呼啦啦將一盤粉腸銷掉，讓人想起草創時代人的胃口和吃相，順手又取一份，說：資本這東西，載舟是它，覆舟也是它，操縱是它，被操縱也是它！他虛心請教：怎麼才能變被動為主動？她父親哈哈大笑：不是一兩句話說得清楚，要一兩世人生，回頭望，「輕舟已過萬重山」！他有點喜歡這老傢伙，柯柯一點不像他，初次見面已是從前的翁婿，竟生出一點憾意。餘光瞥見柯柯，他們說話之間，她拆開包裹東西的一張舊晚報，仔細看著。

會面結束，三人走出茶餐廳，一同往地鐵站走。經過相鄰的下注店，她父親說：什麼時候帶你去馬場，最後三秒鐘，騎手弓起身子，立在腳蹬上，不夠眼睛看的，一陣風，勝負決定，驚心動魄！他只當說著玩，不料週日一早，老爺子真來電話，說到了樓下。跑出去，果然停了一輛紅色的法拉利跑車，車窗伸出一隻手，揮動著：快快快！他趕緊拉開車門，還沒坐定，車身已經動了。駕駛座前的人，穿一身紅白運動服，同款棒球帽，墨鏡遮了半張臉：稍停一會，警察就來罰款，分秒必爭，這就是香港速度！原來是老爺子自己，車裡再沒別人，問柯柯呢？回答說：女人麻煩得很，不帶她！話音剛落，就一個煞車，原來紅燈亮了，後面潮湧般壓上一片車。之後的路都是這樣，走走停停，每一停，就湧上一片，齊齊閃著尾燈。老爺子告訴他，平日裡大老闆都坐地鐵，一到週末，私家車便上路「白相相」，又都手生，「抖抖豁豁」，虧得香港人守規矩，英國人調教出來的順民，否則就要撞成「一作堆」！老爺子離家幾十年，鄉音已是港式，但許多上海話的俚俗，他都不會說的，卻屢屢出口。並在車流裡，進不得，退不得，倒說了些男人和男人的貼己。老的問：有沒有可能復合？少的說：你看柯柯對我，一句多的話沒有，怎麼復合？老的話裡就有幾分恨意：她們母女一個樣，只認自己「屋裡廂」的理，當年不肯跟我來香港，就為個名分，名分有什麼意義？唐樓裡住的都是有「名分」的，可是沒有生活，生活最重要！少的想，自己差不多就是唐樓裡的人，不留意生了外心，兩頭不著，柯柯真是吃虧，慚愧道：是我不好！老爺子「嗨」一聲：男人嘛，這樣計較有什麼益處？聽到「計較」這個詞，他倒笑出來了。

車到沙田馬會，已經過午，先吃飯，再去選馬。他也不懂，就挑好名字。其中一匹叫「莎士比亞」，覺得有趣，勾下了，又一匹，「七星戴月」，也勾下了。選好了，給老爺子過目，老爺子說：很文藝啊，但是，選馬不憑這個！就帶他走出去，到沙圈看遛馬。那些馬在遠處沒什麼，逼近眼前卻有一股氣勢，高大俊朗，有幾回朝他噴鼻，一團團熱氣，幾乎將人衝倒。想起柯柯外婆的話「小人國」，不由苦笑，他們都是小人國。老爺子指點看其中一匹，那一匹原地跳著，蹄子刨出一個坑，問他「活潑」不「活潑」？他說「活潑」，再沒可說的。見他不得要領，知道一時半會開不了蒙，這時，離這一輪開跑只剩幾分鐘了，老少兩人進去投注，他的賭資一併由老爺子出了，復又出來，到看台上擠了座位。馬都退到看不見的地方，舉目望去，藍天上白雲翻滾，擁簇又迅速散開，轉瞬間碧空萬里。跑道闌干邊，闢出專區，聚少許人，圍一駕輪椅，輪椅裡是上歲數的白人，穿綠色制服，肩章勳帶，大約有戰功和爵位。他問什麼人物？回答是馬主，話沒落音，發令槍響了。真正一眨眼工夫，就到衝刺關頭，騎手們俯身弓背，閃電般掠過去。看台上喧聲譁然，電子屏幕上的排次飛快移位，決出名次，人聲漸漸平息。他和老爺子下注的馬掉到不知末幾位，底下的白種老人及隨從不見蹤跡，彷彿從來沒出現過似的。他們又玩了幾輪，俯首可及的一回，躋身前三，有什麼用呢？自古以來，文無第一，武無第二，所以更遺憾。回程路上，距他們十幾米開外，跑著一輛馬房車，背板開著窗，露出馬頭，就覺得是那老貴族的馬。他和馬對視著，密叢叢的睫毛，重疊的雙瞼，眼睛很沉靜，面前走過無數風景，是他們人類望塵莫及。前後相跟走了很長一段路，直到一彎山巒之下，方才分道揚鑣。

進了港島，老爺子還不放他回去，帶去太古廣場吃大餐，再到一條背街，說要娛樂娛樂。路燈陡地暗下來，阡陌縱橫的小馬路，時常斷頭。腳下的路面高低不平，好幾回絆個踉蹌，若不是老爺子及時撈住，必定摔倒無疑。他們是兩代人，可少的遠不如老的腿腳健，看他左右輾轉，穿街過巷，必定非常熟悉，定是常來常往。推開一扇小門進去，玄關櫃檯立一個男人，頭上懸一盞電燈，頂光裡的臉，半黑半白，有一種曖昧。派給他們表格，填寫姓名地址職業，他看老爺子龍飛鳳舞，沒有一個字靠實，全是胡謅。櫃檯裡人並不計較，收進去，再一人拍一張立拍得，瞬間做成護照樣的一本，名為會員證，表示俱樂部制的場所。手續完畢，即可入內。一具五六平米的檯子，射燈照耀，四周則在燈影裡，零落坐了三五人。台上的表演循環進行，無所謂開始和結束。就見一個蓬髮女子，看不出年齡，蛇樣地扭動。什麼舞種也不是，一味地翻轉騰挪，身上的披掛一件一件卸下，扔給看客，最終只留一條丁字褲，卻著一雙高跟皮鞋。跨下台來，走到席中間，流連往返，等人取出紙幣，往丁字褲沿塞進，方才退去。稍歇片刻，上來兩位，互相糾纏，又下去向看客挑逗，動作單調重複，甚是無味。他已經困乏得呵欠連天，自己都覺得掃興，不好意思。衣物尚未脫盡時候，老爺子即摸出兩卷紙鈔，一卷掖進其中一個胸罩，另一卷讓他交割，他裝看不見，那女子繞著他兩圈，還是老爺子自己打發了。起來走出，稍一轉折，已是通天明亮，崇光百貨門前，燈光齊發，如同白晝。行人如織，不覺精神又回來些。老爺子感嘆道：你知道有支歌，「夜上海，夜上海，你是一個不夜城」，張開手再合起，擁抱的姿態：這就是我的「不夜城」！又笑吟道：「錯把涼州當汴州」，這一句有點古，但意思對得上！本以為老爺子會替他們的婚姻說合，但從頭到尾並沒有一點涉及，光顧著玩。此時方才悟過來，這一日只為聊解鄉愁，上海故城，那裡的人都是舊親。

回到跑馬地酒店，已凌晨一二點。他們住一套打通的雙人房，盡量輕著手腳，怕吵擾了。迎面投來一束光，原來電視開著，播放世界小姐選賽。背門的沙發上坐著人，他說了聲，我回來了！沙發上人沒有回頭，螢幕的光映在臉上，看不出表情。他像逃夜的小孩子，知錯改錯，溜進浴室，洗漱完畢，再出來，沙發已經空了，電視沒關，聒噪得很。他拾起遙控器，關了電源，霎時靜下來，覺得有點氣悶，便將窗戶拉開一條縫，市聲「嘩」地湧入，這城市還在鼎沸之時。再拉上，復又無聲無息。燈光透不進來，在窗幔上印下模糊的影，萬籟俱寂。此時的他，無比清醒，連夢都是清醒的——前面車窗裡的馬頭，眸子裡碧海藍天，一直看著他；綠衣爵士也看著他；還有老爺子，長著一張蛤蟆臉，又像麒麟，好看的女人都像動物，男人何嘗不是，他喜歡他；赤身裸體的女人，則是反過來，像人的畜類，卻變得可怕！不知怎的，那女人是個男人，就是他，心裡一驚，坐起身子。老爺子和他說話：資本，是個好東西，又是個壞東西，好比變色龍；說到變色龍，老爺子搖身一變，分明是埃塞俄比亞的聲音，尖細溫柔，彷彿風從耳過，涼涼的，在他的臉頰、脖頸、肩膀、沿脊梁骨，一徑下去，到腰和髖骨。一機靈，又起來些，站到了地上，地毯的栽絨搔著腳心，麻酥酥的；喝了酒，是雞尾酒，當時不覺得，其實有後勁，身子發軟；他不缺女人，舞伴與他肌膚接觸，比夫妻更貼近，於是，就有了抗體，幾乎體會不到欲念——他被夢魘壓著了，掙扎著，叫不出聲，急切之中，眼前忽然大光明。銅鑼灣的地面上，人的投影，交互錯綜，比實體還清晰。汽車從高架橋下來上去，維港的遊艇，漁火，鐳射，飛行器，一支旋律在耳邊響，循環往復，終於戛然止住，他睜開眼睛，晨光滿屋，那首歌，一個字也想不起來，無影無蹤。

坐在早餐廳，他胃口不錯，吃了杏利蛋、吐司、茄汁黃豆，還喝了一碗白粥。埃塞俄比亞只喝咖啡，看一疊早報。日光透過玻璃幕牆，斜照在臉上，一半金黃，一半白。自來到香港，就脫了禮帽，他卻有點不敢正眼看，似乎，有一點點猥褻。他想起那句旋律，「東方之珠我的愛人，你的風采是否浪漫依舊」，緊接著，夢裡的情景歷歷走過，比當時更清晰。都是香港給鬧的，亂了心智。方才吃下的東西，似乎返上來，胃在痙攣。將刀叉放回吃了一半的水果盤，看見自己的手在顫抖。定定神，囁嚅一聲：回房間用洗手間！扶了桌子站起來，腿也在打顫，用力過度，碗盞盤碟向對面滑去，對面人伸出巴掌擋了一下，臉還在報紙後面。他走出餐廳，進電梯，再出來，房間門大開，清潔工正打掃。飛快地收拾裝箱，好在也沒有多少行李。新買的沒拆包的西裝皮鞋；還有手表、皮帶、皮夾——父親說的男人的三件裝，少一樣就落魄了；最貴重的是一枚翡翠戒，那天見過老爺子，回來向埃塞俄比亞描繪，本是無心，但當日就帶去，依著手寸買了，戒面更大，成色更足。他猶豫一下，最後一動不動全留下來。走出房間，從背面的貨梯下樓，低頭走過總台，他到底付不出房錢以及日日簽單的費用，推門招了的士，直奔機場。

離開上海不過一月有餘，他卻像換了個人。本來日夜不著家，如今足不出戶，做回母親的乖兒子。牌桌跟前侍奉，三缺一的時候頂上去，座上人有任何需要，香菸抽完了，想吃剛出鍋的糖炒栗子、烘山芋、生煎包子、小餛飩，女士的潤唇膏忘帶了，他應聲便起，做了聽差。如此長大的一個男人，端著小鋼筋鍋，左避右讓過馬路，貼牆走在弄堂，現在車比人多，而且蠻橫，姿態裡總有些瑟縮。家門口的人多已經不認識他，他也覺得陌生，彷彿換了一批，其實不過是小的長大，大的老了。有一次聽人叫「爺叔」，四下看了一圈，方才發現是阿陸頭，身邊站了一個上學的孩子，看上去還是像當年她母親領著阿柒頭，大的老一點，小的大一點。她母親是個俊俏的女人，俊俏的平常人。阿陸頭變得平常，走在人群很難辨認，結婚、生育、過日子，藏匿了她的特質，但等某種契機降臨，又水落石出。他想起她經歷的事故，不由駭然，他自己何嘗不是？雖然沒有宏大的歷史性，而是式微的人生，也稱得上顛覆。現在，他簡直成驚弓之鳥，無時無刻提防著埃塞俄比亞出現眼前。明知道不可能，可就是怕呢！聽到敲門聲都一機靈。事實上，埃塞俄比亞從來不曾找他，都是他找他，想起來，真是尷尬。他怕的就是這個，尷尬！

像他們從小有過練功房經驗的人，無論異性還是同性，肌膚接觸都是常態。漸漸的，敏感度降低了，甚至變得遲鈍。舞台上的情偶，生活中成為伴侶的，並不像世人以為的那麼自然。幼年在俄國學校，校長糾正他姿勢，可將身體摸個遍，很難分辨哪些是必要，哪些帶有一點戀童癖，這也是練功房，尤其外國人的練功房裡的常態。小孩子不懂，長大以後呢，反而有了免疫力。然而，那天晚上，卻很兩樣，身處流域是個原因，夜深是個原因，喝酒是個原因，具體的人和事更是原因——他想起阿郭，路燈的光暈裡，裹在圍巾裡的臉，對他說：你不懂！阿郭是麻將桌上的常客，看見他，並不說什麼，眼神是有意味的，彷彿說：現在懂了吧！所以，他也怕阿郭。如不是三缺一，也不要跑腿當差，便退到自己房間裡，聽見母親說：他在閉關！阿郭就笑，笑聲裡藏了一句話：你們不懂！可閉關有閉關的危險。有一回，他睡著了，醒來正是下午三四點光景，西去的陽光灌滿北向的亭子間，明晃晃中，那一夜晚浮現起來，海市蜃樓一般，當時模糊的場景，此時清晰異常。鐳射掃過窗簾，天花板上光影變幻，腳底忽湧起一股灼熱，迅速上升肚腹，到前胸後背，再向四肢分流，連指尖都燙了。他又要逃跑了，可是，阿郭在外面呢！

和埃塞俄比亞斷了，往日去的場所也斷了蹤跡，手頭很快變得拮据。過去的一段，他太撒漫了。交母親的膳費成倍翻上去，再要降下來就不好意思得很。他把埃塞俄比亞的禮物蒐羅蒐羅：一架蔡司照相機，一架留聲機和黑膠唱片，還有些零碎：望遠鏡、咖啡壺、萬寶龍金筆、幾瓶洋酒、一枚錯版郵票……埃塞俄比亞的東西都是老貨，方興未艾的新世界裡，還沒時間納入新經典，就不好標價，寄售商店大多關門，只能和朋友私下交易。可是朋友，比如小二黑，因為時常受他饋贈，以為是要送他，所以，繞了一圈，並沒有出手，倒少了幾張黑膠。他已經欠母親兩個月的貼補，保母那邊也沒給錢，雖不是名分帳，但總歸習慣成自然。誰也沒有張口，反讓人更加羞赧。他變得消沉，晚飯後從父親菸盒抽一支菸點上，他從來不碰菸，怕手指牙齒變黃，口腔有氣味。他們的行當，就怕這個，上場前都要刷牙。可現在不是不需要了嗎？母親看見了會嘟囔一聲：不如買點甜的鹹的吃吃！說者或許無心，聽起來卻有含義。他默默吸完一支菸，上樓回房間去了。

這一天，他聽見樓上的男人下到底層客廳說話，知道又在談房屋買賣。柯柯母親說得沒錯，父母真是在賣房子，買主就是三樓人家。柯柯母親只知其一，不知其二，這項動議的前提是計畫移民美國。母親下午茶會的「會員」幾乎全去了美國，如今麻將桌是另一批，多少降格以求，難免心裡不平。他曾聽母親和阿郭背後議論，某個女賓用勺子喝咖啡，某個女賓的口紅染在杯沿，顯然是劣質的，還有男客黑皮鞋裡穿白襪子。父親從不參與話題，倘若母親強求他的意見，便說一聲：不容易！不容易！王顧左右而言他，又彷彿歪打正著，切中要害。誰都知道，本尊自己就是「不容易」的那一個，所以沒法計較了。美國來信總是催促他們去，急切切的，好像三缺一等著人到齊。正當其時，父親方面的親屬又接上一系。一個遠房大伯，竟然找到父親在美的出生證明，事情變得可行了。三樓男人走出客廳，上樓回自己家，從他亭子間門前經過，踏著軍人走操的步伐，行伍出身，有一股特殊的儀態，和老百姓就是不一樣。這一點也體現在行事作派，殺伐果決。換成別人，買賣也許在價格拉鋸上周而復始，停滯不前，而這一位，卻節節突進。他忽然想到，將亭子間一併打包，他總該有這麼一點點權屬吧！賣了房子，跟父母去美國——血升上頭頂，心跳得很快，他終於想到一樁不敢想的事情！一分鐘前，還遠在天邊，這時候，突然到了眼前。先有輪廓，然後細節來了，哪裡有缺哪裡補上，越來越圓滿。思緒活躍得要命，按捺不住，彷彿已成定局，不是這樣又能怎樣？他一躍而起，在房間走動，巴掌大的空地，兩步一個轉身，腳在桌椅間磕碰，真像是籠中困獸。

當晚，便向父母宣告決定，誰知道呢？一夜過後，兩夜三夜過後，鼓起的勇氣也許就一點一點消失，那樣，不是一點退路都沒了！他稍作策略，多年來，與阿郭相處，還是得了學習，曉得事情的排序涉及因果，關乎成敗。他先不提賣亭子間，只說陪大人去美國。兩個老人——他們都入晚境了，遠行海外，異地生活總是不安。雖然父親的出生地，可並無絲毫印象，年輕時候的恣肆汪洋，經半個世紀磨礪，早已收縮；母親呢，連上海以外都未曾去到，在她眼裡，都是鄉下，鄉下的人和事，除去野蠻落後還有什麼？當然，美國不一樣，她是好萊塢電影中度過青春年華的一代人，但電影和做夢差不多，渺茫得很，更讓人生畏。和三樓人家交割買賣，表面上議價，內裡實有些拖延，推遲動作。即便如此委決不下，也從沒想過和兒子同行。他們不了解他的生活，婚姻存續中還好些，畢竟不出普遍性的常識，但柯柯和孩子去了香港，他似乎也越行越遠，進到另一個天地。這家人代際之間，向來是疏遠的。父母與他，他與兒女，幾近陌路，即歸因於離散的遭際，又多少是一種注重現實的性格。這樣也好，少牽掛，感情本是負累，至親更加一成。世事動盪，好自為之就算得上善行了。看上去，他們過著精緻的生活，內心卻是皮實的，和農夫有得一比，也因為此，變故未曾讓他們太受傷，保持了身心完好。一旦聽到兒子有意跟隨去國，可說意外之喜，有了依傍，未來變得具體可見。他們討論著將去的城市，落戶的街區，與哪個世家近鄰，日常起居如何。你要學開車，父親說，沒有車等於沒有腳！還要學燒幾道中國菜，母親說，美國人粗得很，什麼都是生食！父親不同意：只是吃不慣，不能說人家不好！母親反詰：家裡總要開伙，天天下飯店怎麼開銷得起！當然，當然！父親迎合著。說到開銷，自然牽出錢來。父親母親的表情沉鬱下來：我們守著死錢，需一分一厘算著花！他賣乖地說：我可以打工，端盤子、洗碗、派報紙！兩個老的舒出一口氣，緊接著意識到要靠兒子了，不覺感到一些淒楚：但是，無論如何，父親說，房子要得個好價錢！終於談到房子，三個人都靜一靜。自鳴鐘打了十點，過了入寢的時辰，談話的興頭也低落了，又坐一刻，起身各回各房。

次日晚上，沒有如他以為的，接續昨天的話題。父親看報紙，母親接了個電話，就放不下來，等電話結束，電視劇又開始了。屏幕的光影投在臉上，明暗交替，房間裡充斥著角色的說話，還有音樂。意識到他們其實在迴避，他的加盟某種程度上坐實去美國的計畫，同時，也更接近賣房子的目標。他呢，因為自己的私心，難免發虛，坐了一時，上樓回房間。可是事情真不能再等了，夜長夢多，過這個村，沒這個店，中美關係，國界開放，還有大伯的想法，都充滿變數。又過一天，就在飯桌上，他開口了：我的亭子間索性一起賣掉！他特別注重「我的」，好比主張產權。母親說：本來也想把二樓出手，但是老話說，落葉歸根，總要留個退步吧！母親將亭子間併入「二樓」，有心或者無意，表示領土完整。他接過來說：你們的大房間不能動，亭子間卻可以放棄，既然走出去，就沒了回頭路！這一遍他突出的是「你們」，話說得再明白沒有了。他驚訝自己竟然具備談判的能力，是來自一種潛質，還是向埃塞俄比亞學來的，在外面混總歸有所得。母親沉吟一刻，說：也好，使用面積附帶公攤部位，就增值了。他簡直不相信「增值」兩個字，出於母親口中，這才叫活到老學到老，市場經濟的時代，每個人都在進步。相比，父親就弱了，也是在沙漠地方待的，文明退化。是的，我和你們合起來議價！他又強調「合」這個字，就讓人無法忽視，「議價」的措辭則顯得專業。自家人談生意真是麻煩，話都不能說開，暗藏機鋒。後來，終於將三樓老闆逼出一個稱心的數字，就面臨拆算的問題。這一回，不得不擺上桌面，所謂親兄弟明算帳。

一種算法是按面積計，一是一，二是二；另一種比較複雜，如母親先前說的，公攤部位的分配，彈性就大了。亭子間從理論上也有附加值，加入進來，每平方價格不是漲上去了嗎？但從設施看，它又沒有專屬，衛浴、走廊、過道，都不在獨立使用範圍。父親依然不參與，只他和母親面對面。開始還是平靜的，但因爭執不下，逐漸趨向激烈。也不是吵嚷而是講道理，彼此述說自己的困頓。母親從父親判刑起始，獨撐市面，最後迎來一個老貧的人，幾近半個世紀已經過去；他的故事簡短一些，單身北上舞蹈學校，吃盡大漠風沙，世人冷面，直至中年，孑然一身，兩手空空。母子二人合起來一整部家族史，主旋律為失去，失去，失去，所以，最後的一點剩餘，人生的托底，誰都不能讓。這也是有產者的悲哀，倘若徹底的無產階級，像汽車間的人家，赤條條一身，白茫茫大地，要爭只能爭自己，便無風無浪。阿郭被叫來調停，這中人不好當，應了手心手背都是肉的老話，一頭舊交情，一頭小兄弟，一頭看著老去，一頭看著長大，左右看看，還是小的該讓老的：你年輕，還賺得動！他不由苦笑：奔五的人，怎麼敢說年輕！再往深裡勸，回話也更狠：餘下的日子長，才要積蓄！這樣的說法先是傷了老人，覺得來日無多，二是傷自己，想不到就臨了坐吃的境地。他向來沒有後顧之憂，不是樂觀主義，他才沒什麼「主義」呢，而是過一日算一日，其時不免感到淒楚。談到談不下去，雙方都負氣掛免戰牌，阿郭也沒有辦法了。不期然間，他轉了心思，讓步了。誰都不知道，只有他知道——在電影院裡，電影院成了避難所，小二黑還記得他，常送些內部票。走進放映廳，暗成漆黑，便忘了煩惱，但等片尾曲響起，場燈大明，煩惱又回來，比之前更加壓迫，但下一回依然要去，就像癮君子。他看見了埃塞俄比亞。電影已經開始，遲到的人彎腰尋找座位，側影投在銀幕上，禮帽下，鼻梁、下頷、銜在嘴裡的菸斗，一幅單筆畫，英國小說的石印插圖人物，不是那人是誰？他悄悄起身退出影院。之前，三樓老闆私下裡允諾，單給他兩萬元，他慷慨激昂地推辭，說自家的矛盾自家解決。這天，他主動上樓應下了。

接下來是一系列繁瑣，文件的來去，身分公證，表格填寫，預約面試。某個細節不合規格，打回來，推倒重來，再是公文、證明、填表、預約，還需要美國國務卿簽名，竟然也簽來了。時間過去半年，父母的簽證下來了，他卻沒有消息，不知卡在哪一個節骨眼。猜想是年齡，不上不下，不是老也不是年輕，最有嫌疑占用全民惠利，成社會負擔。商議讓老的先走，他隨後跟上。因為有了留守，出行變得簡便些，始料未及間，他的簽證卻下來了。於是，闔家舉遷，就有連根拔的意思，事情又變得急驟起來。購買外匯額度，半國家半黑市；收拾東西，寄存、棄用和帶走；告別親友，明裡暗裡，欲說欲止，多半個世紀的經驗，養成謹慎的習慣，防患於未然，萬一，萬一什麼？什麼都可能。這才覺得真要走了！

二樓大間的保留是必要的，總有一些難於取捨歸置的物件，也是念想。父親還好，他這一生，多是漂泊，不過再移一處地方。母親就不同了，出閣離開娘家，便在這房子裡兜兜轉轉。經年蠶食割讓，龜縮到國中之國，究竟還是那個小王朝，螺絲殼裡的道場。只是流淚，一點忙幫不上，還添出許多慰藉的義務，幸好有阿郭，三樓的老闆又是個豁達人，全款都已到帳，沒有一聲催促。他一心要走，就顧不上傷感，最後的幾晚，擠到大房間裡，箱籠收齊了，一溜站著，留下的家什蒙上白布罩，也是依牆。母親早早上床，面壁而臥。父親擺弄一架手裝的幻燈機，他為孫兒做的，餅乾盒裡，整齊排著幻燈片，抽出來，擰亮了燈，投在白粉牆上。他想起柯柯，小孩子玩膩了丟下，卻始終為她喜愛，閒閒坐在桌邊，一幀一幀放著圖像。那時節，電影院裡一片肅殺，哪裡有牆上世界的姹紫嫣紅。光影裡的臉，扇動的眼睫，即使平淡如柯柯，也是有心情的。他生出輕微的悔意，沒有在香港抓住時機，也許，也許可能復合呢！不只她母親表示態度，她父親更大有促進的意思，他喜歡這老丈人，看得出，老丈人也喜歡他，那個夜晚真叫做，別時容易見時難。

十一

東京轉機，看見一個男人，走過他們的候機口，一手一個白布包，頸上掛第三個。布包的顏色和形狀，像是骨殖的裝殮。於是，男人的表情和步態顯出肅穆。十八年以後，時間過得飛快，彷彿一晃的工夫，十八年過去，他也像那個男人，帶著三個人的骨殖，坐在機場。父親，母親，第三個——多次回想這情景時候，常以為是自己。那些氣餒的日子，想起的都是不祥的徵兆，結果是父親的大伯，收藏父親出生證明，為他們作擔保來美的那個人。

父親的大伯其實是那一系裡，排行最末的姑母，從小驕矜，不知由誰起頭，討饒地稱她「老伯伯」。她一生沒有婚育，是不願受婦道的約束，也是沒有遇到合適的人，侄男侄女便沿用諢稱，一直叫「大伯伯」。大伯伯讀的是護士學校，在舊金山一所公立醫院做事，父親就是出生在這所醫院，第二年隨父母兄姊登船回中國。上世紀二十年代的上海，人稱東方巴黎，有許多機會，後來的事實證明，祖父奪得先機，家業平地而起。他應該叫「姑婆」，但姑婆染了美國的風氣，讓他叫名字，悉妮。悉妮八十歲，住唐人街一幢三層小樓，是開洗衣店的先人留下的祖產。鼎盛時期，同住有七八個家庭，有近族，亦有疏親，廣東台山原籍的人就這樣一戶一戶帶出來。光陰倏忽，老的過身，小的離開，漸漸散了，最後只剩悉妮一個。美國人都很獨立，她也是，公立醫院的退休金很過得去，又有各項保障，真不必靠人。天有不測風雲，上下樓梯，踩空一級，從二層跌到一層，股骨受傷。這年她虛齡七十三，中國有句俗話，「七十三八十四，閻王不叫自己走」，不禁有些害怕，悉妮到底是中國腦筋，從此，就開始籌畫養老。安老院是無論如何不考慮的，僱僕傭的人工也無論如何開銷不起，於是，想到請親屬同住。國內外遍搜，想到上海的他們。屈指算起來，這侄兒，其實沒差她幾歲，六十幾不到七十，聯合國關於年齡分段的新規，正值中間層，太年輕的她不敢領教，有代溝。新大陸的公民，最忌諱老和病，這是他們的階級觀。她一輩子要強，不想在最後的日子受小崽子白眼。常聽國內傳出消息，這裡的新聞也有報告，那裡的人和事，大多不堪。鄧小平主事好了些，但還不是千方百計要來美國？幾乎家家華人都擔保幾門親戚，彷彿回到上一代的情景。她算了一筆細帳，住房是現成的，膳食有限得很，等申請到永居，自有一份社會福利，就抵過去了。醫療是個問題，可她在公立機構退休，親屬享有部分保險。總之，只要簽證下來，政府絕不會讓人流落街頭。支出只在擔保費用和單程機票，比較當地的人工，還是划得來太多。至於後來添出的那個人，讓她重新打一遍算盤，結論是利多於弊。一個青壯到底有益處，門戶安全，跑腿，出力，修理——這百年老房子，一會兒電跳閘，一會兒水管堵，夾牆裡老鼠做窩，木結構的接縫都鬆動了，就因為一塊翹起的樓板讓她摔倒，意識到老境將至。人還沒到，活計已經排好了，還有，餘下的時間，可促他打一份工，掙自己的零花錢……得自家族遺傳的生意人秉性，異族人中間生存，又是單身女人，凡事都需想周全了。

果然，正是在悉妮的計畫裡，不過調換了角色。修理的任務由他父親一手接過去，疏通了管道，還在座便器安裝了抑制反溢的閥門；棄下舊線路，另排新線，以及保險絲和空氣開關；門窗扶正，樓梯加固，老鼠洞堵上，夜間再不會有異響。陪護的活不是預先設想的母親，而是他們的兒子，第一眼看見，就改了主意。母親的乖孩子，現在成了悉妮的，倚在膝下，不用開口，要的東西就遞到眼前：一杯熱茶、一碟子曲奇、報紙、捎帶上眼鏡、跳棋盤——兩人面對面對弈。而且長相英挺，讓她想起父親，即他的曾伯祖父，從台州出海，打下天地。雖然是旁系的旁系，卻彷彿一個模子脫出來。悉妮自小心目中的梟雄，打天下的人，唐人街上的台州幫大半由他帶出來，人稱老太爺。有了這個榜樣，什麼男人能入眼？讓他推她去教堂，自從股骨受傷，就坐上輪椅，等上海一家來到，更不肯下地了。教堂裡的兄弟姊妹，大部華人，讓開道看他們走過，有一種不真實的效果，戲劇場景似的。正是悉妮喜歡的，眾人矚目，在她的安排下，他受了洗。這樣，母親便分配炊事。她連自己家的廚房都極少進去，一輩子靠人做了吃，最不濟的時候還有阿郭，隔三差五地替她侍弄灶頭。頭一天開油鍋就引發火警，第二天是煤氣洩漏，第三天，剖魚割了手指頭。不得已，兒子與母親換工，可她聊個天都聊不起來，還起心底怕這老姑婆。頭髮染得漆黑，這家人不分男女老幼，一律毛髮旺盛，年輕還好些，到這個年紀就以為髮套。底下一雙銅鈴大的眼睛，睫毛捲上去，這才是假的了。藍色的眼影，大紅嘴唇，大紅蔻丹的十指，彷彿要抓了吃她！況且從來都是人陪她，她哪裡陪過人？櫃子上的台鐘停了似的，一動不動。讓男人替她，門鈴又響了，推銷保險的跑街先生，吐嚕嚕說出一串外國話。她也是學過英語的，臨到實踐，就派不上用場了，一個字聽不懂，還得坐回去，騰出男人去應付。最令她失望的是，來到美國幾個月，過去的茶友一個也沒見著面，也不敢打電話，因是要請示老姑婆，多半不會應許，倒要查戶口一般問上半天。多虧有丈夫兒子周旋，幫她補了多少不是。三個人生活在同一屋簷下，互相卻難得見面，咫尺天涯。晚飯過後老姑婆終於睡下，讓人走開，「私人時間」，她的原話。按理可以自家人相守，可卻逃跑四散，各在一隅。許多心情是經不得面對的，面對更難堪。他們回到自己房間，這宅子就是房間多，是過去歲月的遺骸。那些熱騰騰互相拉靠，大車店樣的日子，等他們來到，已經冷涼了。細想想，悉妮這人也不容易，曲詞裡唱的，「眼看著起高樓，眼看著宴賓客，眼看著樓塌了」，骨子裡要有股子硬勁，才挺得住。

這房子，住在裡面，像個鐵籠子，走出去，又覺得是紙糊的。夾在左右店面裡，看也看不見。這一條街，可謂甚囂塵上，肉鋪、魚檔、菜場、飯館、超市、點心店，當門支起油鍋，上下躥著丸子四角包，籠屜層層疊疊高過頭頂，吐出團團蒸汽，落到地上滾成球，忽破開一條縫，擠出一蓬蓬鮮花，招牌上寫著「一剪梅」，猝不及防的浪漫，柴米油鹽裡的一點精神生活，哂笑之餘，令人動容。有一日，母親在底下遇見老友，拖個拉桿箱來買菜。兩人站在熙攘的人流中說話，一會兒推到東，一會兒推到西，最後，竟然跟了老友走了。家裡沒她這個人，並不覺得有什麼不便，他們父子都猜到是不是去某位舊好家中，只悉妮著急，因她是擔保人，必須負責受擔保人的安全。讓父親給朋友打電話，通訊錄卻被帶走了，看起來蓄意已久。得了允許，父親趁機將自己的關係聯繫上，還學會讓對方付款，到底找到了母親。問她為什麼不來電話說一聲，回答是並不知道這裡的號碼，為什麼不查黃頁，回答也不知道「大伯伯」的名字。大家奇怪一個什麼都不知道的人，卻沒有被人賣掉，悉妮說了一句：賣給誰，那麼笨！話裡透出蔑視，那兩個看見她眼睛裡的自己，都沉默下來。

母親平安回家，還是走時的那一身，買菜的提兜也是原來那一個，但這房子裡人看她卻有些不同。就像一個成功逃學的女生，走進教導主任的辦公室，慚愧掩不住，更多的則是得意，又因為見了世面，人生變得沉重，一下子長大了。「長大」用於六十多歲的人實在不妥，可這一個何嘗長大過？廚房裡的活計沒什麼長進，陪護也還是悶坐，找不到話說，下棋也不會，但原先的瑟縮不復存在，辦錯事吐吐舌頭過去了，受責罰會頂嘴，奇怪的是，悉妮並不惱怒，反而有所忌憚，變得克制。如此，他也稍得空閒，得以出去逛逛街，走遠了，就到海邊，看灣區大橋。母親這一走，彷彿打開一扇門，讓房子裡的人走出去，獲得自由。其實，本來也沒明文規定，都是自己縛住手腳，唯母親無知者無畏，打破禁錮。

紀律稍事鬆懈，繃緊的精神緩和下來。悉妮的「私人時間」，現在也是他們一家的「私人時間」，光陰彷彿回到上海。吃過晚飯，聚在燈下，說些閒章。母親告訴他們——她倒成了最有見識的人，她說，邂逅的那老友，說投靠親戚，其實做「Baby sitter」，就是帶小孩，都沒敢領她去家裡。她們住在旅館裡，和悉妮房子只隔三個路口，台灣人開的，可以說「華語」，這也是新詞，「華語」！老友和親戚說上海來了朋友，代她報了個旅行團，請幾天假，你們知道——母親咂咂舌頭，這幾天要扣工錢的。他們問旅館費誰開銷？母親說，本來ＡＡ制，但看老友可憐，不但住宿，連吃飯都是她做東，不過對方請了一頓飲茶。

朋友說，美國人的錢都在各種保險裡，衣食住行則靠借貸，連張沙發都是分期付款，背一身債，口袋裡拿得出一百塊錢堪稱富人，不像我們，哪怕一塊錢，也是自己手裡的。這幾天，她們去了金門大橋，漁人碼頭，有住在城外的兩個茶友專過來會合，打了幾場麻將，那就更近了，就在下一個路口，有麻將館。說到這裡，母親往後一倒，靠在椅背上，四肢攤開，像壞了的布娃娃，有一種類似體面的撐持在潰決。日子變得順溜，他們稍稍放縱了手腳，說話行動自如。並不是當成自己的家，不分你我，恰恰涇渭分明。悉妮每月收取膳宿水電開支，反過來，額外的服務，也不憚於向悉妮索酬，當然，數目是菲薄的。這時候，他們就像陌路，可美國不就是這樣，夫婦間你我兩清，兒女做家務，大人也會給小費，這才是真正的家人，而不是主僕關係！他們甚至還要求休息日，不多，兩週一次，遠不到勞動法的規定。傳統中國的人情社會根深柢固，逃不掉的。有一回，一家三口穿扮停當，赴老朋友生日宴，臨出門，向悉妮告別，只見她兩眼巴巴地望著，他忍不住說了聲：悉妮要不要也去？不料她點點頭，要求給十分鐘準備。三個人等在門廊裡，父親和母親不說什麼，表情頗不耐煩，是怪他多事。悉妮很快出現了，臉上敷層粉，加件披肩，拿了手提包。

悉妮表現很好，收起目無下塵的倨傲，隨父親的介紹與在座一一招呼，送給壽星一個不大不小的紅包。每每給她斟茶，便點頭叩指，有調皮的小孩叨擾，並不嫌棄，還抬手欲將愛撫，小腦袋一偏，讓過了，就笑笑。他們從未見過她謙遜的樣子，難免生出惻隱之心，想到孤寡的可憐。經這一次出行，融洽了感情，否則，長遠的日子，怎麼一天一天度過去。他們是連回頭路也沒有的，這句話，三個人想都不敢想，就更不敢說了。他們是見過唐人街上的安老院，唐人街像電影裡的清朝，他們可是來自上海，落地就是現代主義，不要說安老院的苟延殘喘，路上走的都是末代遺民。幸好，他們沒有捱到最後一步，而是中途下車。順序卻沒有按照自然規律，第一個到站的是母親，來到美國第三年，虛齡七十，患乳腺癌。她是個享福的命，熬不過放療的苦，突發心梗，來不及送醫，在家裡走的。看她躺在床上，這是一張歐式古典風格的四柱床，垂幔圍起，又變成布娃娃，新布娃娃，穿了荷葉邊的睡裙，臉色安詳。他和父親立在床腳，悉妮也離開輪椅，爬上樓梯，走進他們的臥室，守了半日。這對父子倆是個安慰，又有些怨懟，若不是她，他們一家真就是孤懸海外，也正是她，讓他們到此絕境。因悉妮的面子，教堂辦了一場追思，也是安慰。晚上，父親與他坐在燈下，交代道：將來，一定要把母親和自己的骨灰帶回上海，至於你——父親說，不必循我們的老路，順其自然。

坊間常說，夫妻一方走後，另一方有三、五、七的坎，過去了便無計數。父親是過了十年，八十三歲上無疾而終，稱得上超限期。但以他的身體，本應該更有壽，九十多歲的老姑婆還活著呢！他暗以為是移居的緣故，這個歲數實在不能夠棄舊求新。他和悉妮又一同生活五年，悉妮到底老了，性子軟弱下來，曉得離不開他，不得不有些屈就，他便成了作主的那個。然而，和一個老太婆過日子，需要拿什麼大主意？不過乎採買和飲食，再有，悉妮用養老金做理財，選擇哪一項產品。於是，他學會看股市行情，就又打發掉一些時間。他始終沒有學好英語，在唐人街，一輩子不說英語都可以，可是，終究阻礙了社交。所以，他比父母在世更少出門，蝸居在這幢房子裡。房子在父親手裡的修補逐漸露出破綻，還因為缺少人的活動，加速頹圮。他也過了五十歲，算半個老人了。沉暮中，恍惚覺得四壁合攏，將裡面的人一併埋起來。這簡直滑稽，他和她，嚴格說素昧平生，血緣本來就是抽象，父母下世就更疏離了。又唯其如此，他們兩個可憐人才是同命運，惺惺相惜。

悉妮的後事由教會一手承辦，散在各地的親屬沒到，只他自己。按美國人的習慣，悉妮也留下了遺囑，正如母親說的，買完諸項保險，口袋裡有一百塊現金就稱得上富人。悉妮當然要多一些，中國人是要留後手的，卻也有限。房子權屬歸了教會，他可住到百年之後。首飾、銀器、還有幾幀不出名的小畫，分送給教友，給他的是一枚嵌寶戒，玉石面上已有淺淺的裂紋，是她母親的東西，可視作祖傳。憑囑託依序辦理，唯有一件事他做了主，就是骨殖。悉妮的意思是「塵歸塵，土歸土」，扔進義塚，沒聽她的，而是裝殮起來，與父親母親放一處，有朝一日，帶回中國。

他是一定要回去的。從悉妮留給他的錢裡，劃出機票，等待機會。至於什麼樣的機會，他也是茫然。坐在房子裡，覺得已經變成又一個悉妮，可是機會還沒有來到。事實上，更可能是拖延，拖延到某個時候，機會自然來臨。其間，他按時去教堂禮拜，做些義工，想上帝會賜予他機會，這是茫然中的希望，不作為中的作為。果不其然，想也沒想到的，阿郭來了。跟隨旅行團，帶著家主婆，舊金山是第一站，從西岸玩到東岸，最後掉頭直飛舊金山出境。來到第一天，就打電話約見面。落腳的旅館在南灣，他穿過整個城區去見阿郭。來美國十幾年，他從來沒有離開過唐人街周邊，就像那種老唐山客。夜裡宿在阿郭房間，次日跟旅行團做一日遊，傍晚大巴從奧克蘭返回，行駛在灣區大橋，有一個滑行的弧度，舊金山的燈火彷彿從海底升起，一片璀璨，可是，他要走了。

等阿郭他們從東岸折返，他已經收拾好行李，向教會交付房子鑰匙，提前搬到機場附近小旅館住了一夜。沒想到也想到，又是阿郭帶他回家，總是阿郭帶他，父親，母親，還有悉妮，這老拖油瓶，一起回家。他計算好了，父母賣房的錢，花銷所剩，悉妮給他的尚有結餘，加上自己炒股票的零碎收益，合起來可以做一個墓穴，阿郭會幫他辦的。是北京舉辦奧運會，上海籌備世博會的二〇〇八年，十幾條地鐵線同時開工，飛機降落，看得見地平線上的塔吊，小小的，玩具似的，越來越近，近到眼前，刷地越出視線，不見了，落地一個新世界。

在一次中老年拉丁舞比賽上，他遇到阿陸頭。她們家已經動遷，離開原來的地區。睽違二十餘年，還是一眼認出。兩人都老了，頭髮顯然染過，漆黑的，阿陸頭鬢邊一朵大紅花，化妝很濃，就像面具。他的臉也是面具，因粉擦得太厚，眼影鼻影用的是一種藍綠色，近看有點嚇人。後來卸了妝，清水洗面，彷彿脫去一層殼，反倒顯得年輕。應該說，他們都是不大顯出年齡的那類人，裹在羽絨衣裡的阿陸頭甚至比過去更纖細。他在演出服外穿了件細格呢風衣，像從上世紀三十年代好萊塢電影裡走下來的人物。邂逅使他們高興，共同想起搭檔的日子，準備著參加拉丁舞電視大賽，卻猝然中斷，恍然隔世。這一回，他們都進入了複賽和決賽，又一併落敗。說實話，多少受舞伴的牽制，倘若他和她，尚可博一記，沒有誰像他們的默契。可事情不會掉頭，就像婚姻似的，錯過就錯過了。不過，這只是失利的偶然性因素，從大趨勢看——他驚訝這城市的拉丁舞水平提升極高，和當年不能同日而語，即便這樣的業餘愛好者，也超過那時候的專業舞者。參賽中還有外國人，一個來自東歐的男子，舞伴是他的中國太太，看得出受過現代舞訓練。東歐人讓他想起俄國學校校長，四肢頎長，緊窄的腰和胯，動作起來如同閃電，說收就收，沒有一點拖尾，真就是「靜如處子，動若脫兔」。相比身體，臉部稍顯得鬆弛，眼袋下垂，法令線深，可能不是出於衰老，而是憔悴，經歷過革命震盪的人，都生成這樣的面相。所以，名次的結果並不出意外。就這樣，他和阿陸頭聯繫上了。

這個城市裡的熟人已經不多，小二黑去了澳洲，由他帶動的一些關係便也退出了。樓裡的鄰居生意擴得很大，在青浦圈下一片地，從安徽老家買了老宅院，拆了搬過來，組裝還原，做成一個公園。市裡的房子出租，他留下的那一間則保留完好，幸虧留下它，否則，怎麼葉落歸根？老闆專過來看他，請一頓飯。飯店與老闆相熟，可能也是名下的部分，因前廳後堂擺放的木器看著眼熟，像是在他家寄存過。老闆說，那時節事業剛起步，否則房子開價就可以更寬些，讓他們吃虧了！私下答應的補貼，後來他又交回去託收著，老闆替他買了幾個基金，連本帶息存進一張卡裡，此時就放到跟前，竟增添數倍。這一年，遍地利好，他回來對了。埃塞俄比亞呢？據阿郭打聽，埃塞俄比亞在滬上算有點小名氣，兩年前資金鏈斷了，坊間的話，就是一個瓶蓋套七八個瓶，變戲法似的，移來移去終於漏出缺口。事發之前，聽到風聲，更可能是有意放出去，跑路了。這就是資本活躍，有人發財有人破產，風水輪流轉。父母兩邊的親屬，本來就疏遠，多半也散了，餘下有二三人，走在馬路上都未必認得。柯柯家的那一條街，高架工程中全部動遷，外婆在紛亂中去世，她母親領了房屋對價的貨幣，還是去了香港。儘管滿目陌生，但生於斯，長於斯，無論滄海桑田，都是原來的那一個上海。修地鐵將百年懸鈴木全戕了，他卻還聽得見蟬鳴，甚至，毛辣子的刺痛，時不時來一下。高層建築呈合圍之勢，他們這一截殘留的老弄堂成了盆地，頭上的一爿天日出日落，掛角的月亮，從開埠至今，沒有換過。美國是好，可他躋身的一隅比中國還中國，南粵人的臉相，招牌上廣東話擬音的漢字，店堂間供的趙西元帥，七月十五中元節的香燭，過年的舞龍，太平清醮……讓他想起上海閩廣人聚集的一帶，騎樓底下，女人的木屐呱嗒呱嗒敲擊在卵石路面。現在好了，防波堤上修起觀光台，對面陸家嘴，走時還是一片農田，如今號稱「世界會客廳」。上海就是常變常新，所謂「摩登」，他雖然念舊，卻絕不因循成規。就像鄉下人到上海，眼睛都不夠用。有一次，乘公共汽車，他左顧右盼，這也不認得，那也不知道，熱心的乘客與他指點，最後問他從哪裡來，支吾半時，方才說出「美國」，人們譁然道：你不是耍人嘛！他只能苦笑。

他常去的舞廳，埃塞俄比亞不在了，他才敢去，那舞廳竟然還在。陳設裝置老了，客人也老了，年輕人都去「的斯高」，那裡有先進的音響，重金屬音樂，新潮的打碟手，還有搖頭丸。那酒保似乎認識他，專調一杯雞尾酒，搖壺爍爍閃光，即便這樣老舊的舞廳，也在進步呢！酒保將他介紹給幾位女賓，推上場，本以為早忘了舞步，一出腳全回來了。轉眼間，他的茶桌邊圍起一圈人，排隊和他下池子，一曲連一曲，簡直停不下來。奇怪的是，向晚時分，舞客們陸續走散，音樂也消停下來，就像童話故事「灰姑娘」，十二點就要回家。下一日，他去了晚場，白晝的客人一個不見，吧檯停了營業，換成飲料，甚至還有瓜子。漸漸上座了，年紀輕輕，多是粗作的樣貌，挽袖捋臂，說話行動帶著鄉野氣，踩不到點，就是力氣大，掄起來腳離了地。有幾個俊俏的女人，眼神顧盼，占住幾個善舞的，叫他們師傅，師傅是場子裡的搶手貨。其中一個過來搭訕他，眉眼畫得極濃，態度又極諂媚，像厲鬼的變身，他一害怕，跑了出來。聽身後有人喊他，跑得更快，最終還是喊停，回頭看，是酒保。

酒保問：不認得我了？端詳一刻，覺得眼熟，卻依然搖頭，酒保笑了，摸出一副墨鏡，戴上：這樣呢？他哦了一聲，原來是埃塞俄比亞的司機，都叫他「嘖嘖」。先領到調酒師執照，再轉包了舞場，走的親民路線，薄利多銷。日場面向退休的中老年，夜場則外地務工人員。嘖嘖邀他喝一杯，就在街邊的酒廊，門面敞開，縱深卻望不見盡頭。就坐在吧檯的高凳，他不會點酒，嘖嘖替他要一杯粉紅女郎，心裡感嘆，上海就是上海，一步不脫班時尚生活，甚至還更趕超。就著吧檯裡的射燈，才算看清嘖嘖的臉，以前從沒有注意過。好像帶什麼暗病的青黃面色底下，其實相當清秀，一雙女性的吊梢眼，纖細挺直的鼻梁，唇形清晰，嘴角微微下陷，臉頰顯出嬰兒肥，就有幾分稚氣，下頜上一個淺坑，有些像小瑟呢！但他已經老了，又經這些年的辛苦，肌膚鬆弛，五官下垂，而且，體重增加二十斤，身軀和臉盤闊出一圈。看著眼前的人，彷彿多年前的自己，心裡諸多感慨。微醺中——粉紅女郎起效了，只見那張俊臉笑著，尖尖手指挾著車料玻璃杯，輕輕叩一下他的，「叮」一聲響。

瑟，嘖嘖這麼稱他，歡迎回來！他不知道怎麼應對，陪伴悉妮的日子，幾乎是囚禁，他都忘了場面上的寒暄，只說：謝謝！在美國，不是「謝謝」，就是「對不起」，在哪裡都不會錯。事實上，美國人就是原始人，很簡單的，借了酒意，他忽然自大起來。嘖嘖說：我們獨缺瑟這樣的人！他不知道「我們」指誰，除了嘖嘖還有別人嗎？但沒有問出口，耐心聽對方說下去，幾分鐘裡，他似乎長了心眼。上海這地方，就是會培養菁英。瑟難道沒有發現，大家都喜歡你，爭著求教！他點點頭，確實如此，女賓們團團圍住他，一輪一輪下舞池，華爾茲、倫巴、吉特巴、快步、慢步，記不得舞伴的臉。轉燈底下，臉和臉沒有區別，要說區別，只在氣味。香水、古龍水、手腕內側的玫瑰膏，還有呼吸，薄荷、薰衣草、百香果……嘖嘖的聲音在耳邊繼續：瑟到我們這裡做老師，酒水免單，拿一份底薪，這些算不上什麼，主要是小費，應該說是學費！他說：我不缺錢！嘖嘖又笑了，笑得很嫵媚，眼睫閃爍：市場經濟，有付出就有獲得，我們，或者說她們，不能剝削你！他服氣地點點頭，嘖嘖是不是接過埃塞俄比亞的衣缽，他和他，都是同一個老師的弟子。工作時間不長，傍晚四點到六點，或者五點到七點，之前都是下崗的叔叔阿姨，四零五零，之後呢，打工仔多，沒有素質，沒有資格做瑟的學生！他清醒過來，問：這兩個小時算什麼樣的學歷？「學歷」兩個字用得俏皮，只半杯酒的工夫，他變得機敏和有趣。嘖嘖有點納悶，他解釋說：大專，本科，研究生，哪一檔的課時和計價？哦！嘖嘖又叩一下他的杯壁：這是一個好問題！事情是這樣的，有時候市場培養經濟，有時候反過來，經濟培養市場，這話有點繞——他向前傾了身子，幾乎貼到對面的臉：換句話，買家生產賣家，賣家也生產買家。哦！他稍有些明白。嘖嘖說：你，瑟，使這兩個小時脫穎而出，成為我們舞場的高級別！為什麼不是三小時？他問。嘖嘖趕緊擺手：有沒有聽說過，資本家往大海裡倒牛奶的故事？他點頭。為什麼？如果人人都有牛奶喝，誰去買牛奶！他懂了，酒也乾了，嘖嘖喊來酒保付帳，他也要付。兩人爭奪一會，將信用卡送到酒保鼻子底下，嘖嘖的收走了，天下酒保是一家，他終究是行外人。

次日，他沒有在指定時間去舞場，一是宿醉未醒，他向不善酒，昨日受環境渲染，這就是酒廊，可以移性的；二也是不願被嘖嘖牽了走。以為是誰？論年齡，他都能生下他，是的，盧克不過小幾歲而已。下一日也沒去，第三日，第四日，一直到第五日，星期天。星期天，尤其午後時間，有一種特別的沉悶。度過週末，一週工作五天的作息新制度，延長了休息和玩耍，讓人怠惰下來，心生倦意，就在這時，工作日即將來臨。他雖然不上班，無須受約束，可是，街道、商場、影院、飯店、酒廊，又是酒廊，處處勃動，及時行樂，同時呢，意興闌珊。社會的巨大的生物鐘，誰也逃不出去。坐在房間裡，單聽那市聲，看牆上光影轉移，便是惘然。終於扛不住了，必須動彈動彈！

「嘖嘖」的名字，未必是這兩個字，發入聲，咂舌似的。先由埃塞俄比亞叫起，就覺得像極了他，佻達可愛。那時候他還小，十七八歲，旅遊職校生，到公司實習，做辦公室小弟。那職校不學壞就算得道，許多少女是從那裡升到婦人。嘖嘖長得好，細嫩的臉和身條，豆芽似的，穿了黑西裝，公司的制服，像個小少爺。事實上，是郊區農戶的孩子，造南浦大橋動遷，做了城裡人。埃塞俄比亞收下來，替自己開車，幾批實習生裡，轉成正式工的就這一個。從此，臉上多了副墨鏡，那種天窗樣的鏡片，到了暗處就翻上去。埃塞俄比亞跑路前，把舞場過戶給他，還修改文書，將轉手日期提前若干年。最後，封存財產，就封不到這裡。內部人猜想，嘖嘖和老闆關係非同尋常，因知道老闆的嗜好，只有瑟他一個人不知道。又都有透露給調查組的，曾叫了去問話。嘖嘖嘴緊得很，晝夜不停地審，也審不出一個字。又都覺得嘖嘖看上去像女的，卻是個「模子」，就是硬漢的意思，江湖上立了些名聲。

舞場在嘖嘖治下，降了檔次，大約也是恩主的授意，低調低調再低調。嘖嘖到底資歷淺，想不到太遠，做起來發現，恰逢時勢。國企改制，員工大量下崗，外來打工者劇增，兩類人群都需要娛樂，他早做好準備，提供惠民設施，滿足社會需求。很合乎嘖嘖的草根身分，他既不是富二代，也沒有權貴背景，更攀不上高層，而是反過來，和街道居委會、小區物業、保安公司，頂級不過派出所，搭得上關係。多少帶有蟄伏的用意，它退出聲色，黃賭毒，偷漏稅，一概無瓜葛。這是在守勢。另一方面，鄧小平南巡，推動市場經濟，世面上最流行一句話，做大做強。嘖嘖當然不甘心停擺，如他這樣，玩意兒似的，「微觀世界」，嘖嘖的原話，就只能小處入手。比如，散發小廣告；比如，搞活動，奉送飲料；比如，發放優惠券；再放開一點，在日場和夜場的騎縫，闢出高檔時間。文化局群眾娛樂部門召集他們辦班培訓，常說道普及與提高相輔相成，這句話嘖嘖聽得進去。在他樸素的認識裡，「提高」好比「菌」，一株就可蔓一片，江南梅雨季節，床底下，牆腳根，生出一把小傘，轉眼一叢，然後越擴越大，變成微觀世界的原始森林。

星期天的下午，連舞場都有一股百無聊賴的空氣，音帶老是卡住，有一搭沒一搭。舞客稀稀朗朗，一會兒進，一會兒退，椅子拉得橫一把，豎一把，空桌沒有收拾乾淨，杯盤狼藉。清潔阿姨也怠惰下來，任地上撒落瓜子殼，現在舞場除了瓜子，還有花生芝麻糖，像個茶館店。頻繁開閉的門，閃進天光，這一片那一片，顯出凋敝。他在角落裡坐下，心情更黯淡了，也知道夜色降臨，便會好些。在悉妮的老屋裡，經歷過許多消沉的日子，週期性地來襲，他已經摸得著脈了。調音師走開了，去尋自己的樂子，播放器好幾次發出銳叫，再又回到音頻線，引來笑聲，也是稀稀朗朗。唯有彩燈恪守職責，不停歇地按節奏打轉，將俗麗的光色輪番投射到四壁和天花板，循環往復，倦意連綿。他懶得動彈，半躺半坐在圈椅裡，昏庸的光線和音樂中，像要睡著，其實又是大清醒，什麼都看在眼裡，卻不知意味著什麼。這是一天中的低潮時段，彷彿病了似的，他耐心等待觸底，然後慢慢起勢。大半輩子過去，最最不堪的當口，也會有不期然的救贖。嘖嘖不在，星期天的下午，就像一種季候綜合症，各人找各人的療藥。他所在的地方，正是轉燈的盲區，遮蔽在暗影裡，漸漸生出安全感。喧譁紛亂中自有一種安寧，和一個人的安寧很不相同，就像悉妮的「私人時間」，需要隔壁有人，要不怎麼叫做「私人時間」？美國人口口聲聲「獨立自由」，其實最怕「獨立自由」，許多毛病都是從那裡來的，然後就要找「心理醫生」，不過是用錢換陪伴，就像悉妮和他。半闔的眼皮子底下，思想蔓生蔓長，有時無形，有時有形，卻與所思所想無關。比如唐人街商鋪裡的招財貓，揮著爪子，銀箱拉開，數出零錢；金門大橋五十週年慶，向行人開放，徒步上橋，都高興得不得了；美國人特別容易高興，就像他們容易崩潰，一個笑話在他聽來沒什麼可笑，他們卻爆笑如雷；應該讓柯柯去美國，他幾乎沒有看見過她的笑臉，中國人大多不怎麼笑，也不怎麼崩潰；最會笑的可能是日本人，他來回都是從東京轉機，機場的小姐，那個笑容，阿郭說簡直擋不住，他說好看的女人像動物，阿郭則以為是「笑」……

一張笑臉捱過來，以為埃塞俄比亞，於是一驚，原來睡過去了。分明是女人的臉，問：不記得我了嗎？他不敢說「不」和「是」，他自始至終沒有說對過，英語裡的肯定和否定，只說：哪裡哪裡！對面人說：你帶我跳兩輪「倫巴」，就得了要領呢！好，好！他說，還有點懵，臉上留著方才夢裡的傻笑。再試一曲好嗎？她說。他懵懵懂懂站起身，由她牽了手，下到舞池。調音師站到位置上，放一張新碟，正是倫巴，身體一動，魂兮歸來。音樂走到哪裡，哪裡回來一點。一個樂段過去，人全部回來了。舞池裡就他們一對，都退到邊上，茶桌頓時坐滿了，桌面收拾乾淨了。轉燈收起，降下一束追光，四周全暗了。可他還是看見了噴噴，站在吧檯裡，那裡也有一盞射燈。黑髮梳到頭頂，火炬一般，噴了髮膠，一個標準的酒保。場子又熱起來，音樂變得強烈，上岸的人又下水，看客手裡的玻璃杯換成雞尾酒，紅紅綠綠的。於是，吧檯也變得忙碌，噴噴晃著搖壺，眼睛朝這邊望，遠遠的，對接住他的視線。女舞伴在他手底旋轉，這一個還可以，他在心裡掂量。比阿陸頭呢？異類不比。女賓們彷彿事先約定，一個接一個與他共舞，程度不一，有一些連基本的步子都不會，就要從頭教。放緩動作，身上沁出薄汗，聽得見自己的微喘，心跳得很快，還在慣性裡，等不及要飛起來。窗幔後面的天色在向晚，窗幔裡是不變天。猝不及防，時間降臨，燈光和音響戛然而止。人們起身散去，走出門，夜市正在擺攤，熏烤的油煙升起一片。他慢慢往回走，走過畫了「拆」字的牆垣，踩著瓦礫堆，世界在頹圮，舊的一切不復存在，可他的身子依舊，從俄國舞校開始，穿過北京沙塵天，追逐一頭看不見的駱駝；女同學瑪柳特卡的擁抱，還有仰起在陽光裡的發光的臉；黃河古道邊的斜坡，自行車一溜煙滑過橋洞，宅門下的月亮地，地上的敲門人；阿陸頭咬在嘴裡的玫瑰花，裙襬扇起的風，裹著體味、皂香、爽膚水……無論去到哪裡，頂上總是有一盞燈，燈下的人又回來了。

嘖嘖的普羅大眾舞廳，晝與夜之間，轉瞬即逝，一不留神溜走的閃亮片刻——隱匿的城市之光，上海這地方，推土機推平，塔吊連根拔起整幢樓，打夯機將殘渣壓實，壓成考古層，城市之光還在，雲母片似的，星星點點，就是它，草根歌舞的間隙裡，稱得上貴胄時光。多少人是衝它來的，多是女賓，也有先生，來學習的。起先，人們叫老師，後來，漸漸地，換做老法師，「老師」這個稱謂實在對不住他。遍地都是「老師」，有幾個「老法師」？客人，應該說是學生多了，時間真不夠用。可是不要緊，嘖嘖有辦法，事實上，埃塞俄比亞的舞廳在嘖嘖手裡，早已經擴容，變成連鎖，鄰近街區上的，源出於一家。老字號不開分店，是舊社會的成規，嘖嘖是新人，他不做加時賽，沒聽說過嗎，牛奶倒大海的故事？時間是物質一種，他將它攤薄，不就夠了！這裡是一三五，那裡二四六，第三處是星期七，遍地開花。總量不變，卻變得珍稀，照理增值了，可瑟得的部分，權且叫做學費，學費依舊，因為時間依舊，價格不是由勞動時間決定的？馬克思《資本論》上就這麼說。嘖嘖未必讀過《資本論》，可身在資本社會，用埃塞俄比亞的話，「資本在運動」，實踐出真知！酒水的價格則大幅提升，因成本在提升，酒牌稅、增值稅、進口稅，這裡可都是洋酒，來這高端時光的，誰在乎酒錢？消費嘛！社會上的拉丁舞校如雨後春筍，遍地齊發，商圈、園區、群文館、老年大學、幼兒班，這裡卻是私教。且又不是市場化的，而是真正的私人性質，比如，不賣卡、不簽單、不走帳，一對一交割，交割也不是赤裸的銀貨兩訖，而是不留意間，放進老法師風衣口袋一個信封。那信封並非隨處可見，拾到籃裡都是菜，要說私人性質，就在這上面：粉色的小小的，鈔票折起來，放進去正好；奶白色，凹凸的紋樣，火漆的封口；英國式的花卉，類似中國畫的工筆，顏色卻是燦爛的；可愛的泰迪熊，很呆萌的造型，別以為出自小女孩的手，相反，更可能是成年的，肅殺中送走少女時代，現在來補課的。充滿個性的美麗信封裡，放了錢，即學費，外加一點心意，抹平金錢的銅臭味：鑰匙鏈上的金舞鞋；一小管紅豆，採自遙遠的亞熱帶，應了「千里送鵝毛」的古諺；一朵乾花，過濾了時光；一把銀鑰匙，世上總有一扇打得開的門……

離開多年，他發現這城市泉湧大量成熟的女性，她們幾乎看不出年齡，妝容精緻，經濟獨立，於是有了自信的風度。在他缺席的日子裡，有一種特殊的栽培，改變遺傳，轉化基因，加速進化，養育出新女性。從一個過來人的經驗，即便枯乏如他，到底也經驗過戀愛、婚姻、家室，還有婚外情，甚至，埃塞俄比亞的曖昧。阿陸頭、柯柯、還有「傘」，都是年紀輕輕進入生活，他自己也沒開竅呢！他本來是個晚熟的人，好容易醒過來，不知蹉跎多少歲月。其時，已經年過六十，眼看就要領到敬老卡了，這城市的福利在向發達國家接近，力圖加入全球村。都沒閒著，就像後發展地區一樣，他的本能也在追趕，還有第六感，可說厚積薄發。這些先進的女性，直覺告訴他，或者有婚無性，或者有性無婚，抑或是無性無婚，這合乎世界潮流，悉妮不就是？早她們大半個世紀，正是現代和後現代的差異距離。這一類人往往荷爾蒙分泌旺盛，他連荷爾蒙都知道了。這些話，他會和阿郭討論，阿郭已經七十七歲，外表看不出，屬於那種越老越瀟灑的類型，只有他看得出。阿郭的腰腿不大靈了，患風溼痛，用了手杖。眼睛生白內障，視力退化，因為怕開刀，戴上眼鏡，就像一個老教授。事實上，也教給他許多知識，是他真正的教授。他和阿郭討論這些女學生，阿郭說：小瑟，你要保持晚節！他嘻嘻笑著，阿郭又說：女人是危險的動物！他說：我又不和她們直接來往，都是通過嘖嘖。阿郭說：嘖嘖其實是女人！他問：阿郭什麼意思，嘖嘖是「基」？從美國來的人，都學會這個字，「基」。阿郭說：嘖嘖是假「基」，真「基」倒無害，比如埃塞俄比亞。提到那個名字，就有點窘，阿郭曾經提醒過，可他沒聽懂。阿郭知道他想什麼，接著說：我不是對埃塞俄比亞有成見，只不過，他和我們是兩種人，物以類聚人以群分，這句話用在哪個世道都不錯的！他嘻地又笑了：要我看，世上人分有趣和無趣，阿郭你最有趣！阿郭也笑了，說：小瑟，你變得皮厚了。

阿郭的話又說到要害，他自己也覺得比以前放縱，原先是個害羞的人，現在，常有無恥的念頭。所謂「無恥」，即男人的眼睛。比如，和他的舞伴，報名參加拉丁舞比賽的搭檔，激情澎湃的時節，會留意她的乳溝，從低胸的領口中，暗示性地陷進一道槽，還有腰，從綁褲的邊緣擠出贅肉。她生過孩子！他在心裡說。流汗花了粉，頰下顯露鬆弛的跡象。他發現，頸項最掩不住歲月。舞伴比他後生二十歲，四十出頭，在女性不是可喜的年齡。但山外有山天外有天，阿陸頭已經五十朝上了，難免吃味，說：爺叔的搭子越來越年輕！他說：我看你總歸是六七歲的人！他想起窗下路燈裡，阿陸頭穿了花布短衫褲，搖鈴走過，蟬蛻似的小影子。阿陸頭說：爺叔你的嘴花得很！他說：我說的真話！阿陸頭笑一笑，半信不信，轉身走開。

其時，阿陸頭家已經搬離汽車間。動遷分得一大一小兩套多層裡的單元房，大的由阿柒頭帶了父母住，她和兒子住小的。上面的兄姊都在福利分房中受益，不屬安置對象。因情況單純，父親又好說話，所以是第一批簽字的，額外給了獎勵。眨眼工夫，兒子長大，交了一個雲南姑娘，兩人在北京做音樂人，勿管成不成功，反正不要她負擔。這算什麼淵源？她問自己，按世人普遍的說法，就是「命」。單身幾十年，她有過許多際遇，都沒有到婚嫁的一步。對方聽說她的過去，多半被嚇退，再說還有一個拖油瓶。也有情願的，她又猶豫了，眼面前跳出那最後一幕。滿坑滿谷的人，碗底般的窪地裡，五花大綁的一列。她認得出其中一個，因穿著她給做的衣服，雪白的綢布，連袖、高領、對襟、撒褲腿，像功夫在身的遊俠，修行得了道，要升仙。她不能背棄他，將來到了冥界，見面說什麼？那一身衣服，也為了好認，人山人海中一眼看見的，就是這個人！雲南地方，是有魅的，不去不知道，去過的，都要沾一點兒有神論。

她和爺叔，雖是故人邂逅，彼此倒不怎麼憶舊的，說了也聽不懂，相差十萬八千里。偶爾見面，隔桌而坐，喝一杯茶，王顧左右而言他。有時會跳一段舞，很奇怪的，他和阿陸頭，越來越少有肉體的親密感。當她幼年時期，曾激發過類似欲望的心情，隨著成長，這種器質性的吸引，深入表面，變得內向。阿陸頭早已撐破嬌嫩的外殼，他自己其實也在度過危險的感官時代。他們都老了，但他的話沒錯，阿陸頭是不長歲數的，這歲數不是那歲數，不是像母親，到老都是小女孩子，反過來，生下來就是母親，路燈下搖鈴鐺的小母親，木屐裡的小腳趾頭，走在生養和哺育的路途上。所以，他真不是場面上的恭維。女性的年齡已經變成機要，藏著多少祕辛。現在，阿陸頭退出舞廳，帶隊好幾支廣場舞，也參加電視台舉辦的比賽，她自己不出鏡，鏡頭最殘酷，將人的年齡一展無餘，又是年齡，越不過的魔界。不消說，這城市已經老齡化，青春就是傲嬌。阿陸頭身居幕後，真正的領頭人都在幕後，真正的師傅也是在幕後。爺叔幫她編舞，將拉丁舞的元素嵌進革命老歌或者港台金曲的旋律，廣場舞通常就是這兩種舞曲，以不變應萬變。他們見面的頻率大約平均兩月一次，做為老鄰居，足矣。再說，也不是真正的老鄰居，類似看門人和東家，有一點點主僕的意思。世事難料，多少因緣都連根斷，但就是他們，丟了拾起，拾起再丟，絡繹不絕，到了今天。

老法師的名聲傳開了，有夜總會——這城市也有夜總會了，彷彿劫後餘生，邀他做幕間表演，他自帶舞伴，他婉拒了。大賽落第的經驗告訴他，已經不復當年，即便中老年人群，也幾乎在他下一代。況且，老法師親上場，也有失身分。同行間的挖角讓嘖嘖不安，想不到瑟會謝絕，專在外灘半島請客大餐，點了生蠔、龍蝦湯、肋眼牛排，開了拉菲。埃塞俄比亞從來不會萬炮齊轟，經典和新貴的區別就在這裡，前者甚至會吃路邊攤，韭菜餅、糍飯糰、蘭州拉麵，埃塞俄比亞還喜歡去七普勒，一口氣買十二件襯衫，襄陽路市場的假勞力士，直接戴在手上。嘖嘖還在從頭學起，開蠔的手勢已經熟練；嚐酒的派頭，至少派頭上，也很像；牛排要三分熟，見血，管它合不合口味，反正是行內人；玻璃缸裡的生菜，要「Share」，他喜歡說「Share」、「Share」、「Share」的！你看這排場，絕對想不到嘖嘖的舞廳是在那樣的地方，菜市場的頂上，集裝箱似的鐵皮棚屋，爛尾樓的大平層，弄堂底部，打穿了接上另一個弄底。酒影燭光裡，他應允不會跳槽，嘖嘖笑道：也不是跳不跳槽，你我並沒有簽賣身契！他也笑：賣身契可不敢說，誰會買我？嘖嘖說：上海地界，老法師這樣的最走俏，還有一個名字知道嗎？什麼名字？他問。鑽石王老五！他就裝糊塗：我又不姓王！嘖嘖大笑：老法師真會「搗糨糊」。「搗糨糊」這種市井俚語斷不會出自埃塞俄比亞的口，但你又不得不承認，這個詞很妙，坊間的智慧最能體現在混世界的人身上。

嘖嘖的意思瑟當然明白，多少的，他也混了點江湖氣。可不是嗎？舞伴們的醉翁之意，就算裝糊塗，也騙不過眼睛。說實在，他被纏得夠緊。這些舞伴們，從三十到五十的年齡層，甚至更年輕，二十到三十。現代的獨立的女性，根本不在乎年齡的差異，也不在乎貧富差異，漸漸地，美麗的信封裡裝著銀行卡，拉出來的數字讓人嚇一跳，他活到了好時代。想不到，在他的年紀，經歷過沉悶的日子，磨平了心性，已經看到頭，卻柳暗花明。後來回想，他難免忘形了，可那一段真可謂熱火烹油。日和夜交集之處，人家都偃了聲息，歇腳打尖，始料未及，這裡揭開帷幕，歌舞驟然而降。追光裡的人，池子裡的人，酒吧裡的，茶桌邊的，調光的，控音的，躍躍欲試。雙層窗、彈簧地板、隔音牆，埃塞俄比亞的遺產；天棚上的鋼架，鋼架上的垂掛，彩帶、氣球、燈管，噴噴的添加，一併隨了電聲震顫。悸動得不能再悸動，亢奮得不能再亢奮，刷地靜止不動，連光裡的塵埃都定格了。繁華盛景，轉瞬歸於平凡，猶如驚鴻一瞥。遍地都是不夜天，這裡卻是暮光之城。

人們建議噴噴增加一二個鐘點，或者開闢專場，讓那些普羅大眾滾他媽的蛋！噴噴笑而不答，依然循慣例而行，這裡一三五，那裡二四六，每場兩小時。噴噴嘴上不說，心裡有一筆帳，瑟已經六十過五，還能有多少時間？萬一出個岔子，所謂岔子，不外病和傷，跳舞這事情可是傷不起。所以，聽說瑟給舞伴們私下開班，帶到自家，或者去到她家，很多拉丁舞愛好者家裡都裝了扶把、鏡子、音響，僱了鋼琴師，比專業院團的排練廳還講究。要是時間晚了，留下過夜，當然有獨立的客房，換下的衣服轉眼間不見了，洗燙一新，掛在衣架推進來，早餐也是推進來，超五星酒店的服務。主人通常還會挽留他半日，給兒女們開課，小小的，七八歲的孩子，全套的舞衣舞鞋，細齒的桃木梳，將頭髮篦得流光，小男生則是額頭上打個卷，雞冠似的。吃了午飯，再用茶——下午茶的風氣又起來了，只是換了一批人。

在這眾星捧月中，再去阿陸頭那裡，阿陸頭的廣場舞，阿陸頭的多層單元房，阿陸頭的舊舞衣，肋下綻了線，阿陸頭髮胖了……像是給那一個華麗世界作陪襯。他向來不是有心智的人，意識不到自己的寂寞，其實是金粉世界的局外人。他享受過的好日子，其實都帶有日常居家的煙火氣，比如母親的晾在角落竹竿上的內衣褲，織補過的長絲襪；俄國學校沾了粉漬的木地板；罐頭大王的長餐桌底下的蘋果核，糖紙，男孩女孩學著大人偷吻；柯柯父親帶他遊歷香港，暗巷裡的脫衣舞娘，沒有剃乾淨的腋窩；還有埃塞俄比亞——埃塞俄比亞芯子裡也是這個，皮相是那個！嘖嘖則半蠶半蛹，正往蛾子進化，進化到光鮮的生物，沒有一縷拉絲，一個痘斑，一點黑色素沉澱，好比單身女人的家，她們屬於單性繁殖的新型人類，性器完整，沒有撕裂、龜裂、退行性病變，爍爍發亮。蒙著一層膜，裝上盒子，繫上綢帶，打個蝴蝶結。他也不矯情，抗拒不了它們的誘惑，誰不喜歡簇新的、好看的、亮晶晶爍爍發光的東西？小的如同鑽石，大的呢，宮殿般的房子，綠茵茵的草坪，碧藍的泳池，還有哈巴狗，繞在脖子上，絨毛的縱深處，一雙黑漆漆的眼睛，看得懂世事似的。阿陸頭自然有阿陸頭的長處，輕鬆！享受也是累人的，需要休息，阿陸頭就是休息。真的，美麗世界是壓迫人的，壓得人透不過氣來，到阿陸頭這裡，全身懈怠下來，無產階級失去的只有鎖鏈！

事發之前，嘖嘖請他吃過一次大餐，還是在外灘，臨江的窗邊。生蠔、龍蝦、生雞蛋磕破口子，填進魚子醬，冰桶裡的酒，墊著雪白的餐巾，汩汩傾入高腳玻璃杯。嘖嘖說了許多話，拉菲喝得他頭暈，沒大聽明白，但感覺到嘖嘖的不高興，雖然臉上掛著笑容，眼睛彎起來，像月芽兒，睫毛封住了視線。有一句話比較清楚：人不能兩頭通吃！什麼意思呢？兩頭指的什麼？他想得腦袋疼，垂到桌面，「咚」一聲，撞上去，醒來了。忽然有不詳的預感，預感什麼，也是不清楚。燈光很暗，桌上的蠟燭點亮了，豆大的，綠瑩瑩，像貓眼。玻璃窗外，鐳射劃過來，劃過去，江面上駛過遊艇，船身鑲滿寶石，汽笛嗚嗚歌唱，這才是天上人間呢！他依稀感到不安，倒不是因循福兮禍兮的自然週期，他沒有形而上的概念，是唯物論者。只不過懷疑自己何德何能，配得上如此盛景。他這一輩子，都是在浮泛中度過，浮泛的幸和不幸，浮泛的情和無情，浮泛的愛欲和禁欲，他就是個浮泛的人，不曾有深刻的理性的經驗，險些兒開蒙，方要下腳，又收住，滑過去，回到水平線上。

晨曦從厚厚的天鵝絨窗幔後面透進，睜開眼睛，一時不知道身在何處，定定神，看見自己躺在餐館門外，過廊裡的沙發，下班的員工將他扔出來，扔在這裡。樓裡悄無聲息，生意要到中午十二點開張。哪裡的水龍頭沒擰緊，半天一滴，半天一滴，在空廓的靜謐中變得清脆。他坐起身，停一停，站到地毯上。窗幔後面的光忽然尖銳起來，割著他了。走到電梯前，摁了按鈕，很長時間沒有響動，就從旁邊的樓梯口下去，走到中途，聽到電梯井轟隆隆的，轎箱上來了。他不想折回頭，轎廂又轟隆隆下去。大理石的階梯裸露出磨痕，有年頭了。就在這時，他看見江面，金紅色的水平線，飛著許多墨點子，是江鷗。樓梯間拐彎處的長窗，正對著外灘。每下一層，黃浦江便撲面而來，迅速變換光色，橙黃、白灼，有一剎那竟然是藍綠，青瓷一般。海關大鐘敲響了！

兩週之後，他以騙婚的罪名被起訴，承辦員問他，認不認識這幾位女性，他說認識，有沒有收過錢財，他說有過。很奇怪的是，這幾名女性，都在某婚姻仲介機構登記，屬ＶＩＰ高端客戶，他呢，就成了婚介所僱傭的「托」。先拘留，後收容，再拘捕候審。他是從舞場帶走，警察來到，正在和一位女學員跳舞，那學員是起訴人之一。身處追光圈內，四邊沉陷暗影，音樂又那麼激烈，心都要炸裂，完全沒有覺察危險來臨。什麼都沒有準備的，跟了警察，套上手銬，耳朵滿是鬥牛士樂曲的急驟的鼓點，彎腰跨入警車，駛過暮靄中的街市。

阿陸頭收到拘留所的電話，報出他的姓名和住址，讓送些替換衣物和洗漱用品。她問怎麼進門，沒有鑰匙啊！對方沒有聽完便掛斷。開鎖的方法有多種，做過知青的人，誰不會幾手旁門左道，可現在是法制社會，最後還是決定從屬地派出所開證明，請鎖匠上門。

鎖匠開了門，收了費用，走了，留她自己收拾東西。她認出大衣櫥，穿衣鏡裡的自己，很小很小，眼看著長，長，長成現在的樣子，彷彿變戲法。忽聽身後有動靜，一回頭，看見是阿郭。他們沒有過交集，但彼此並不陌生，就笑了笑。阿郭已經八十歲出頭，樣子還沒變，屬這城市海派老爺叔。幫著找齊東西，裝進袋子，阿郭又從皮夾裡數出幾張紙鈔，交給阿陸頭。重新鎖好門，兩人一併下樓，出到後弄，所謂後弄，現在已經是街面，頂上橫跨高架橋，十字路寬得像廣場，四面八方的紅綠燈，東方不亮西方亮。阿陸頭問：阿郭爺叔怎麼知道，也收到電話嗎？阿郭說：電話倒沒有，是聽人說的！阿郭的人脈，天下都是耳目，沒有他不知道的事。哦！她應了一聲。阿郭說：他去美國前給我鑰匙，讓我看房子的，時間久了，恐怕忘記了。她又「哦」一聲。阿郭又說：到頭來，還是阿陸頭託得到！她驚訝這老先生知道自己的名字，還是那句話，有什麼是他不知道的？她笑一笑：承爺叔看得起，我和他，實在是兩種人，汽車間和洋房……阿郭止住她話頭：你們這些紅衛兵，是用階級劃分人和人，在我卻不是——阿陸頭好奇道：老先生怎麼分？阿郭說：世界上的人，只有兩類，一類舊，一類新！

信號燈紅轉綠，兩人開步走，過一條窄的，再過一條寬的。燈又轉紅，這回是讓轉彎車過。於是停下，再等綠燈，終於到了對面。

二〇二四年五月二日上海

二〇二四年五月七日定稿

怎一個「謝」字了得

——繁體字版《兒女風雲錄》後記

漢語裡的「謝」字，本出於感激，於是演出退場前的「謝幕」，細想起來就有一番仁義，是謙遜的。用在花事，則更可深究，分明是它贈予人間，卻反過來，彷彿人間賜給了它「看」，所以也是「謝」。

曾在暮春時節，仁川的山上，月亮升起，市廛的燈火退到很遠，驟然間，一陣花雨。原來，櫻花謝了。從來聽說，櫻花落英是絕塵而去，毫無纏綿，不留敗相，頭一回親眼見，意境落到實地，更有想不到的驚豔。一泓瀉玉，左邊的坡，右邊的坡，齊齊迎合，剎那間成傾盆之勢。帶無數點星光，被風托著，搖曳上，搖曳下，最終不知道去了哪裡。那花冠原是纖薄的，吹彈得破，但因其多，一股腦兒全離了枝頭，心驚得很，是盛大的謝場。

實際中，生氣勃發的境遇定然鼓舞人，但頹廢自有另一種美學，外部擁有喪失殆盡之後，被迫地趨向內在，就生出精神生活。大約因為此，布爾喬亞在文藝家眼睛裡，總是被放棄的對象，貴族將它視作粗鄙，到無產階級的時代，則是趨利的動物。無論沒落的前者，或是赤貧的後者，都會有英雄脫穎而出。俄國文學中稱為「多餘的人」；工業革命時代則是掙脫鎖鏈，「英特納雄耐爾」；至於後現代社會，又有一個新名字：失敗者，Loser——字面上的蔑視，可窺見批判性的降調。不自覺中身處資本主義主體，連新晉的無產階級也成為末流。就這樣，布爾喬亞被擠出階級輪替，在時代更迭中消亡。

上海是近代崛起的城市，幾乎一夜之間，從灘涂到九層樓閣，物質空間，前不見古人，後不見來者。貴族是沒有的，無產者是滾滾洪流，一往無前，中間人群，說它布爾喬亞，前面必加個「小」字。也是民主社會的表徵之一，擔不起變革的重任，卻可自給自足。給一點時間，湊在縫隙裡，大約可出水見泥，或者淪落，或者起興，掙得歷史名分。無奈造化不夠，用古人的話，「天地不仁，視萬物為芻狗」，一聲斷喝叫停，風水調轉，背道而馳。這又是給別史造機會，所謂傳奇。傳奇是最終的結果，要看成因，則平鋪直敘。雞零狗碎的瑣細，聚沙成塔到某個時辰，離開常路，誤入歧途，脫軌了，就叫做「蛻變」。所以，說是說「傳奇」，其實都有來由。一生二，二生三，三生——小布爾喬亞生不成「萬物」，至多以物易物。用不上高古的天地論，只是生存的一事一理。以落英形容，是高抬了它。出於平等的原則，一花一世界，總歸有命數在裡面，還有機緣在裡面，小小的循環、遞進、吐故納新。說它盲目也對，啟蒙卻也啟蒙不到它，因不屬於沉睡的一族，相反，警醒得很，什麼得失也錯不過他們的眼，只是眼光短，見識淺，浮泛的人生——小說裡我這麼說他。浮泛有浮泛的好，雖不能昇華，也不至於沉淪，活著，活著，廣大的人世間就是由他們充斥，否則就虛無了。這樣的平庸，也不知道在哪一處吸引著我，總是想它想得不夠，寫它寫得不夠，想多了寫多了，便生出痛楚。不只是憐惜，還有微弱的敬意，奔著這麼短促的目標，竟也走出很長的路，那枯乏無味的風景竟也催著腳力，步步不停歇，興興頭的。知識分子是不相信的，思想需要豐沛的養料，原始的初民通天地，順應自然即可，唯有居中的大多數最尷尬。要說與藝術最無關，倒是這時代成全它，讓和頹廢沾上邊，疏離於物質生活，有了些戚容。

本性是利己主義，機關算盡，兩害相權取其輕，每一步又恰恰落在時勢的窠臼，前車的輪轍。也不盡是下坡道，有時候明明在起勢裡，陡地卻失足，怪自己忘形了，可是小心謹慎又怎麼？山不轉水轉，前面等著的，不定還是陷阱。既然是命運所趨，那一小會的得意，就是可愛的樂觀主義。小布爾喬亞別有一種天真，甚至稱得上淳樸，看不穿歷史的詭譎，他們那點小世故，哪裡是對手！若沒有這一點真性情，撐不進人家的時代。作家蘇青質問過，在下一代的世界裡，「我們變得寄人籬下了嗎？」套用她的話，這本書寫的就是「寄人籬下」故事。不是這城市的主流，在我的小說觀，小說就是稗史，寫騎線的不入趟的存在，讓這些末路角色充當一回當代英雄，做個舞台謝幕。

二〇二四年十一月二十六日上海

國家圖書館出版品預行編目（CIP）資料

兒女風雲錄/王安憶著. -- 初版. -- 臺北市：麥田出版, 城邦文化事業股份有限公司出版：英屬蓋曼群島商家庭傳媒股份有限公司城邦分公司發行, 2025.04
面； 公分. --（王安憶作品集；18）

ISBN 978-626-310-838-7 (平裝)

857.7　　114000419

王安憶作品集 18

兒女風雲錄

作　　者　王安憶
責任編輯　張桓瑋

版　　權　吳玲緯　楊　靜
行　　銷　闕志勳　吳宇軒　余一霞
業　　務　李再星　李振東　陳美燕
副總編輯　林秀梅
總 經 理　巫維珍
編輯總監　劉麗真
事業群總經理　謝至平
發 行 人　何飛鵬
出　　版　麥田出版
台北市南港區昆陽街16號4樓
電話：886-2-25000888　傳真：886-2-25001951
發　　行　英屬蓋曼群島商家庭傳媒股份有限公司城邦分公司
台北市南港區昆陽街16號8樓
客服專線：02-25007718；25007719
24小時傳真專線：02-25001990；25001991
服務時間：週一至週五上午09:30-12:00；下午13:30-17:00
劃撥帳號：19863813　戶名：書虫股份有限公司
讀者服務信箱：service@readingclub.com.tw
城邦網址：http://www.cite.com.tw
麥田部落格：http://ryefield.pixnet.net/blog
麥田出版Facebook：https://www.facebook.com/RyeField.Cite/
香港發行所　城邦（香港）出版集團有限公司
香港九龍九龍城土瓜灣道86號順聯工業大廈6樓A室
電話：852-25086231　傳真：852-25789337
電子信箱：hkcite@biznetvigator.com
馬新發行所　城邦（馬新）出版集團
Cite（M）Sdn. Bhd.（458372U）
41, Jalan Radin Anum, Bandar Baru Seri Petaling,
57000 Kuala Lumpur, Malaysia.
電話：+6(03)-90563833　傳真：+6(03)-90576622
電子信箱：services@cite.my

封面設計　朱疋（Jupee）
電腦排版　宸遠彩藝工作室
印　　刷　沐春行銷創意有限公司
2025年4月　初版一刷
定價／450元
ISBN：9786263108387
9786263108585 (EPUB)